BRITTA

THE AIR HE BREATHES

LA SÉRIE ELEMENTS · LIVRE 1

Roman

Traduit de l'anglais (États-Unis)
par Marie-Christine Tricottet

Hugo Poche

NEW ROMANCE®

À toutes les plumes blanches,
merci pour le rappel.

PROLOGUE

Tristan

2 avril 2014

– Tu as tout ?

Jamie, debout dans l'entrée chez mes parents, se rongeait les ongles. Ses magnifiques yeux bleus me regardaient en souriant, me rappelant la chance que j'avais de pouvoir me dire qu'elle était à moi.

Je m'approchai d'elle et la pris dans mes bras, attirant son corps fluet contre le mien.

– Ouaip. Je pense que c'est bon, Bébé. Je crois qu'on y est.

Elle me prit par le cou et m'embrassa.

– Je suis si fière de toi.

– De *nous*.

Après toutes ces années à tirer des plans sur la comète, mon projet de fabriquer et de vendre des meubles artisanaux était en passe de se concrétiser. Avec mon père, qui était à la fois mon meilleur ami et mon associé, je m'apprêtais à me rendre à New York afin de rencontrer plusieurs hommes d'affaires intéressés et désireux de s'associer à notre aventure.

– Je ne serais rien sans ton soutien. Nous avons enfin la chance de réaliser tout ce dont nous avons toujours rêvé.

Elle m'embrassa de nouveau.

Je n'aurais jamais cru qu'il était possible d'aimer quelqu'un autant que ça.

– Avant que tu partes, il faut que je te dise que j'ai eu un coup de fil de la maîtresse de Charlie. Il s'est encore fait remarquer à l'école, ce qui ne me surprend pas quand je pense à quel point il ressemble à son père.

Je souris.

– Qu'est-ce qu'il a encore fait ?

– D'après madame Harper, une fille s'est moquée de ses lunettes, alors il lui a dit qu'il espérait qu'elle s'étouffe avec un crapaud parce qu'elle ressemble à un crapaud. S'étouffer avec un crapaud, tu te rends compte ?

– Charlie !

Il sortit du salon, un livre à la main. Il ne portait pas ses lunettes, et je savais que c'était à cause des moqueries qu'il subissait à l'école.

– Ouais, Papa ?

– C'est vrai que tu as dit à une fille que tu espérais qu'elle s'étouffe avec un crapaud ?

– Oui.

Pour un garçon de huit ans, il ne semblait pas le moins du monde inquiet que ses parents soient en colère contre lui.

– Tu ne dois pas dire des choses comme ça, mon pote.

– Mais Papa, elle ressemble vraiment à un crapaud, je te jure.

Je dus me détourner pour rire.

– Viens m'embrasser, mec.

Il me serra fort dans ses bras. Je redoutais le moment où il ne voudrait plus embrasser son père.

– Tu seras gentil avec ta maman et ta grand-mère pendant mon absence, ok ?

– Ouais, ouais.

– Et mets tes lunettes quand tu lis.

– Pourquoi ? Elles sont nulles !

Je me penchai vers lui et lui posai le doigt sur le bout du nez.

– Les vrais hommes portent des lunettes.

– Toi, tu n'en as pas !

– Ouais, enfin, les vrais hommes ne portent pas de lunettes, non plus. Mais mets-les quand même, mon gars.

Il grogna et s'enfuit en courant pour aller continuer sa lecture. J'étais super-content qu'il préfère lire plutôt que de jouer à des jeux vidéo. Je savais qu'il tenait ça de sa mère qui était bibliothécaire, mais je préférais penser que le fait que je lui faisais déjà la lecture avant sa naissance, quand il était dans son ventre, n'était pas étranger à son amour pour les livres.

– Quels sont vos projets pour la journée ?

– Cet après-midi, nous allons au marché. Ta mère veut acheter des fleurs. Elle va probablement aussi acheter quelque chose à Charlie dont il n'a pas besoin. Oh, et Zeus s'est fait les dents sur tes

Nike préférées, alors il va falloir que je t'en trouve une nouvelle paire.

– Seigneur ! Qui a eu l'idée de prendre un chien, déjà ?

Elle se mit à rire.

– C'est entièrement de ta faute. Moi, je ne voulais pas de chien, mais tu ne sais pas dire non à Charlie. Vous vous ressemblez beaucoup, ta mère et toi.

Elle m'embrassa encore une fois avant d'attraper la poignée de ma valise.

– Fais bon voyage et va réaliser nos rêves.

Je posai mes lèvres sur les siennes en souriant.

– À mon retour, je te construis la bibliothèque de tes rêves. Avec des grandes échelles et tout et tout. Et ensuite, je te ferai l'amour quelque part entre *L'Odyssée* et *Ne tirez pas sur l'oiseau moqueur*.

Elle se mordilla la lèvre inférieure.

– C'est promis ?

– Promis.

– Tu m'appelles dès que tu atterris, d'accord ?

J'acquiesçai d'un signe de tête et je sortis de la maison pour rejoindre mon père qui m'attendait déjà dans le taxi.

– Hé, Tristan !

Je me retournai en chargeant ma valise dans le coffre du taxi. Charlie était debout à côté d'elle.

– Oui ?

Les mains en porte-voix autour de la bouche, ils se mirent à crier :

– ON T'AIME !

Je souris, puis je leur criai que moi aussi je les aimais.

***

Dans l'avion, mon père n'arrêtait pas de parler de la chance que cette opportunité représentait pour nous. Quand nous avons fait escale à Detroit, nous avons tous les deux allumé nos téléphones pour lire nos mails et envoyer un message à Jamie et maman pour leur dire que tout allait bien.

Dès que nos téléphones se sont allumés et que nous avons vu que nous avions tous les deux une tonne de messages de maman, j'ai su que quelque chose n'allait pas. En les lisant, j'ai senti mes tripes se serrer dans mon ventre. J'ai failli lâcher mon téléphone.

Maman : Il y a eu un accident. L'état de Jamie et Charlie est inquiétant.
Maman : Rentrez à la maison.
Maman : Dépêchez-vous !!

L'espace d'un instant, d'un clignement de paupières, tout ce que je savais de la vie avait basculé.

CHAPITRE 1

Elizabeth

Jamesville, Wisconsin 3 juillet 2015

Tous les matins, je lisais des lettres d'amour adressées à une autre femme. Elle et moi avions beaucoup de choses en commun, de nos yeux couleur chocolat à la blondeur de nos cheveux. Nous avions le même genre de rire silencieux qui devenait sonore en présence des êtres que nous aimions. Elle souriait en soulevant le coin droit de ses lèvres et fronçait le coin gauche, exactement comme faisaient mes propres lèvres.

J'avais trouvé les lettres abandonnées dans la poubelle, à l'intérieur d'une boîte de métal en forme de cœur. Des centaines de petits mots, certains courts, d'autres plus longs, certains joyeux, d'autres tristes à fendre le cœur. La date des lettres remontait à des années, certaines étaient même antérieures au début de mon existence sur cette Terre. Certaines étaient signées des initiales KB, les autres HB.

Je me demandai comment papa aurait réagi s'il avait su que maman les avait toutes jetées.

D'un autre côté, ces derniers temps il m'avait semblé difficile de croire que c'était elle qui avait ressenti ce que ces lettres exprimaient. Une femme.

Entière.

Complète.

Participant à quelque chose de divin.

Récemment, elle semblait être l'exact opposé de toutes ces choses.

Brisée.

Incomplète.

Seule tout le temps.

Maman est devenue une putain après la mort de papa. On ne peut pas dire les choses autrement. Cela ne s'est pas produit immédiatement après, même si dans la rue Miss Jackson avait déblatéré à qui voulait l'entendre que maman avait toujours écarté les jambes, même quand papa était encore de ce monde. Moi, je savais que ce n'était pas vrai, parce que je n'ai jamais oublié la façon dont elle le regardait quand j'étais petite. Elle le regardait comme une femme qui n'a d'yeux que pour un seul homme. Quand il partait travailler à l'aube, elle avait préparé son petit déjeuner et son déjeuner et des en-cas pour grignoter entre les deux. Papa avait à peine fini de manger que déjà il se plaignait d'avoir faim, alors maman s'arrangeait toujours pour qu'il ait plus que nécessaire.

Papa était un poète et il enseignait à l'université à une heure de route de chez nous. Ce n'était pas étonnant qu'ils se soient laissé des petits mots d'amour. Les mots, c'est ce que papa buvait avec son café le matin et ce qu'il ajoutait à son whisky du soir. Et même si maman n'était pas aussi experte avec les mots que son mari, elle savait s'exprimer dans chacune des lettres qu'elle écrivait.

Dès que papa avait passé la porte le matin, maman faisait le ménage en souriant et en fredonnant, puis elle me préparait pour la journée. Elle parlait de papa, disait à quel point il lui manquait et qu'elle allait lui écrire des lettres d'amour jusqu'à ce qu'il rentre le soir. Quand il arrivait, elle leur servait toujours un verre de vin à tous les deux pendant qu'il chantonnait leur chanson favorite, et il l'embrassait sur le poignet chaque fois qu'elle passait à portée de sa bouche. Ils riaient ensemble et gloussaient comme des gamins qui tomberaient amoureux pour la première fois.

– Tu es mon amour pour l'éternité, Kevin Bailey, disait-elle en posant ses lèvres sur les siennes.

– Tu es mon amour pour l'éternité, Hannah Bailey, répondait-il en la faisant tourner dans ses bras.

Ils s'aimaient d'un amour à faire pâlir d'envie les héros de contes de fées.

Et donc, ce jour d'août caniculaire, il y a des années, ce jour où papa est mort, une partie de maman s'en est allée aussi. Je me souviens d'avoir lu dans un roman une phrase qui disait : « Aucune âme sœur ne quitte ce bas monde seule ;

elle emmène toujours un morceau de son autre moitié. »

C'était vrai et ça me faisait horreur. Maman n'a pas quitté son lit pendant des mois. Tous les jours, je devais la faire manger et boire dans l'espoir qu'elle ne meure pas de chagrin. Je ne l'avais jamais vue pleurer avant la mort de son mari. J'évitais de trop montrer mes sentiments en sa présence, parce que je savais que ça ne ferait qu'ajouter à sa tristesse.

Je pleurais bien assez quand j'étais seule.

Quand elle a fini par se lever, elle est allée à l'église pendant quelques semaines, en m'emmenant avec elle. Je me souviens, j'avais douze ans et je me sentais complètement perdue, assise dans une église. Nous n'étions pas vraiment le genre de famille à prier jusqu'à ce… que les choses tournent mal. Mais nos visites à l'église n'ont pas duré bien longtemps, parce que maman a traité Dieu de menteur et s'est mise à mépriser les gens de la ville qui selon elle perdaient leur temps à croire à ces tromperies et à ces fausses promesses d'un au-delà meilleur.

Le pasteur Reece nous a demandé de ne plus revenir pendant un moment, le temps que les choses se calment un peu.

Jusque-là, je ne savais pas que des êtres pouvaient être bannis d'un lieu saint. Quand le pasteur Reece disait « venez tous », je suppose qu'il ne s'adressait pas à n'importe qui.

Désormais, maman s'était découvert un autre passe-temps : un homme différent à chaque fois. Elle couchait avec certains et en utilisait d'autres pour payer les factures, et il y en avait d'autres encore qu'elle gardait près d'elle parce qu'elle se sentait seule et qu'ils ressemblaient plus ou moins à papa. Il y en avait même qu'elle appelait par leur prénom. Ce soir-là, il y avait une voiture garée devant sa petite maison. Elle était bleu foncé avec des chromes rutilants. À l'intérieur, sur les sièges de cuir rouge, était assis un homme avec un cigare entre les lèvres, et maman sur ses genoux. Il avait l'air tout droit sorti des années soixante. Elle gloussait tandis qu'il lui murmurait quelque chose à l'oreille, mais ce n'était pas le même genre de rire qu'elle avait eu pour papa.

Celui-ci était un peu vide, un peu creux, un peu triste.

J'ai regardé dans la rue et j'ai vu Miss Jackson entourée des autres commères qui montraient du doigt maman et sa nouvelle conquête de la semaine. J'aurais voulu être assez près pour entendre ce qu'elles disaient et leur dire de fermer leur clapet, mais elles étaient à un bon pâté de maisons de distance. Même les gamins qui jouaient au ballon dans la rue s'arrêtaient de jouer pour dévisager maman et l'inconnu.

On ne voyait jamais de voitures aussi luxueuses dans notre rue. J'avais essayé de convaincre maman de déménager pour un quartier plus chic, mais elle refusait. J'ai pensé que c'était surtout parce qu'elle et papa avaient acheté cette maison tous les deux.

Peut-être ne l'avait-elle pas encore complètement effacé de sa mémoire.

L'homme souffla un nuage de fumée dans le visage de maman et ils se mirent à rire. Elle portait sa plus jolie robe, une robe jaune qui flottait sur ses épaules, serrait sa taille fine et s'évasait dans le bas. Elle était tellement maquillée qu'on lui aurait donné trente ans plutôt que cinquante. Elle était jolie sans toute cette saleté sur ces joues, mais elle disait qu'un peu de blush transformait une fille en femme. Les perles qu'elle portait autour du cou venaient de grand-mère Betty. Elle ne les avait jamais portées pour un inconnu avant ce soir et je me demandai pourquoi elle les portait maintenant.

Ils jetèrent un coup d'œil dans ma direction et je me cachai derrière le poteau du porche d'où je les épiais.

– Liz, si tu avais l'intention de te cacher, c'est plutôt raté. Maintenant, viens dire bonjour à mon nouvel ami.

Je sortis de derrière le poteau et me dirigeai vers eux. L'homme souffla un autre nuage de fumée et l'odeur de son cigare me parvint aux narines quand je remarquai ses cheveux grisonnants et ses yeux d'un bleu profond.

– Richard, je te présente ma fille, Elizabeth. Mais tout le monde l'appelle Liz.

Richard me regarda de la tête aux pieds d'une façon qui me donna l'impression de ne pas être une personne. Il m'étudiait comme si j'étais une poupée de porcelaine qu'il avait envie de regarder voler en éclats. J'essayai vainement de dissimuler mon malaise et je baissai les yeux vers le sol.

– Comment allez-vous, Liz ?

– Elizabeth.

Ma voix résonna sur le ciment du sol que je regardais fixement.

– Seuls les gens que je connais m'appellent Liz.

– Liz, tu pourrais être plus aimable !

Quand maman me réprimanda, les légères rides de son front se creusèrent. Elle aurait piqué une crise si elle avait su qu'on voyait ses rides. Cela me mettait en colère de voir que chaque fois qu'un nouvel homme arrivait, elle s'empressait de se mettre de son côté au lieu de me soutenir, moi.

– Ce n'est rien, Hannah. De plus, elle a raison. Il faut du temps pour connaître quelqu'un. Le droit d'utiliser un surnom doit se gagner, il n'est pas accordé gratuitement.

Il y avait quelque chose de visqueux dans la façon dont Richard me dévisageait en tirant sur son cigare. Je portais un jean large et un t-shirt trop grand, mais sous son regard je me sentis mise à nu.

– On s'apprêtait à aller en ville pour manger un morceau, vous pouvez vous joindre à nous, si vous voulez.

Je déclinai son offre.

– Emma dort encore.

Je jetai un coup d'œil vers la maison où ma fille dormait sur le canapé convertible que je partageais avec elle depuis que j'étais revenue vivre chez ma mère.

Maman n'était pas la seule à avoir perdu l'amour de sa vie.

Avec un peu de chance je ne finirais pas comme elle.

Avec un peu de chance je me contenterais de rester dans la phase triste.

Ça faisait un an que Steven avait quitté ce monde, et chaque respiration continuait à me faire souffrir. Notre vraie maison, à Emma et moi, était à Meadows Creek dans le Wisconsin. Steven, Emma et moi y avions trouvé une maison à retaper et nous nous étions créé un foyer. Nous tombions de plus en plus amoureux chaque jour, nous nous bagarrions et nous retombions amoureux encore et toujours.

Notre simple présence entre ses murs en avait fait un endroit chaleureux, mais après la disparition de Steven, un souffle glacial avait empli l'espace.

La dernière fois que nous nous y étions trouvés ensemble, sa main était posée sur ma taille, nous étions dans l'entrée et nous nous fabriquions des souvenirs que nous pensions éternels.

L'éternité avait duré beaucoup moins de temps que quiconque aurait voulu croire.

La vie qui, pour sa plus grande partie, s'était écoulée comme un fleuve tranquille, s'était soudainement interrompue.

Accablée par le poids des souvenirs et du chagrin, j'avais fui pour venir me réfugier chez ma mère.

Retourner dans la maison m'obligerait à affronter la vérité, il n'était vraiment plus là. Pendant plus d'un an, j'avais vécu dans le déni, en faisant semblant de croire qu'il était sorti pour acheter du lait et qu'il allait franchir la porte d'un moment à l'autre. Tous les soirs quand je me couchais, je m'allongeais sur le côté gauche du lit en fermant les yeux et en faisant comme si Steven était allongé du côté droit.

Mais, maintenant, Emma avait besoin d'autre chose. Ma pauvre Emma avait besoin d'oublier les canapés convertibles, les hommes inconnus et les commérages des voisines qui utilisaient des mots qui ne devraient jamais parvenir aux oreilles d'une petite fille de cinq ans. Elle avait besoin de moi, aussi. J'avais évolué dans les ténèbres, n'étant que la moitié de la mère à laquelle elle avait droit, alors peut-être que la confrontation avec les souvenirs des moments passés dans notre maison aiderait à m'apporter un peu de paix.

Je rentrai et regardai mon petit ange endormi, sa poitrine se soulevait et s'abaissait régulièrement. Elle et moi avions beaucoup en commun, de nos fossettes à la blondeur de nos cheveux. Nous partagions le même genre de rire silencieux qui s'amplifiait en présence des êtres que nous aimions. Elle souriait en soulevant le coin droit de ses lèvres et fronçait le coin gauche, exactement comme mes propres lèvres.

Mais il y avait une grosse différence.

Elle avait les yeux bleus de son père.

Je m'allongeai à côté d'Emma et déposai un doux baiser sur son nez avant d'attraper la boîte de métal en forme de cœur pour lire une nouvelle lettre d'amour. C'en était une que j'avais déjà lue, pourtant elle continuait à me toucher.

Quelquefois, je faisais comme si les lettres avaient été écrites par Steven.

Je pleurais toujours un peu.

CHAPITRE 2

Elizabeth

– On rentre vraiment chez nous ? demanda Emma d'une voix endormie quand la lumière du matin qui entrait par la fenêtre du salon éclaira son doux visage.

Je la sortis du lit pour la poser avec Bubba – son ours en peluche préféré qui ne la quittait jamais – dans le fauteuil le plus proche. Bubba n'était pas un banal ours en peluche, c'était un ours en peluche momifié. En fait, ma petite fille était un peu bizarre et après avoir vu le film *Hotel Transylvania*, où apparaissaient des zombies, des vampires et des momies, elle avait décidé qu'elle adorait tout ce qui était un peu effrayant et un peu étrange.

– Oui, on rentre chez nous.

Je lui souris en repliant le convertible. Je n'avais pas fermé l'œil de la nuit, alors j'en avais profité pour faire nos bagages.

Emma avait un sourire béat qui me rappelait celui de son père. Elle hurla :

– Youpi !

Elle dit à Bubba que nous rentrions à la maison pour de vrai.

Chez nous.

Ces mots me serraient le cœur, mais je continuai de sourire. J'avais appris à toujours sourire devant Emma, parce qu'elle avait tendance à se laisser envahir par la tristesse chaque fois qu'elle pensait que j'étais triste. Même si elle me faisait de super-baisers esquimaux quand je n'avais pas le moral, elle n'avait pas à assumer ce genre de responsabilité.

– On devrait arriver à temps pour voir le feu d'artifice depuis notre toit. Tu te souviens quand on regardait les feux d'artifice sur le toit avec papa ? Tu te souviens de ça, mon bébé ?

Elle plissa les yeux comme si elle cherchait au fond de ses souvenirs. Si seulement notre esprit était comme un classeur dans lequel nous pourrions simplement retrouver nos souvenirs les plus chers dans un système bien organisé à chaque fois que nous en aurions envie !

– Non, je ne me rappelle pas, dit-elle en serrant Bubba contre elle.

Cela me brise le cœur.

Je souris malgré tout.

– Bon, et si on s'arrêtait sur la route pour acheter des glaces qu'on irait manger sur le toit ?

– Et des Cheetos pour Bubba !

– Bien sûr !

Elle sourit et poussa un nouveau cri. Cette fois, le sourire que je lui adressai était tout à fait sincère.

Je l'aimais plus qu'elle ne le saurait jamais. Si elle n'avait pas été là, j'aurais complètement sombré dans le chagrin. Emma avait sauvé mon âme.

***

Je n'ai pas dit au revoir à maman parce qu'elle n'est jamais rentrée de son dîner-rencard avec Casanova. Au début où j'étais revenue vivre chez elle, quand elle ne rentrait pas comme ça, je l'appelais, encore et encore, inquiète de savoir où elle était passée, mais le plus souvent elle me hurlait dessus, en me disant qu'elle était une femme adulte et qu'elle faisait des choses de femme adulte.

Alors, je lui ai laissé un mot.

On rentre chez nous.

On t'aime.

À bientôt.

E & E

On a roulé pendant des heures dans ma vieille bagnole, en écoutant la BO de *La Reine des neiges* suffisamment de fois pour que j'envisage de m'arracher les cils un par un avec une pince à épiler. Emma pouvait écouter chaque chanson un million de fois, mais elle avait une façon de mettre ses propres paroles sur chaque vers. Pour être franche, j'aimais mieux sa version de la chanson.

Quand elle s'endormit, la *Reine des neiges* s'endormit avec elle, me laissant dans le silence de la voiture. Je tendis la main vers le siège passager, la paume en l'air, dans l'attente qu'une autre main vienne emmêler ses doigts aux miens, mais le contact ne se fit jamais.

Je me débrouille bien. Je vais très bien.

Je me répétais ça encore et encore.

Un jour, ce serait vrai.

Un jour, j'irais bien.

Quand j'entrai sur l'autoroute I-64, mon estomac se serra. J'aurais voulu pouvoir prendre des routes secondaires pour aller à Meadows Creek, mais c'était le seul itinéraire possible. Il y avait pas mal de circulation malgré les vacances, mais le nouveau revêtement qui avait remplacé la chaussée défoncée rendait le voyage plus facile. Les larmes me montèrent aux yeux quand je me rappelai les infos à la télé.

Carambolage sur la I-64 !
Le chaos !
La confusion !
Les blessés !
Les morts !

Steven.

Une respiration.

Je continuai à conduire en retenant mes larmes. Je forçai mon corps à s'engourdir, parce que si je n'étais pas engourdie, je sentirais tout. Et si je sentais tout, je m'effondrerais, et je n'avais pas le droit de m'effondrer. Mon rétroviseur me renvoyait l'image de ce qui me donnait le peu de forces que j'avais, mon bébé. Je réussis l'épreuve de l'autoroute et je pris une autre respiration. Tous les jours, c'était une respiration à la fois. Je n'arrivais pas à penser au-delà de ça, sinon je m'étouffais.

Sur un panneau de bois verni, on pouvait lire « Bienvenue à Meadows Creek ».

Emma était réveillée et regardait fixement par la vitre.

– Dis, Maman ?

– Oui, Chérie ?

– Tu crois que Papa saura que nous avons déménagé ? Tu crois qu'il saura où laisser les plumes ?

Quand Steven est mort et que nous avons déménagé pour aller vivre chez ma mère, il y avait des plumes blanches éparpillées dans le jardin devant la maison. Quand Emma a demandé ce que c'était, maman lui a dit que c'était des petits signes que nous envoyaient les anges pour nous faire savoir qu'ils étaient près de nous et nous protégeaient.

Emma avait adoré cette idée et chaque fois qu'elle trouvait une plume, elle regardait le ciel et murmurait en souriant :

– Moi aussi je t'aime, Papa.

Puis elle se prenait en photo avec la plume pour l'ajouter à sa collection de photos intitulée « papa et moi ».

– Je suis sûre qu'il saura où nous trouver, mon cœur.

– Ouais. Ouais, il saura où nous trouver.

Les arbres étaient plus verts que dans mon souvenir, et les boutiques dans le centre de

Meadows Creek étaient décorées de petits fanions rouges, blancs et bleus pour les festivités. C'était extrêmement familier et étrange à la fois. Le drapeau américain de Madame Fredrick claquait au vent tandis qu'elle arrangeait les roses teintes aux couleurs patriotiques dans son bac à fleurs. Elle recula pour admirer sa maison avec une fierté sans mélange.

Nous restâmes coincées au seul feu rouge de la ville pendant dix bonnes minutes. Rien ne justifiait cette attente, mais elle me permit de revoir tout ce qui me rappelait Steven. Notre vie. Dès que le feu passa au vert, j'appuyai à fond sur l'accélérateur, désireuse plus que tout d'arriver chez moi et d'oublier les fantômes du passé. Au moment où la voiture démarrait, j'entrevis du coin de l'œil un chien qui se précipitait vers moi. J'enfonçai immédiatement la pédale de frein, mais ma vieille bagnole défoncée fit des à-coups avant de s'immobiliser. Quand elle finit par s'arrêter, j'entendis un jappement inquiétant.

Ma gorge se serra en bloquant ma capacité à prendre ma prochaine inspiration. Je serrai vivement le frein à main. Emma demanda ce qui se passait, mais je ne pris pas le temps de lui répondre. Au moment où j'ouvrais brusquement ma portière pour aller vers le pauvre chien, un homme arriva en courant vers moi. Il me regarda les yeux écarquillés, m'obligeant presque à baisser les miens devant l'intensité de son regard bleu-gris porteur d'orage. Généralement, les yeux bleus transmettent un sentiment chaleureux et bienveillant, mais ce n'était pas le cas des siens, qui étaient intenses, tout comme sa façon d'être. Glaciale et impénétrable. Ses iris d'un bleu profond étaient parsemés de fils argentés et noirs qui ajoutaient un élément de mystère à son regard. Ses yeux s'accordaient parfaitement aux ombres qui passent dans le ciel quand une tempête se prépare.

Ces yeux me semblaient familiers. Est-ce que je le connaissais ? J'aurais pu jurer que j'avais déjà vu ce regard auparavant. Il semblait à la fois effrayé et furieux quand il se détourna vers le chien que je supposai être le sien et qui ne bougeait pas. L'inconnu arborait autour du cou un énorme casque audio relié à quelque chose qui se trouvait dans sa poche arrière.

Il portait une tenue de sport. Les manches longues de son t-shirt blanc moulaient ses bras musclés, un short noir laissait voir ses jambes puissantes et de la sueur perlait sur son front. Je supposai qu'il avait emmené son chien pour faire son jogging et qu'il avait lâché la laisse, mais l'homme n'avait pas de chaussures.

Pourquoi ne portait-il pas de chaussures ?

C'était sans importance. Est-ce que son chien allait bien ?

J'aurais dû faire plus attention.

– Je suis désolée, je n'ai pas vu…

L'homme m'interrompit par un grognement brusque, comme si mes excuses l'offensaient.

– Putain ! Vous vous foutez de moi ou quoi ?

Le ton de sa voix me fit sursauter. Il prit son chien dans ses bras et le berça comme si c'était son enfant. Quand il se releva, je me relevai. Quand il regarda autour de lui, je fis de même.

– Je vais vous conduire chez le vétérinaire.

Je tremblais de tous mes membres en voyant le chien trembler dans les bras de l'inconnu. Je savais que j'aurais dû lui en vouloir de la façon dont il m'avait parlé, mais quand quelqu'un est paniqué, on ne peut pas vraiment lui reprocher sa conduite. Il ne répondit pas, mais je vis l'hésitation dans son regard. Une barbe noire très fournie, hirsute, encadrait son visage. Sa bouche se perdait quelque part dans cette parure sauvage, si bien que je ne pouvais me fier qu'au récit que je lisais dans ses yeux.

– Je vous en prie, c'est trop loin pour y aller à pied.

Il hocha la tête une fois, et une fois seulement. Il ouvrit la portière côté passager et s'assit à l'intérieur avec son chien avant de refermer la portière.

Je sautai dans la voiture et démarrai.

– Qu'est-ce qui se passe, demanda Emma.

– On va juste emmener le petit chien pour que le vétérinaire l'examine, chérie. Tout va bien.

J'espérais sincèrement dire vrai.

La clinique vétérinaire ouverte vingt-quatre heures sur vingt-quatre la plus proche était à au moins vingt minutes en voiture et le trajet ne se passa pas exactement comme je l'aurais imaginé.

– Tournez à gauche dans Cobbler Street, m'ordonna-t-il.

– On irait plus vite en passant par Harper Avenue.

Il grogna sans chercher à cacher son exaspération.

– Vous ne savez pas de quoi vous parlez, prenez par Cobbler !

Je pris une inspiration.

– Je sais conduire.

– Ah bon ? C'est justement à cause de votre façon de conduire que nous sommes là.

J'étais à deux doigts de jeter ce connard malpoli hors de ma voiture, seuls les gémissements de son chien m'en empêchèrent.

– J'ai déjà dit que j'étais désolée.

– Ça n'aide pas mon chien.

Connard.

– Cobbler Street, c'est la prochaine à droite.

– Harper, c'est la suivante.

– Ne prenez pas Harper.

Oh, mais je vais prendre Harper rien que pour le faire chier, ce mec. Non mais, pour qui il se prend ?

Je tournai à droite dans Harper Avenue.

– Putain, je ne peux pas croire que vous ayez pris cette rue.

Sa fureur me tira un petit sourire, jusqu'à ce que je tombe sur les travaux et les panneaux « route fermée ».

– Vous êtes toujours aussi bornée ?

– Et vous vous êtes toujours aussi… aussi… aussi…

Je me mis à bredouiller, parce que, contrairement à certaines personnes, je n'étais pas très douée pour les conflits. En fait, j'étais particulièrement nulle et je finissais généralement par pleurer comme une gamine parce que je ne trouvais pas assez vite les mots pour me défendre. Je faisais partie de ce genre de personnes maladroites qui trouvent les meilleures réparties trois jours après que la dispute a eu lieu.

– Êtes-vous toujours aussi… aussi…

– Aussi quoi ? Allez-y ! Dites-le !

Je tournai brusquement le volant pour faire demi-tour et retourner vers Cobbler Street.

– Allez, Sherlock, vous pouvez le faire !

– Aussi CON !

Je hurlai en tournant dans Cobbler.

Le silence s'installa dans la voiture. Les joues en feu, je crispai les doigts sur le volant.

Dès que je me garai dans l'allée, il ouvrit la portière et, sans me dire un mot, prit son chien et se précipita vers les urgences. Je me demandai si ce n'était pas là que nos routes devaient se séparer, mais je ne serais pas tranquille tant que je ne saurais pas si le chien allait bien.

– Maman ?

– Oui, ma chérie ?

– C'est quoi un con ?

Cinq cent quatre-vingt-deuxième erreur parentale de la journée.

– C'est rien, Bébé. J'ai dit un thon. Un thon est un poisson.

– Alors tu as traité cette personne de poisson ?

– Ouaip ! Un gros poisson.

– Est-ce que le petit chien va mourir ?

J'espère vraiment que non.

Je détachai la ceinture de sécurité d'Emma et nous entrâmes aux urgences. L'inconnu tambourinait sur le comptoir de la réceptionniste. Je voyais bouger ses lèvres, mais je ne pouvais pas entendre ce qu'il disait.

La réceptionniste avait l'air de plus en plus embarrassée.

– Monsieur, tout ce que je dis c'est que vous devez remplir ces formulaires et nous fournir une carte de crédit en cours de validité, sinon nous ne pouvons pas examiner votre animal. De plus, vous ne pouvez pas entrer ici comme ça, sans chaussures, sans parler de votre attitude inacceptable.

L'inconnu tapa du poing sur le comptoir encore une fois avant de se mettre à faire les cent pas en passant les mains dans ses longs cheveux noirs avant de les immobiliser sur son cou. Il respirait bruyamment, de façon irrégulière, et sa poitrine se soulevait et s'abaissait brusquement.

– Putain, j'ai l'air de me balader avec des cartes de crédit sur moi ? J'étais en train de courir, espèce d'idiote ! Et si vous n'avez pas l'intention de faire quoi que ce soit, appelez quelqu'un d'autre à qui je puisse parler.

La femme eut un mouvement de recul devant cette explosion de colère, et moi aussi.

Je m'approchai de la réception.

– Ils sont avec moi.

Emma était accrochée à mon bras, et Bubba au sien. Je sortis mon portefeuille de mon sac et je tendis ma carte bleue à la femme.

Elle plissa les yeux, hésitante.

– Vous êtes avec *lui* ?

Le ton de sa voix était presque insultant, comme si l'inconnu était le genre de personne qui méritait d'être seul.

Personne ne mérite d'être seul.

Je le regardai et je vis de la perplexité dans son regard, en plus de la colère qui était toujours là. J'essayai de détourner le regard, mais ses iris qui renfermaient tant de souffrance m'étaient trop familiers pour que j'y parvienne.

Je hochai la tête.

– Oui, je suis avec lui.

Elle ne sembla pas convaincue, alors je me redressai.

– Cela pose un problème ?

– Non, non. Il faut juste que vous remplissiez ce formulaire.

Je lui pris le papier des mains et j'allai dans la zone d'attente.

La télévision au-dessus de ma tête diffusait la chaîne Planète Animale, et il y avait un train miniature dans un coin qu'Emma et Bubba s'empressèrent d'occuper. L'inconnu continuait de me regarder fixement, dans une attitude distante et hostile.

– J'ai besoin que vous me donniez quelques renseignements.

Il approcha lentement et s'assit à côté de moi en posant les mains sur ses genoux.

– Comment il s'appelle ? Votre animal ?

Il entrouvrit les lèvres et marqua un moment d'hésitation avant de répondre.

– Zeus.

Le nom me fit sourire. C'était parfait pour un grand golden retriever.

– Et vous ?

– Tristan Cole.

Après avoir rempli le papier, je le tendis à la réceptionniste.

– Faites ce qu'il faut pour ce chien et mettez les frais sur ma carte de crédit.

– Vous êtes sûre ?

– Tout à fait.

– Cela pourrait vite faire une somme, je vous préviens.

– Alors, faites vite la somme.

Je me rassis à côté de Tristan. Il tapait des mains sur son short et je voyais l'énervement monter en lui. Quand je fixai ses yeux, j'y retrouvai la même confusion que j'avais remarquée dès l'instant où nos chemins s'étaient croisés.

Il se mit à marmonner quelque chose en frottant ses doigts les uns contre les autres rapidement avant de mettre son casque sur ses oreilles et d'enclencher son lecteur MP3.

Emma venait me voir de temps en temps pour savoir quand nous allions rentrer à la maison et je lui dis qu'il fallait attendre encore un peu. En retournant vers le circuit du train, elle regarda fixement Tristan et observa ses traits.

– Hé, Monsieur !

Il ne répondit pas. Elle se planta devant lui, les mains sur les hanches.

– Hé, Monsieur ! répéta-t-elle en haussant la voix.

Une année passée avec ma mère avait fait de ce mini-moi un monstre d'insolence.

– Hé, Monsieur ! Je vous parle.

Elle se mit à taper du pied.

L'inconnu baissa les yeux vers elle.

– Vous êtes un gros, un énorme thon.

Oh mon Dieu.

On n'aurait jamais dû me permettre de devenir parent. Je suis nulle comme parent.

J'allais la gronder, mais je vis un sourire minuscule se profiler sous la barbe épaisse de Tristan. Il était presque inexistant, mais je pouvais jurer avoir vu un pincement de sa lèvre inférieure. Emma avait le chic pour faire sourire même les âmes les plus sombres, j'en étais la preuve vivante.

Au bout d'une demi-heure, le vétérinaire vint nous informer que Zeus allait s'en sortir sans trop de dommages, juste quelques hématomes et une fracture de la patte avant. Je remerciai le vétérinaire et tandis qu'il s'en allait, les mains de Tristan se détendirent et tout son corps s'immobilisa. Puis il se mit à trembler de tous ses membres. Avec une profonde inspiration, le connard furibond disparut pour laisser place à une manifestation de désespoir. Il se laissa dominer par ses émotions et quand il expira, il se mit à sangloter de manière incontrôlée. Il gémit en versant des larmes brutes, rudes et douloureuses. Mes yeux s'embuèrent et je pourrais jurer qu'un morceau de mon cœur se brisa en même temps que le sien.

– Hé, Thon ! Hé, Thon ! Ne pleure pas, Thon. Tout va bien !

Emma tirait sur le t-shirt de Tristan.

– Tout va bien, dis-je en reprenant les paroles de mon adorable petite fille.

Je posai une main compatissante sur son épaule.

– Zeus va bien. Il est ok. Tout est ok.

Il pencha la tête vers moi et acquiesça comme s'il me croyait plus ou moins. Il prit plusieurs respirations profondes et se passa les mains sur les yeux en secouant la tête. Il faisait de son mieux pour dissimuler sa gêne et sa honte.

Il se racla la gorge et s'éloigna de moi. Nous nous tînmes à distance l'un de l'autre jusqu'à ce que le vétérinaire revienne avec Zeus. Tristan prit dans ses mains son petit chien qui, bien que paraissant fatigué, réussit à remuer la queue et à donner quelques coups de langue à son maître. Tristan sourit et ce fut pratiquement impossible de ne pas le voir, cette fois-ci. C'était un large sourire de soulagement. Si l'amour était un moment, celui-ci serait la preuve qu'il existait.

Je m'écartai par discrétion. Emma me prit la main et nous suivîmes Tristan et Zeus qui sortaient de la clinique.

Tristan s'éloigna avec Zeus dans les bras, ne souhaitant apparemment pas que je le ramène en ville. J'eus envie de l'arrêter, mais je n'avais aucune raison de lui demander de se retourner. J'attachai Emma dans son siège et au moment où je refermai la portière, je fis un bond en voyant Tristan à quelques centimètres de moi. Il plongea son regard dans le mien. Je n'arrivais pas à détourner les yeux. Ma respiration s'accéléra et j'essayai de me rappeler la dernière fois que je m'étais tenue aussi près d'un homme.

Il avança encore plus près.

Je ne bougeais pas.

Il prit une inspiration.

J'en pris une aussi.

Une inspiration.

C'est tout ce que je réussis à faire.

Notre proximité me nouait l'estomac, et j'étais déjà prête à répondre « je vous en prie » au « merci » que, je n'en doutais pas, il allait me dire.

– Apprenez à conduire, putain !

Sur ce, il tourna les talons.

Pas « merci d'avoir réglé la facture » ou « merci de m'avoir conduit ici », non, « apprenez à conduire, putain ! »

Super.

Je chuchotai dans le vent qui me glaçait la peau.

– C'était la moindre des choses, Thon.

CHAPITRE 3

Elizabeth

– Eh bien dis donc, vous en avez mis du temps pour arriver !

Kathy sortit de la maison en souriant. Je n'avais pas imaginé que Lincoln et elle seraient là pour nous accueillir, mais en fait ça allait de soi, sachant qu'ils ne nous avaient pas vues depuis si longtemps et qu'ils n'habitaient qu'à quelques minutes de là.

– Grammy !

Emma poussa des cris tandis que je détachais la ceinture de son siège auto. Elle bondit hors de la voiture et, tout heureuse, courut vers sa grand-mère. Kathy la prit dans ses bras et la souleva pour lui faire un gros câlin.

– On est revenues à la maison, Grammy !

– Je sais ! Et ça nous fait super-plaisir.

Kathy couvrit le visage d'Emma de baisers.

– Où est Poppi ?

– On me cherche ?

Lincoln sortit de la maison à son tour. Il paraissait beaucoup plus jeune que ses soixante-cinq ans. Katy et Lincoln ne vieilliraient probablement jamais vraiment. Ils étaient incroyablement jeunes de cœur et plus actifs que la plupart des gens de mon âge. Une fois, j'étais allée courir avec Kathy, et je me suis écroulée au bout d'une demi-heure alors que nous n'avions fait qu'un quart de son parcours habituel.

Lincoln prit Emma des bras de sa femme et la fit sauter en l'air.

– Eh bien, eh bien, qui est-ce que je vois là ?

– C'est moi, Poppi ! Emma !

Elle se mit à rire.

– Emma ? Impossible ! Tu es bien trop grande pour être ma petite Emma.

Elle secoua la tête d'avant en arrière.

– Mais si, c'est moi, Poppi !

– Eh bien, il va falloir me le prouver. Ma petite Emma me faisait toujours des bisous spéciaux. Tu les connais ?

Emma se pencha et frotta son nez sur chacune des joues de Lincoln avant de lui faire un baiser esquimau.

– Oh, mon Dieu ! C'est vraiment toi ! Eh bien, qu'est-ce que tu attends ? J'ai des esquimaux rouge, blanc et bleu avec ton nom dessus. Si on rentrait ?

Lincoln se tourna vers moi et me fit un clin d'œil de bienvenue. Ils se précipitèrent tous les deux dans la maison et je m'arrêtai un instant pour jeter un coup d'œil autour de moi.

L'herbe était haute, et il y avait des mauvaises herbes et des aigrettes de pissenlit, des herbes à souhaits, comme les appelait Emma. La clôture que nous avions commencé à monter était restée inachevée, Steven n'avait pas eu le temps de la terminer. Nous avions décidé de clôturer la propriété pour empêcher Emma de s'approcher trop près de la rue ou de s'aventurer dans l'immense forêt à l'arrière de la maison.

Les planches qui restaient étaient entassées sur le côté de la maison, attendant que quelqu'un s'attelle à la tâche. Je jetai un coup d'œil vers l'arrière du jardin. Au-delà de la clôture inachevée, on voyait les arbres qui menaient à des hectares de terre boisée. Une part de moi éprouva l'envie de prendre la fuite, d'aller me perdre dans ces bois et d'y rester pendant des heures.

Kathy s'approcha et me prit dans ses bras pour me serrer contre elle. Je m'effondrai sur sa poitrine en la serrant.

– Tu tiens le coup ?

– Il faut bien.

– Pour Emma ?

– Pour Emma.

Kathy me serra un peu plus fort avant que nous ne nous écartions l'une de l'autre.

– Le jardin est en friche. Personne n'est venu ici depuis…

Sa voix se brisa et son sourire disparut.

– Lincoln a dit qu'il allait s'en occuper.

– Oh non, ce n'est pas la peine. Vraiment, je peux le faire.

– Liz…

– Vraiment Kathy. J'ai envie de le faire. J'ai envie de reconstruire.

– Eh bien, si tu en es sûre. En tout cas, ton jardin n'est pas le pire de la rue.

En souriant, elle fit un signe de tête vers la maison de mon voisin.

– C'est habité ? Je pensais que la maison de monsieur Rake ne se vendrait jamais avec toutes les rumeurs disant qu'elle était hantée.

– Ouais. Quelqu'un a bien fini par l'acheter. Bon, je ne suis pas du genre à faire des commérages, mais le type qui vit là est plutôt bizarre. On dit qu'il est en cavale à la suite de quelque chose qu'il aurait fait dans le passé.

– Quoi ? Tu veux dire, un repris de justice ?

Kathy haussa les épaules.

– Marybeth raconte qu'elle a entendu dire qu'il aurait poignardé quelqu'un et Gary dit qu'il a tué un chat parce qu'il le dérangeait avec ses miaulements.

– Ce n'est pas vrai ! Quoi ? J'habite à côté d'un psychopathe ?

– Oh, je suis sûre que tu ne crains rien. Tu sais ce que sont les ragots dans une petite ville. Je doute qu'il y ait la moindre once de vérité dans tout ça. Mais c'est vrai qu'il travaille chez ce farfelu d'Henson, alors il ne doit pas être très net non plus.

En gros, fais bien attention de fermer tes portes à clé le soir.

Monsieur Henson tenait une boutique appelée Le Bazaar de l'Épouvante[1] dans le centre-ville de Meadows Creek, et c'était un personnage des plus étranges, que je n'avais jamais rencontré. Je savais qu'il était bizarre seulement d'après ce que les autres disaient de lui.

Les gens de cette ville étaient parmi les plus doués en commérages et parmi les plus représentatifs de ceux qui vivent dans ce qu'on appelle une petite ville de province. Tout le monde parlait toujours d'en partir, mais personne n'allait jamais nulle part.

Je regardai de l'autre côté de la rue et j'aperçus trois personnes qui cancanaient devant une maison tout en allant chercher leur courrier. Deux femmes passèrent d'un pas rapide devant chez moi, et je les entendis parler de mon retour en ville – elles ne me dirent ni bonjour ni quoique ce soit, pourtant elles continuaient à parler de moi. Juste au coin de la rue apparut un père qui apprenait à sa petite fille à faire du vélo, apparemment pour la première fois sans stabilisateurs.

Un sourire passa sur mes lèvres. Tout cela faisait tellement cliché, le stéréotype de la vie d'une petite ville de province. Tout le monde se mêlait des affaires des autres et les nouvelles allaient vite.

---

1 Titre d'un roman de Stephen King, en anglais *Needful Things*, publié en 1991. (NdT, ainsi que pour toutes les notes suivantes)

– Enfin…

Kathy me rappela à la réalité en souriant.

– Nous avons apporté des trucs pour un barbecue pour dîner. Et nous avons rempli ton frigo pour que tu sois tranquille pendant une semaine ou deux. Nous avons même déjà installé les couvertures sur le toit pour regarder le feu d'artifice qui ne devrait pas tarder à commencer…

Le ciel s'emplit de fusées bleues et rouges, allumant le monde de couleurs.

– C'est parti !

Je levai les yeux vers la terrasse sur le toit et je vis Lincoln qui s'installait confortablement avec Emma dans ses bras. Ils se mirent à pousser des « Oooh ! » et des « Aaah ! » chaque fois que la nuit s'illuminait.

– Tu viens, Maman ?

Emma cria sans détacher les yeux de cet étalage de couleurs. Kathy me passa un bras autour de la taille et nous nous dirigeâmes vers la maison.

– J'ai quelques bouteilles de vin avec ton nom dessus pour tout à l'heure, quand Emma sera couchée.

– Pour moi ?

Elle sourit.

– Pour toi. Bienvenue à la maison, Liz.

La maison.

Je me demandai quand cette douleur disparaîtrait.

***

Lincoln se proposa pour aller coucher Emma et lorsqu'il me sembla que ça prenait plus de temps que nécessaire, j'allai voir ce qui se passait. Tous les soirs, Emma faisait des difficultés pour aller se coucher et je me disais qu'elle devait faire la même chose avec son grand-père. Je parcourus le couloir sur la pointe des pieds, mais je n'entendis pas de cris, ce qui était bon signe. Quand je jetai un coup d'œil dans la chambre, je les trouvai tous les deux étalés sur le grand lit, profondément endormis, avec les pieds de Lincoln qui pendaient par-dessus le bord du lit.

Kathy arriva derrière moi et pouffa de rire.

– Je ne sais pas lequel de Lincoln ou d'Emma était le plus excité à l'idée de se retrouver.

Je la suivis dans le séjour et nous nous assîmes devant les deux plus grandes bouteilles de vin que j'aie jamais vues. Je me mis à rire.

– Tu as l'intention de me soûler ?

Elle sourit.

– Si cela peut t'aider à te sentir mieux, pourquoi pas ?

Kathy et moi avions toujours été très proches. Après avoir grandi auprès d'une mère qui n'était pas un modèle de stabilité, quand je suis sortie avec Steven, ma rencontre avec Kathy a été comme un grand bol d'air frais. Elle m'avait accueillie à bras ouverts et ne m'a jamais lâchée. Quand elle a découvert que j'attendais Emma, elle a encore plus pleuré que moi.

– Je m'en veux de les avoir tenus éloignés l'un de l'autre aussi longtemps.

Je buvais mon vin à petites gorgées, les yeux rivés sur la porte de la chambre d'Emma au bout du couloir.

– Ma chérie, ta vie a été bouleversée. Quand de telles tragédies surviennent et qu'il y a des enfants en jeu, on ne pense pas, on se contente d'agir. On fait ce qu'on croit être le mieux, on passe en mode survie. Tu ne peux pas t'en vouloir pour ça.

– Ouais, mais j'ai l'impression d'avoir fui, plus pour moi que pour Emma. Cela faisait trop, je ne pouvais pas assurer. Ç'aurait probablement été mieux pour Emma de rester ici. Tout ça lui a manqué.

Les larmes me montèrent aux yeux.

– Et puis, j'aurais dû venir vous voir, Lincoln et toi. J'aurais dû appeler plus souvent. Je suis vraiment désolée, Kathy.

Elle se pencha vers moi en posant les coudes sur ses genoux.

– Écoute, ma chérie. Il est exactement 23 h 42 et à cet instant précis, à 23 h 42, tu arrêtes de te faire des reproches. C'est le moment où tu te pardonnes. Lincoln et moi avons compris. Nous savions que tu avais besoin d'espace. Tu as tort de penser que tu nous dois des excuses.

J'essuyai les quelques larmes qui coulaient sur mes joues.

– Je pleure, c'est idiot.

Je me mis à rire, gênée.

– Tu sais ce qui est bon pour sécher les larmes ?

– Non, c'est quoi ?

Elle me servit un autre grand verre de vin. *Une femme sensée.*

Nous continuâmes à bavarder pendant des heures, et plus nous buvions, plus nous riions. J'avais oublié comme c'était bon de rire. Elle me posa des questions sur ma mère et je ne pus m'empêcher de froncer le nez.

– Elle est toujours aussi paumée. Elle tourne en rond et refait toujours les mêmes erreurs avec le même genre de personnes. Je me demande si elle n'a pas atteint un point de non-retour. J'ai l'impression qu'elle ne changera jamais.

– Tu l'aimes ?

– Toujours. Même quand je ne l'apprécie pas.

– Alors, ne l'abandonne pas. Même si tu as besoin d'oxygène pendant un moment. Aime-la et continue de croire qu'elle te reviendra.

– Comment as-tu acquis une telle sagesse ?

Elle me fit un large sourire gourmand et inclina son verre de vin dans ma direction puis le remplit de nouveau. *Une femme très sensée.*

– Est-ce que tu pourrais garder Emma demain ? Je vais aller en ville pour chercher du boulot, voir si Matty n'aurait pas besoin d'un coup de main à la cafétéria.

– On pourrait la prendre pour le week-end ? Ça ne te ferait pas de mal d'avoir quelques jours pour toi. Elle pourrait même recommencer à venir passer la nuit du vendredi au samedi chez nous, comme avant. De toute façon, je ne crois pas que Lincoln soit prêt à la lâcher de sitôt.

– Vous feriez ça pour moi ?

– On ferait n'importe quoi pour toi. D'autre part, chaque fois que je vais à la cafétéria, Faye me demande : « Comment va ma meilleure amie ? Est-ce que ma meilleure amie revient bientôt ? » Alors je suppose qu'elle sera ravie d'avoir un peu de temps en tête à tête avec toi.

Je n'avais pas revu Faye depuis la disparition de Steven. Même si nous nous parlions pratiquement tous les jours, elle avait compris que j'avais besoin de m'éloigner. J'espérais désormais qu'elle comprendrait que j'avais besoin de ma meilleure amie pour m'aider à prendre ce nouveau départ.

– Le moment n'est peut-être pas très bien choisi pour te poser cette question, mais as-tu envisagé de relancer votre affaire ?

Trois ans plus tôt, avec Steven, nous avions monté une entreprise de décoration, *In & Out Design*. Il s'occupait de l'extérieur des maisons tandis que je travaillais sur la décoration intérieure pour des particuliers ou des entreprises. Nous avions une agence dans le centre de Meadows Creek, et j'y ai passé certains des meilleurs moments de ma vie, mais il faut bien reconnaître que c'était les compétences de Steven en matière d'entretien de pelouses qui faisaient rentrer le plus d'argent dans la caisse, en plus de son diplôme de commerce. Il me serait impossible de la faire tourner toute seule. À Meadows Creek, mon diplôme de décoratrice d'intérieur me donnait tout juste la possibilité de travailler dans un magasin d'ameublement, à vendre des chaises longues hors de prix. Je pourrais aussi retourner à ma formation initiale et travailler dans la restauration.

– Je ne sais pas. Probablement pas. Sans Steven, ça me paraît impossible. J'ai juste besoin de trouver un boulot stable et d'essayer d'oublier ce rêve.

– Je comprends. Mais pour autant, tu ne dois pas t'interdire d'avoir de nouveaux rêves. Tu étais très bonne dans ton job, Liz. Et cela te rendait heureuse. On devrait toujours s'accrocher aux choses qui nous rendent heureux.

Après que Kathy et Lincoln eurent décidé de rentrer chez eux, je me bagarrai avec les verrous de ma porte d'entrée que Steven et moi étions censés changer des mois auparavant. En bâillant, je me dirigeai vers ma chambre et m'arrêtai à la porte. Le lit était parfaitement fait et je n'avais pas encore trouvé la force d'y pénétrer. Cela me semblait une sorte de trahison de me glisser dans ce lit et de fermer les yeux sans sa présence auprès de moi.

Une inspiration.

Un pas.

J'entrai et me dirigeai vers le placard dont j'ouvris les portes en grand. Tous les vêtements de Steven pendaient sur les cintres et je les effleurai du bout des doigts avant de me mettre à trembler. Les larmes aux yeux, je retirai tous les vêtements des portemanteaux et les jetai sur le sol. J'ouvris ses tiroirs et en sortis le reste de ses affaires. Les jeans, les t-shirts, les tenues de sport, les caleçons. Le moindre des vêtements que Steven possédait vint rejoindre les autres par terre.

Je m'allongeai sur la pile, en me roulant dans son odeur ténue que je feignis de trouver toujours là. Je murmurai son nom, comme s'il pouvait m'entendre, et j'embrassai l'idée qu'il me tenait dans ses bras et me couvrait de baisers. Les larmes venues de mon cœur douloureux se répandirent sur la manche de son t-shirt préféré, et je m'enfonçai de plus en plus dans mon chagrin. Mes pleurs étaient sauvages et chargés de douleur, comme ceux d'une créature plongée dans une peine indescriptible. Tout me faisait mal. Tout était brisé. Les minutes s'écoulant, je me sentis de plus en plus épuisée par mes propres émotions. Le calme absolu de ma redoutable solitude me plongea dans un sommeil profond.

***

Quand j'ouvris les yeux, il faisait encore nuit. Une jolie petite fille et son Bubba étaient allongés près de moi, une petite partie de sa couverture posée sur elle alors que tout le reste recouvrait mon corps. Chaque fois qu'un moment comme celui-ci se produisait, je me faisais penser à ma mère. Je me rappelais m'être occupée d'elle alors que j'aurais dû vivre ma vie d'enfant. Ce n'était pas juste pour Emma. *Elle a besoin de moi.* Je me recroquevillai contre elle, posai un baiser sur son front et me fis la promesse de ne plus perdre les pédales.

CHAPITRE 4

Elizabeth

Le lendemain matin, Kathy et Lincoln arrivèrent de bonne heure pour emmener Emma pour un week-end d'aventures. Juste au moment où j'allais sortir, j'entendis frapper à ma porte. J'ouvris en affichant mon plus beau sourire de circonstance quand je vis trois femmes qui vivaient dans ma rue, trois femmes qui ne m'avaient pas manqué le moins du monde.

– Marybeth, Susan, Erica, salut.

J'aurais dû me douter qu'il ne faudrait pas longtemps aux trois femmes les plus curieuses et les plus commères de la ville pour se pointer chez moi.

Marybeth poussa un petit cri étouffé et se précipita sur moi pour m'embrasser.

– Oh, Liz, comment vas-tu, ma chérie ? On avait entendu dire que tu étais de retour en ville, mais tu nous connais, nous détestons les rumeurs, alors nous avons voulu en avoir le cœur net.

– Je t'ai fait un pain de viande, s'exclama Erica. Après la mort de Steven, tu as disparu si vite que je n'ai pas eu le temps de te cuisiner quelque chose pour te remonter le moral, alors voilà j'ai enfin pu te faire ce pain de viande pour te soutenir dans ton deuil.

– Merci, Mesdames. En fait, j'allais sortir pour…

– Et Emma, comment réagit-elle ? interrompit Susan. Elle tient le coup ? Ma Rachel s'inquiétait pour elle et elle se demandait si elles pourraient recommencer à se voir pour jouer ensemble, ce serait super.

Elle fit une pause et se pencha vers moi.

– Mais, dis-moi, Emma n'est pas déprimée au moins ? J'ai entendu dire que cela pouvait être contagieux pour les autres enfants.

Je vous déteste, je vous déteste, je vous déteste. Je souris.

– Oh non, Emma va très bien. Nous allons très bien. Tout va bien.

– Alors, tu vas revenir aux réunions de notre club de lecture ? Tous les mercredis chez Marybeth. Les enfants s'amusent au sous-sol pendant que nous bavardons autour d'un roman. Cette semaine nous lisons *Orgueil et préjugés*.

– Je ... *n'ai pas du tout envie de venir*.

Elles ne me quittaient pas des yeux et je sus que si je refusais, je m'attirerais plus d'ennuis que cela n'en valait la peine. De plus, ce serait sympa pour Emma de rencontrer d'autres filles de son âge.

– Je viendrai.

– Super !

Marybeth parcourut le jardin du regard.

– Ton jardin ne manque pas de personnalité.

Elle sourit en le disant, mais cela voulait dire : « Quand vas-tu tondre ta pelouse ? Cela fait mauvais genre dans le quartier. »

– Je m'en occupe.

Je pris le pâté des mains d'Erica et allai le ranger avant de me dépêcher de sortir et de fermer la porte à clé en faisant tout mon possible pour leur faire comprendre que je devais m'en aller.

– Eh bien, merci d'être passées. Je dois aller en ville.

– Ah ? Qu'est-ce que tu vas faire en ville ? interrogea Marybeth.

– En fait, je vais voir si Matty aurait besoin de quelqu'un chez *Savory and Sweet*[2].

– Alors qu'ils viennent juste d'embaucher quelqu'un ? Cela m'étonnerait qu'il puisse te prendre en plus, intervint Erica.

– Ah bon ? Alors, c'est vrai ce qu'on raconte, tu ne vas pas relancer ta société ? Remarque, je comprends que tu ne le fasses pas sans Steven, dit Marybeth.

Susan acquiesça d'un signe de tête.

– C'était lui, l'homme d'affaires. Et je sais que toi tu n'avais que ton diplôme d'architecte d'intérieur. Cela doit être triste de passer de quelque chose de génial comme ça à quelque chose d'aussi banal que d'être serveuse. Moi, je sais que je ne pourrais pas. Quelle régression.

---

2 Chaîne de restauration, traiteur.

Allez vous faire foutre, allez vous faire foutre, allez vous faire foutre. Je souris.

– On verra bien. J'ai été ravie de votre visite. Je suis sûre qu'on se reverra bientôt.

– Mercredi, sept heures ! dit Susan avec un petit sourire hypocrite.

Je forçai le passage pour m'éloigner sans pouvoir m'empêcher de lever les yeux au ciel en les entendant murmurer dans mon dos qu'on dirait bien que j'avais pris du poids et que c'était fou les poches que j'avais sous les yeux.

J'allai à pied jusque chez *Savory and Sweet* en essayant de me détendre. Et s'ils n'avaient besoin de personne à la cafétéria ? Qu'est-ce que je ferais pour gagner de l'argent ? Les parents de Steven m'avaient dit de ne pas m'inquiéter pour ça, qu'ils nous aideraient le temps qu'il faudrait, mais c'était plus fort que moi. Je voulais trouver un moyen de m'en sortir seule.

Quand j'ouvris la porte de la cafétéria, je souris en entendant le cri provenant de derrière le comptoir.

– Dites-moi que je ne rêve pas, ma meilleure amie est revenue !

Faye bondit par-dessus le comptoir et se jeta sur moi pour me serrer dans ses bras. Sans me lâcher, elle se tourna vers Matty, le propriétaire des lieux.

– Matty, rassure-moi, tu vois bien la même chose que moi ? Ou alors, c'est toutes les drogues que j'ai prises avant de venir travailler, j'ai des hallu.

– Mais non, elle est bien là, espèce de folle.

Il sourit. Matty était un mec d'âge mûr, et généralement il répondait au dynamisme tapageur de Faye en souriant et en levant les yeux au ciel. Il plongea ses yeux marron dans les miens et hocha la tête une fois.

– Content de te voir, Liz.

Faye se pelotonna contre mes seins comme si c'était son oreiller.

– Maintenant que tu es revenue, je ne te laisserai plus me quitter, plus jamais, jamais.

Faye possédait une beauté parfaite et unique. Ses cheveux teints gris argent – peu commun pour une femme de vingt-sept ans – étaient parsemés de mèches roses et mauves. Elle portait toujours du vernis à ongles de couleur vive et des robes qui mettaient ses courbes en valeur. Mais la chose qui la rendait si belle, c'était son assurance. Faye savait qu'elle était canon et elle savait aussi que cela n'était pas dû qu'à son apparence. Son sentiment de fierté venait de l'intérieur ; elle n'avait besoin de l'approbation de personne d'autre qu'elle -même.

Je lui enviais cette capacité.

– Eh bien, en fait je suis venue voir si vous n'embaucheriez pas, par hasard. Je sais que je n'ai pas travaillé ici depuis que j'ai quitté la fac, mais cela me rendrait bien service.

– Mais bien sûr que nous embauchons ! Hé toi, Sam !

Faye pointa le doigt vers un jeune serveur que je ne connaissais pas.

– Tu es viré !

– Faye !

– Quoi ?!

– Tu ne peux pas virer les gens comme ça.

Je voyais la peur se refléter dans les yeux de Sam. *Pauvre gars.*

– Vous n'êtes pas viré en vrai.

– Oh, mais si, tu l'es.

– Arrête ça, Faye. Mais non, vous ne l'êtes pas. Et d'abord, de quel droit tu vires les gens ?

Elle se redressa et tapota du doigt le badge portant son nom et sur laquelle on pouvait lire « Manager ».

– Il a bien fallu que quelqu'un prenne le poste de directeur, ma vieille.

Je me tournai vers Matty, l'air un peu étonnée.

– Tu as nommé Faye manager ?

– Elle avait dû me droguer.

Il se mit à rire.

– Cela dit, si tu as vraiment besoin de travailler, il y a toujours de la place pour toi. Ce pourrait être à temps partiel, cependant.

– À mi-temps, ce serait super, vraiment.

Je souris à Matty en le remerciant.

– Ou alors on pourrait virer Sam. Il a déjà un autre boulot à temps partiel ! En plus, il est plutôt chelou.

– J'entends ce que tu dis, dit Sam timidement.

– Et alors, qu'est-ce que ça peut faire ? Tu es viré.

– Nous n'allons pas virer Sam, dit Matty.

– T'es pas marrant. Mais vous savez ce qui serait marrant ?

Elle retira son tablier et hurla :

– Pause déjeuner !

– Il est neuf heures et demie du matin ! gronda Matty.

– Pause petit déjeuner !

Faye m'attrapa par le bras.

– On revient dans une heure environ.

– Les pauses sont de trente minutes.

– Je suis sûre que Sam pourra me remplacer. Sam, tu n'es plus viré.

– Tu ne l'as jamais été, Sam.

Matty sourit.

– Une heure, Faye. Liz, arrange-toi pour qu'elle revienne à l'heure, sinon c'est elle qui sera virée.

– Ah oui ?

Faye posa les mains sur les hanches, avec un regard presque… allumeur. Matty lui fit un petit sourire en baladant sur son corps un regard presque… sexuel.

Qu'est-ce que… ?

Nous sortîmes du bâtiment, bras dessus, bras dessous. Je demeurai perplexe en pensant à cet échange bizarre qui venait d'avoir lieu entre Faye et Matty.

– C'était quoi, ça ?

Je haussai un sourcil en regardant Faye.

– De quoi tu parles ?

– De *ça*.

Je fis un signe en direction de Matty.

– Ce petit tango intensément sexuel que vous venez juste d'exécuter sous mes yeux ?

Elle ne répondit pas, mais se mit à se mordiller la lèvre inférieure.

– Oh mon Dieu… Tu as couché avec *Matty* ?

– Ferme-la, putain ! Tu veux que toute la ville soit au courant ?

Elle rougit en regardant autour d'elle.

– C'était un accident.

– Ah bon ? Carrément ? C'était carrément un accident ? Tu te baladais tranquillement dans Main Street quand tout à coup Matty est venu vers toi et son pénis est sorti accidentellement de son pantalon ? Et il y a eu un gros coup de vent qui a balancé le pénis en question dans ton vagin ? C'est comme ça que cet *accident* s'est passé ?

– Pas exactement.

Elle logea sa langue dans sa joue.

– Le vent l'a plus ou moins balancé vers ma bouche d'abord.

– OH BON SANG ? FAYE !

– Je sais, je sais ! C'est pour ça que les gens ne devraient pas sortir quand il y a du vent. Les pénis se déchaînent les jours de grand vent.

– Je n'arrive pas à y croire. Il est deux fois plus vieux que toi, tu réalises.

– Que veux-tu que je te dise ? J'ai un problème de rapport au père.

– Qu'est-ce que tu racontes ? Tu as un père merveilleux.

– Précisément. Aucun mec de notre âge ne lui arrive à la cheville ! Alors que Matty…

Elle soupira.

– Je crois que je l'aime bien.

C'était incroyable. Faye n'utilisait jamais ce terme en parlant des mecs. C'était la plus grande baiseuse que j'aie jamais rencontrée.

– Comment ça, tu l'aimes bien ?

Je ne cachai pas mon espoir de voir enfin mon amie décidée à se stabiliser.

– Ho, ne t'emballe pas, Nicholas Sparks[3]. Ce que je veux dire, c'est que j'aime bien sa queue. Je lui ai même donné un petit nom. Tu veux savoir lequel ?

– Pour l'amour du ciel, non !

– Je vais te le dire quand même.

– Faye !

Je poussai un soupir.

– Fatty[4] Matty, dit-elle avec un sourire carnassier.

– Tu sais quoi ? Tu n'es pas obligée de me raconter ce genre de choses. Jamais. Jamais de chez jamais.

– Je veux dire, genre grosse comme une double saucisse. C'est un peu comme si le dieu des saucisses avait finalement entendu mes prières. Tu te souviens de Pinky[5] Peter et de Unclipped[6]

---

3 Écrivain américain, auteur de romans d'amour.

4 Grosse.

5 Rose.

6 Non coupé.

Nick ? Eh bien, celle-ci est encore mieux ! Fatty Matty, c'est la Terre promise des saucisses.

– Je ne vais vraiment pas tarder à vomir. Alors, s'il te plaît, arrête de parler de ça.

Elle se mit à rire et me serra plus fort contre elle.

– Bon sang, ce que tu m'as manqué ! Alors, qu'est-ce que tu penses ? On va traîner dans notre coin favori ?

– Oh oui, sans hésitation.

Pendant que nous marchions, Faye me fit rire sans arrêt et je me demandai pourquoi j'étais partie si longtemps. Peut-être que, quelque part, je me sentais coupable de savoir que si je m'éternisais ici, je finirais par me sentir mieux, et cette idée me terrifiait dans un certain sens. Mais pour l'instant, rire, c'était exactement ce dont j'avais besoin. Le rire ne laissait pas trop de place aux larmes et j'en avais tellement assez des larmes.

– Ça fait trop bizarre d'être ici sans Emma, dit Faye en s'asseyant sur la balançoire à bascule dans l'aire de jeux.

Tout autour de nous, des enfants accompagnés de leurs parents et de leurs nounous couraient dans tous les sens en jouant tandis que nous montions et descendions sur la balançoire à bascule. Un gamin nous regarda comme si nous étions folles de traîner dans une aire de jeux pour enfants, mais Faye lui cria vivement :

– Ne grandis jamais, mon petit ! C'est un vrai piège !

Elle était tout le temps ridicule, comme ça.

– Alors, ça dure depuis combien de temps avec Matty ?

Elle rougit.

– Je ne sais pas trop, un mois peut-être. Ou deux.

– Deux mois ?

– Peut-être sept. Ou huit.

– Quoi ? Huit mois ? On s'est parlé tous les jours. Comment ça se fait que tu ne m'as jamais rien dit ?

– Je n'en sais rien.

Elle haussa les épaules.

– Tu traversais des moments difficiles avec Steven, tu vois ? Ça paraissait plutôt égoïste de te parler de mes histoires de cul.

Faye n'avait jamais eu d'histoires de cœur, mais c'était une pro des histoires de sexe.

– Mes histoires, c'était rien à côté des tiennes…

Elle fronça les sourcils et arrêta de pousser sur la balançoire, me laissant suspendue dans les airs. Faye était rarement sérieuse, mais Steven avait été comme un frère pour elle. Ils s'étaient bagarrés et engueulés plus que n'importe quels frères et sœurs que j'avais jamais connus, mais ils tenaient terriblement l'un à l'autre. En fait, c'est elle qui nous avait présentés quand nous étions à la fac. Ils se connaissaient depuis le CM2 et ils étaient inséparables. Je ne l'avais pas vue pleurer depuis qu'il avait disparu, mais j'étais certaine qu'elle le faisait souvent. J'étais probablement tellement enfermée dans mon propre désespoir que je n'avais pas réalisé que ma meilleure amie avait, elle, perdu son frère de cœur. Elle se racla la gorge et me fit un petit sourire sans joie.

– Mon merdier était négligeable, Liz. Pas le tien.

Elle poussa sur ses jambes pour remonter en l'air.

– Eh bien, je veux que tu saches que tu peux tout me dire, Faye. Je veux tout savoir de tes folles parties de jambes en l'air avec des vieux. De plus, rien dans ta vie n'est négligeable. Je veux dire, pour l'amour de Dieu, regarde tes nichons.

Elle se mit à rire comme une folle en rejetant la tête en arrière. Quand Faye riait, tout l'univers partageait sa joie.

– Je sais ! Ces nibards, c'est pas une blague.

– On devrait sans doute retourner à ton boulot avant que tu ne sois virée.

– S'il me virait, il se retrouverait avec les couilles congestionnées.

Je rougis en voyant tous les gens autour de nous regarder dans notre direction.

– Faye. Il te faut un filtre.

– Les filtres, c'est bon pour les cigarettes, pas pour les humains, Liz.

Nous reprîmes le chemin du café, bras dessus, bras dessous, en accordant nos pas. Faye murmura en posant la tête sur mon épaule :

– Je suis contente que tu sois plus ou moins revenue, Liz.

– Plus ou moins revenue ? Qu'est-ce que tu veux dire ? Je suis là, je suis revenue.

Elle leva les yeux vers moi et me fit un sourire entendu.

– Pas vraiment. Mais dans pas longtemps, tu seras vraiment là, ma puce.

Cette façon qu'elle avait de voir ma souffrance sous les apparences était remarquable. Je la serrai contre moi, certaine que je n'allais pas la lâcher de sitôt.

CHAPITRE 5

Elizabeth

– Liz, tu ne manques pas de culot d'être partie comme ça avec Emma sans même me prévenir !

Maman ne décolérait pas au téléphone. Cela faisait deux jours qu'Emma et moi étions revenues chez nous et ce n'était que maintenant qu'elle m'appelait. Soit elle était vraiment fâchée que je lui aie juste laissé un mot, soit elle avait passé tout ce temps en ville avec un inconnu et venait seulement de rentrer chez elle.

J'avais plutôt tendance à opter pour la deuxième solution.

– Excuse-moi, mais tu savais que nous avions l'intention de partir… Nous avions besoin de prendre un nouveau départ.

– Un *nouveau* départ dans ton *ancienne* maison ? Ce n'est pas très cohérent.

Je ne m'attendais pas à ce qu'elle comprenne, aussi je changeai de conversation.

– C'était bien ce dîner avec Roger ?

– Richard. Ne fais pas semblant d'avoir oublié son prénom. Et c'était génial. Je crois qu'il pourrait bien être le bon.

Je levai les yeux au ciel. Tous les types avec qui elle sortait étaient le bon – jusqu'à ce qu'ils ne le soient plus.

– Est-ce que tu lèves les yeux au ciel ?

– Non.

– Mais si, j'en suis sûre ! Tu pourrais être un peu plus respectueuse.

– Maman, je dois aller travailler (ce qui n'était pas vrai). Je peux te rappeler un peu plus tard ?

Demain, peut-être.

Ou la semaine prochaine.

J'ai juste besoin d'un peu d'espace.

– Si tu veux. Mais n'oublie pas qui était là pour toi quand tu n'avais personne, ma petite fille. D'accord, les parents de Steven sont probablement là pour t'aider maintenant, mais il arrivera un moment où tu te rendras compte qui est ta vraie famille, et qui ne l'est pas.

Je n'avais jamais été si heureuse de raccrocher le téléphone.

***

Parfois, je me tenais dans le jardin derrière la maison et je regardais les arbustes laissés à l'abandon et l'herbe haute, en essayant de me rappeler à quoi ça ressemblait avant. Steven en avait fait un endroit superbe. Il avait toujours eu l'œil pour les détails quand il s'agissait du paysage et je pouvais presque imaginer le parfum des fleurs qu'il avait plantées et qui toutes, maintenant, étaient mortes.

– Ferme les yeux, murmura-t-il en venant vers moi avec les mains dans le dos.

Je fis ce qu'il me disait.

– Quelle est cette fleur ?

Le parfum monta à mes narines et je souris.

– Une jacinthe.

Mon sourire s'élargit quand je sentis ses lèvres sur les miennes.

– Une jacinthe.

J'ouvris les yeux. Il plaça la fleur derrière mon oreille.

– Je me disais que j'allais en planter à côté de la mare, dans le jardin de derrière.

– C'est la fleur que je préfère.

– Et toi, tu es la fille que je préfère.

Je clignai des yeux, j'étais revenue dans le présent, nostalgique des senteurs du passé.

Mon regard se posa sur la maison de mon voisin, sa pelouse était en plus mauvais état encore que la mienne. De chaque côté de la maison de briques d'un brun rougeâtre pendaient des cordes couleur ivoire. L'herbe était dix fois plus haute que la mienne, et sur le porche à l'arrière je vis un nain de jardin brisé en mille morceaux. Une batte de base-ball d'enfant en plastique jaune disparaissait à moitié dans l'herbe à côté d'un dinosaure, en plastique lui aussi.

Une petite table de sciage à la peinture rouge écaillée était montée à côté de la remise. Des tas de bois étaient adossés contre l'abri et c'était à se demander si la maison était vraiment occupée.

Elle semblait complètement abandonnée et je ne pus m'empêcher de me poser des questions quant à l'état d'esprit de mon voisin.

Notre pâté de maisons était juste à la lisière de la forêt de Meadows Creek. Le quartier était entouré d'arbres. Je savais qu'au plus profond de ces bois coulait sur des kilomètres une étroite rivière cachée dans l'ombre des arbres. La plupart des gens en ignoraient l'existence, mais je l'avais découverte avec Steven quand j'étais à la fac. Dans le lit de cette rivière étroite, il y avait un rocher minuscule. Sur ce rocher minuscule, on pouvait lire les initiales ST et EB. Ces initiales avaient été gravées sur le minuscule rocher, dans la rivière étroite, dans l'obscurité des bois quand Steven m'avait demandé de l'épouser. Sans trop réfléchir, je me retrouvai dans les bois et, peu de temps après, j'étais assise au milieu des arbres, regardant fixement mon reflet dans l'eau.

Une respiration.

Le petit poisson suivait tranquillement le cours de la rivière, jusqu'à ce que la surface de l'eau se mette à onduler après un gros plouf. Je tournai la tête vers la gauche pour voir ce qui avait causé cette perturbation et le rouge me monta aux joues en voyant Tristan debout dans la rivière, torse nu, avec un simple short de jogging. Il se pencha au-dessus de l'eau et se mit à se laver le visage en frottant des doigts sa barbe hirsute. Je parcourus des yeux son torse bronzé couvert de poils et il éclaboussa son corps pour se laver. Des tatouages couvraient son bras gauche et ses pectoraux. Incapable de détourner le regard, je les examinai. Il y en avait plus que je ne pouvais compter, mais j'essayai de regarder chacun d'entre eux. *Je connais ces tatouages.* Ils étaient tous tirés de classiques de la littérature enfantine. Aslan de *Narnia.* Un monstre de *Max et les Maximonstres.* Le wagon des *Enfants du wagon.* Sur sa poitrine était tatouée la citation « Nous sommes tous fous ici » extraite d'*Alice au Pays des Merveilles.*

Je fus médusée par un tel déploiement de culture. Je ne trouvais rien de plus merveilleux qu'un homme qui, non seulement connaissait les classiques les plus réputés de tous les temps mais en plus avait trouvé le moyen de faire de son corps sa propre bibliothèque personnelle.

L'eau coulait de ses cheveux sur son front et s'égouttait sur sa poitrine. Tout à coup, je me figeai sur place. Je me demandai s'il se rendait compte à quel point il était beau et effrayant à la fois. En admirant son corps, mes pensées allaient tout à fait dans le sens de cette vieille pub pour les Tootsie Roll Pops[7].

– *Monsieur Hibou, combien de temps puis-je regarder cet homme avant que cela ne*

---

7 Dessin animé publicitaire pour une sucette, dans lequel un petit garçon pose des questions à un hibou.

devienne socialement inacceptable ? Je ne sais pas, Liz. Voyons. Un... Deux... Trois...

Il n'avait pas remarqué ma présence et mon cœur battait à se rompre alors que je m'éloignais de la rivière en espérant qu'il ne me verrait pas.

Zeus était attaché à un arbre et quand il me vit, il se mit immédiatement à aboyer dans ma direction.

Zut !

Tristan leva vers moi des yeux toujours aussi rebelles. Il s'immobilisa, l'eau coulait de sa poitrine sur la ceinture de son short. Je le fixai un instant de trop avant de réaliser que j'avais les yeux rivés sur son paquet. Je reportai vivement les yeux sur son regard farouche. Il n'avait pas bougé d'un millimètre. Zeus continuait à aboyer et remuait la queue en tirant sur sa laisse.

– Vous me suivez ?

La question était directe, le ton bref, n'invitant guère à la conversation.

– Quoi ? Non.

Il haussa un sourcil.

Je ne pouvais détacher les yeux de ses tatouages. *Oh, Les Œufs verts au jambon du Dr Seuss*[8].

Il remarqua mon regard.

Merde. Arrête, Liz.

– Excusez-moi.

Je sentis le rouge me brûler les joues. Que faisait-il là ?

---

8 Classique de la littérature enfantine américaine.

Il haussa l'autre sourcil et continua à me regarder sans ciller. Il aurait pu dire quelque chose, mais il était évident qu'il trouvait beaucoup plus drôle de me mettre mal à l'aise et de me rendre nerveuse. C'était éprouvant de le regarder parce qu'il avait l'air si brisé, mais toutes les cicatrices de son existence ne me rebutaient pas, bien au contraire.

J'observai le moindre de ses gestes tandis qu'il détachait la laisse de Zeus et partait dans la direction par laquelle je venais d'arriver. Je me mis en marche derrière lui pour rentrer chez moi.

Il s'arrêta.

Se tourna lentement vers moi.

– Arrêtez de me suivre, siffla-t-il entre ses dents.

– Je ne vous suis pas.

– Bien sûr que si.

– Non.

– Si.

– Non, non et non !

Il haussa les sourcils une fois de plus.

– Vous vous comportez comme une gamine de cinq ans.

Il tourna les talons et reprit sa marche. Je me remis à marcher, moi aussi. De temps en temps, il jetait un regard derrière lui et grognait, mais il ne prononça pas un mot. Quand nous atteignîmes la lisière de la forêt, il se dirigea avec Zeus vers le jardin à l'abandon, voisin de ma maison.

– On dirait que nous sommes voisins, dis-je en ricanant.

Il me jeta un regard furibond qui me retourna l'estomac. Un sentiment de malaise me serrait la poitrine et, pourtant, quand il me regarda dans les yeux, j'éprouvai une sensation qui ne m'était pas inconnue.

Nous entrâmes dans nos maisons respectives sans un salut.

***

Je dînai seule dans la salle à manger. En regardant par la fenêtre en face de moi, je vis Tristan assis à sa table, en train de manger, lui aussi. Sa maison avait l'air obscure et vide. Solitaire. Quand il regarda devant lui et me vit, je me redressai. Je lui adressai un simple sourire et un petit signe de la main. Il se leva, alla à la fenêtre et baissa les stores.

Il ne me fallut pas longtemps pour m'apercevoir que les fenêtres de nos chambres se faisaient face aussi et, là encore, il fut prompt à fermer les rideaux.

Je téléphonai pour prendre des nouvelles d'Emma qui, d'après ce que je compris, était tout excitée par les bonbons et le temps passé avec ses grands-parents. Vers huit heures du soir, j'étais assise sur le canapé du salon, les yeux perdus dans le vide, tentant de retenir mes larmes, quand je reçus un texto de Faye.

Faye : Ça va ?

Moi : Très bien.

Faye : Envie de voir du monde ?

Moi : Pas ce soir. Fatiguée.
Faye : Envie de voir du monde ?
Moi : Dodo…
Faye : Envie de voir du monde ?
Moi : Demain.
Faye : Bisous, Miss Nénés.
Moi : Bisous, Miss Nichons.

Les coups frappés à ma porte immédiatement après cet échange de messages ne me surprirent qu'à moitié. Je me doutais bien que rien ne pourrait empêcher Faye de passer, parce qu'elle savait que quand je disais que j'allais très bien, cela voulait généralement dire que c'était tout le contraire. En revanche, ce qui me surprit en ouvrant la porte, fut de voir tous ces gens. *Mes amis*. À leur tête se tenait Faye, brandissant la plus grosse bouteille de tequila que la Terre ait portée.

– Envie de voir du monde ?

Elle sourit.

Je jetai un coup d'œil à mon pyjama, puis regardai de nouveau la bouteille de tequila.

– Absolument.

***

– Je pensais vraiment que tu allais nous claquer la porte au nez, dit une voix familière dans mon dos alors que je me trouvais dans la cuisine et que je servais quatre shots.

Je me retournai et vis Tanner qui me regardait tout en lançant en l'air la pièce qu'il semblait avoir toujours à la main. Je bondis dans ses bras pour l'embrasser.

– Salut, Liz, murmura-t-il en me serrant contre lui.

Tanner était le meilleur ami de Steven et, depuis des années, ils avaient entretenu un genre d'amitié amoureuse qui m'avait fait penser que mon mari pourrait me quitter pour un autre homme. Tanner était un type costaud avec des yeux noirs et des cheveux blonds. Il travaillait au garage qu'il avait repris après que son père était tombé malade. Steven et lui étaient devenus inséparables quand ils partageaient la même chambre pendant leur première année de fac. En dépit du fait que Tanner avait dû arrêter ses études après cette première année pour travailler avec son père, Steven et lui étaient restés très liés.

Tanner me fit son plus beau sourire amical et me lâcha. Il leva deux des verres à shots que j'avais remplis. Il m'en tendit un et nous les vidâmes cul sec tous les deux en même temps. Puis il leva les deux autres et nous les vidâmes aussi. Je souris.

– Tu sais, je les avais préparés tous les quatre pour moi.

– Je sais. C'est juste pour épargner un peu ton foie.

Je l'observai mettre la main dans sa poche et en sortir une pièce de vingt-cinq cents. La même pièce qu'il faisait passer entre ses doigts sans arrêt. C'était une habitude curieuse que je lui avais toujours connue.

Je me mis à rire.

– Je vois que tu as toujours cette pièce.

Il rigola à son tour.

– Je ne sors jamais sans.

Et il la remit dans sa poche.

Je scrutai son visage, inquiète. Il n'en était probablement pas conscient mais, par moments, ses yeux laissaient entrevoir une tristesse infinie.

– Comment tu vas ?

Il haussa les épaules.

– Cela me fait plaisir de te revoir. Ça faisait un bail, ma petite pote. Il faut dire que tu as pour ainsi dire disparu après…

Il laissa sa phrase en suspens. Tout le monde faisait ça au moment de mentionner la mort de Steven. Je pensai que c'était bien ainsi.

– Je suis revenue.

Je nous servis quatre nouveaux shots en hochant la tête.

– Emma et moi sommes revenues pour de bon. On avait juste besoin d'un peu d'air, c'est tout.

– Et tu as toujours ta vieille bagnole merdique ?

– Absolument.

Je me mordis la lèvre intérieure.

– J'ai renversé un chien l'autre jour.

Il resta bouche bée.

– Non !

– Si. Le chien va bien, mais ma voiture de merde a fait des à-coups et je n'ai pas pu l'éviter.

– Je peux la réviser si tu veux.

Je haussai les épaules.

– Ce n'est pas la peine. Je peux tout faire à pied, maintenant que je suis en ville. Ce n'est pas un problème.

– Tu ne diras pas la même chose cet hiver.

– Ne t'inquiète pas, Tanner Michael Chase, ça va aller.

Un petit sourire se dessina sur ses lèvres.

– Tu sais que je déteste que tu utilises mon nom complet.

Je me mis à rire.

– Pourquoi tu crois que je le fais ?

– Bon, on devrait porter un toast, proposa-t-il.

Faye entra précipitamment dans la pièce et se saisit d'un des verres qu'elle leva.

– Moi, je suis toujours partante pour porter des toasts quand il s'agit de tequila.

Elle gloussa.

– Ou de vodka, de whisky, de rhum, d'alcool à quatre-vingt-dix…

J'éclatai de rire et nous levâmes tous les trois nos verres. Tanner s'éclaircit la voix.

– Aux vieux amis qui prennent de nouveaux départs. Vous nous avez manqué, Emma et toi, Liz, et nous sommes super-contents de vous compter de nouveau parmi nous. Que les mois qui viennent soient cléments avec toi, et que tu n'oublies jamais que tu n'es pas seule.

Nous vidâmes prestement nos verres.

– Au fait, une question, comme ça. Pour commencer, je voudrais changer toutes les serrures de la maison. Est-ce que vous connaissez quelqu'un qui pourrait me faire ça ?

– Absolument. Sam.

– Sam ?

– Tu sais le mec que j'ai viré pour pouvoir te donner la place ? Le jeune asocial à la cafétéria ? Il travaille à mi-temps dans la boutique de son père et il fait ce genre de truc.

– C'est vrai ? Tu crois qu'il ferait ça pour moi ?

– Bien sûr. Je ne vais pas lui laisser le choix, c'est ça ou il est viré.

Faye me fit un clin d'œil.

– Il est carrément bizarre, mais il travaille bien, et vite.

– Depuis quand tu aimes les types qui vont vite ?

– Il arrive qu'une fille n'ait besoin que d'une queue, d'une bière et d'une émission de télé-réalité, pour une durée de trente minutes. Il ne faut jamais sous-estimer les bienfaits d'un petit coup vite fait sur le gaz.

Faye se servit un autre verre et s'éclipsa en dansant.

– Ta meilleure copine doit être la première femme que je rencontre qui pense comme un homme.

– Tu savais qu'elle et Matty…

– Couchent ensemble ? Bien entendu. Après ton départ, elle avait besoin d'une copine à qui se plaindre de vive voix, et je ne sais pas pourquoi elle a décidé que j'avais une tête à avoir un vagin. Elle s'est pointée au garage tous les jours avec une nouvelle histoire concernant Fatty Matty – ce qui, soit dit en passant, me mettait extrêmement mal à l'aise.

Je gloussai.

– Tu veux dire que ça ne t'intéresse pas de connaître les petits noms qu'elle donne au sexe de ses partenaires ?

Il se pencha vers moi.

– Flakey[9] Frankie ? C'est la vérité, tu crois ?

– Faye ne ment jamais.

– Eh bien, ce n'est pas de bol pour ce pauvre Frankie.

Je souris, peut-être sous l'effet de l'alcool, peut-être parce que Tanner me rappelait certains de mes meilleurs souvenirs. Il s'assit d'un bond sur le plan de travail et me fit signe de m'asseoir à côté de lui, ce que je fis.

– Alors, que devient Miss Emma ?

– Plus insolente que jamais.

Je souris en pensant à ma petite fille.

– Exactement comme sa mère.

Il se mit à rire.

Je le poussai d'un coup d'épaule.

– Moi, je continue à penser qu'elle tient ça de son père.

– C'est vrai qu'il nous en a fait voir. Tu te rappelles la fois où on était sortis pour Halloween,

---

9 Peu fiable, sujet à des pannes.

quand Steve a pensé qu'il pouvait se battre avec n'importe qui parce qu'il était déguisé en Ninja ? Il engueulait tous ceux qu'il croisait, mais en fait d'être un vrai super-Ninja, il a fini avec un œil au beurre noir et on s'est fait jeter de trois bars à cause de lui.

Nous nous mîmes à rire tous les deux en repensant à quel point mon mari tenait mal l'alcool.

– Si mes souvenirs sont exacts, tu n'avais pas exactement une bonne influence sur lui. Tu buvais toujours le verre de trop qui te transformait en ce connard qui asticotait tout le monde, ce qui finissait toujours par retomber sur mon mari.

– C'est vrai. Je ne suis pas la personne la plus pacifique qui soit quand j'ai bu un verre de trop, mais Steve le comprenait. Bon sang. Cet enfoiré me manque.

Il soupira. Nous arrêtâmes de rire, et mes yeux s'embuèrent. Son regard devint grave, aussi, et nous restâmes un moment sans parler, en pensant à quel point il nous manquait.

– Eh bien, dit Tanner pour changer de sujet. Le terrain autour de ta maison est un vrai foutoir. Je pourrais venir couper l'herbe si tu veux. Et peut-être aussi finir de monter la clôture pour que tu sois un peu plus chez toi.

– Oh non. En fait, j'ai l'intention de m'en occuper moi-même. Je travaille à mi-temps, alors ça me donnera quelque chose à faire jusqu'à ce que je trouve un emploi plus stable.

– Tu as envisagé de reprendre ton boulot d'architecte d'intérieur ?

La question de la semaine. Je haussai les épaules.

– À vrai dire, je n'ai pas vraiment fait de projets depuis un an.

– Ce que l'on peut comprendre. Tu es sûre que tu ne veux pas un coup de main dans ta maison ? Ce n'est pas un problème pour moi, je peux venir t'aider.

– Ouais, j'en suis sûre. En fait, j'arrive à un moment où il faut que je prenne les choses en main, tu comprends ?

– Tout à fait. Tu devrais passer me voir au garage, dimanche. J'ai quelque chose pour toi.

Je souris.

– Un cadeau ?

– Quelque chose comme ça.

En lui donnant un petit coup d'épaule, je lui dis qu'on pourrait se voir jeudi soir, si je pouvais amener Emma.

Il hocha la tête puis en baissant la voix, il me regarda fixement.

– Qu'est-ce qui est le plus dur ?

C'était une question à laquelle il m'était très facile de répondre.

– Il y a des moments où Emma fait des choses très marrantes et je vais pour appeler Steven pour qu'il vienne la voir. Et là, je m'arrête et je me souviens.

Ce qu'il y a de plus dur quand vous perdez quelqu'un que vous aimez, c'est que vous vous perdez aussi vous-même. Je me mis à me mordiller l'ongle du pouce.

– Assez de souvenirs déprimants. Et toi ? Tu sors toujours avec Patty ?

Il se renfrogna.

– On ne se parle pratiquement plus.

Cela ne m'étonnait pas. Tanner était à peu près aussi intéressé par l'engagement que Faye.

– Eh bien, regarde-nous, deux célibataires tristes.

En riant, il leva la bouteille de tequila et nous servit un autre shot à chacun.

– À nous !

Le reste de la nuit se passa dans une espèce de brouillard. Je me souviens d'avoir ri à des choses qui n'étaient probablement pas drôles, d'avoir pleuré sur des trucs qui n'étaient même pas tristes et d'avoir passé la meilleure soirée qui soit, ce qui ne m'était pas arrivé depuis longtemps. Quand je me réveillai le lendemain matin, j'étais allongée dans mon lit sans savoir exactement comment j'avais atterri là. Je n'avais pas dormi dans ce lit depuis l'accident. Je saisis l'oreiller de Steven et le serrai contre moi. En respirant profondément l'odeur de la taie de coton, je fermai les yeux. Même si je ne le ressentais pas encore comme ça, je ne pouvais pas nier le fait que c'était ma maison. Que maintenant les choses étaient ce qu'elles sont.

CHAPITRE 6

Elizabeth

Un peu plus tard dans la semaine, Sam passa à la maison pour changer les serrures. Faye disait qu'il était chelou, mais en fait je le trouvais sympa et serviable. Il avait des cheveux blonds hérissés avec du gel et portait des lunettes rectangulaires qui dissimulaient un peu son doux regard brun. Il s'adressait à moi d'une voix basse et très tendre et, si d'aventure il craignait de m'avoir offensée – ce qui, en fait, ne fut jamais le cas – il revenait immédiatement sur ses paroles et s'excusait en bafouillant.

– Certaines de ces serrures sont vraiment merdiques, mais les autres sont plutôt en bon état, Elizabeth. Tu es sûre de vraiment vouloir toutes les changer ? Désolé, c'était une question idiote. Tu ne m'aurais pas demandé de venir si tu n'avais pas besoin de les changer. Excuse-moi.

Je souris.

– Non, non, il n'y a pas de mal. C'est juste que… je veux repartir à zéro, c'est tout.

Il remonta ses lunettes sur son nez et hocha la tête.

– Bien sûr. Eh bien, je n'en ai que pour quelques heures.

– Parfait.

– Oh ! Il y a un truc que je veux te montrer.

Il courut à sa voiture et revint avec un petit objet à la main.

– Mon père propose un nouveau dispositif de surveillance, si cela t'intéresse. Les caméras sont toutes petites et très discrètes. On pourrait en installer quelques-unes pour renforcer ta sécurité. Je sais que si j'étais une jolie femme, vivant seule avec ma fille, cela me rassurerait d'avoir ça.

Je souris, de façon plus circonspecte cette fois.

– Je pense que je vais attendre un peu pour ça, mais merci quand même, Sam.

Il se mit à rire.

– Je t'en prie. Il n'y a que Tanner qui en a acheté une jusqu'ici, alors je doute que ça se vende aussi bien que mon père l'espérait.

Il travaillait vite et bien. Avant que je m'en rende compte, toutes les serrures de la maison étaient flambant neuves.

– Il y a autre chose que je peux faire pour toi ?

– Non ! C'est parfait. En fait, je dois partir. Je dois être à la cafétéria dans une dizaine de minutes et ma voiture est plus ou moins en rade, alors il faut que j'y aille à pied.

– Tu plaisantes ? Je vais t'emmener.

– Non, non, je peux marcher.

– Il commence à pleuvoir. Tu vas être trempée. Ce n'est vraiment pas un souci pour moi.

Je fronçai le nez.

– Tu es sûr ?

Il m'ouvrit la portière passager de son pick-up.

– Absolument. Pas de problème.

Tandis que nous roulions vers le centre-ville, Sam me demanda pourquoi à mon avis Faye ne l'aimait pas, mais je fis mon possible pour lui expliquer que Faye n'aimait personne au début.

– Donne-lui du temps, cela finira par s'arranger.

– Elle a prétendu que j'avais tout d'un psychopathe, dit-il en plaisantant.

– Ouais. Elle peut être garce, parfois.

– Et ta meilleure amie.

Je souris.

– La meilleure amie que j'aie jamais eue.

Pendant tout le reste du trajet, Sam me désigna du doigt tous les gens que nous croisions en me disant tout ce qu'il savait sur chacun d'entre eux. Il m'avoua que, comme la plupart des gens le trouvaient bizarre, ils ne s'occupaient pas de lui, ce qui lui permettait de prêter l'oreille à tous les racontars.

– Elle, là, c'est Lucy, dit-il en me montrant du doigt une fille qui parlait dans son téléphone. C'est la championne d'orthographe de la ville. Elle a même gagné tous les concours d'orthographe depuis cinq ans. Et là-bas, c'est Monica. Son père est un alcoolique repenti, mais entre nous, je sais qu'il va boire tous les vendredis soir chez Bonnie

Deen. Et celui-là, c'est Jason. Il m'a botté le cul il y a quelques mois, parce qu'il pensait que je l'avais insulté, mais ce n'était pas vrai. Remarque, il s'est excusé, il a dit que c'était parce qu'il avait pris une mauvaise drogue.

– Waouh, tu sais vraiment tout sur tout le monde.

Il acquiesça.

– Il faudra que tu m'accompagnes un jour à une des réunions du conseil municipal. Je pourrai te montrer tous les trucs dingues qui se passent ici.

Je souris.

– Ce serait génial.

Alors que nous nous garions devant la cafétéria, je sentis mon estomac se nouer en regardant de l'autre côté de la rue.

– Et lui ?

J'avais vu Tristan qui courait sur le trottoir avec son casque sur les oreilles. Quand il arriva à la boutique de Monsieur Henson, il retira son casque et entra.

– C'est quoi son histoire ?

– Tristan, tu veux dire ? C'est un connard. Et un peu fou, en plus.

– Fou ?

– Eh bien, déjà, il travaille chez monsieur Henson. Il faut être un peu barjo pour s'entendre avec lui. Monsieur Henson pratique le vaudou et fait des trucs bizarres dans son arrière-boutique. C'est flippant. Tanner a raison d'essayer de faire fermer la boutique.

– Quoi ?

– Tu n'es pas au courant ? Tanner veut agrandir son garage, et la boutique de monsieur Henson est la seule chose qui l'en empêche. Il a essayé de lancer des pétitions pour obliger monsieur Henson à abandonner son commerce. Il dit que c'est de la place perdue puisque personne n'y va jamais.

Je ne pus m'empêcher de me demander ce qu'il y avait de vrai dans cette histoire et aussi comment Tristan s'était retrouvé à travailler là.

***

Au cours de mon service, je jetai un coup d'œil de temps en temps dans la boutique d'en face où je voyais Tristan déplacer des objets. La boutique était remplie de tas d'accessoires de magie. Des boules de cristal, des cartes de tarots, des baguettes magiques…

– Tu as un vibromasseur ?

La question de ma meilleure amie me tira brusquement de ma divagation mentale. Je faillis lâcher les trois assiettes de burgers accompagnés de frites que j'essayais de faire tenir en équilibre.

– Faye !

Le rouge me monta aux joues.

Elle parcourut la salle du regard, surprise de ma réaction à sa question incongrue.

– Quoi ? On dirait que je viens de te demander si tu avais de l'herpès. Les vibromasseurs sont des choses banales de nos jours, Liz, et je me posais des questions l'autre fois à propos de ton pauvre vagin aussi desséché que celui d'une grand-mère.

Je devais être écarlate.

– C'est très attentionné de ta part.

Je me mis à rire en posant les assiettes devant trois dames d'un certain âge qui me jetèrent des regards horrifiés.

– Est-ce qu'il vous faut autre chose ?

– Votre amie aurait peut-être besoin d'un filtre.

– Croyez-moi, j'ai déjà essayé.

Je leur souris et allai rejoindre Faye pour la supplier de baisser le ton quand elle parlait de vagin.

– Écoute, Liz, tout ce que je dis, c'est qu'il y a un moment que tu n'as rien fait. C'est comment là en bas ? Est-ce que c'est du genre *George de la jungle* qui rencontre *Carré de dames*[10] ? Est-ce qu'il y a plus de poils là-bas dessous qu'il n'y en a là en haut ? demanda-t-elle en me tapant sur la tête.

– Je refuse de répondre à cette question.

Elle mit la main dans la poche de son tablier et en sortit son petit carnet noir, qui nous avait toujours attiré des ennuis dans le passé.

– Qu'est-ce que tu fais ?

– Je te cherche un pénis pour ce soir.

– Faye. Je ne pense pas être prête pour ce genre de relation émotionnelle avec quelqu'un.

– Quel rapport entre le sexe et les émotions, bon sang ?

---

10 *George de la jungle*, comédie américaine produite par les studios Disney, sortie en 1997 ; *Carré de dames*, sitcom américain diffusé en France entre 1991 et 1997.

Elle était tout à fait sérieuse. Je ne savais même pas quoi lui répondre.

– En tout cas, je connais un type qui peut t'aider à débroussailler ton petit jardin. Il s'appelle Édouard. C'est un génie de la taille. Une fois, il m'a dessiné des cœurs là, pour la Saint-Valentin.

– Tu me mets trop mal à l'aise, là.

Elle sourit.

– Je sais. Mais je peux te prendre un rendez-vous avec Édouard aux mains d'argent et ensuite tu pourras choisir le mec que tu veux dans mon agenda pour un petit plan cul sympa.

– Les plans cul, ça ne m'intéresse pas.

– D'accord. On ne te demande pas d'écrire une thèse sur le sujet.

Elle sourit.

– Non, sérieux, Liz. Tu as pensé à sortir ? Juste te faire un mec ou deux. Pas besoin que ce soit sérieux, mais je pense que ça te ferait du bien. Je ne veux pas que tu restes coincée au point mort.

– Je ne suis pas coincée au point mort.

J'étais un peu vexée quand même.

– C'est seulement que… j'ai une petite fille. Et il n'y a qu'un an que Steven est mort.

Waouh.

Je m'impressionnais moi-même quelque part. J'avais réussi à sortir ça sans me mettre à pleurer.

– Je ne voulais pas te blesser. Tu sais que je t'aime et tu sais à quel point Steven comptait pour moi.

– Je sais…

– Écoute, je suis une baiseuse, mais même les baiseuses ont le cœur brisé parfois, et pour ma part, quand il est trop difficile d'aller de l'avant, je sais que le sexe est une aide précieuse.

Je me mis à rire.

– Je ne crois pas être encore prête pour ça, mais je m'en souviendrai.

– Je comprends, ma puce. Mais si, à un moment, tu sens que tu aurais besoin de mon petit carnet, n'hésite pas à me le demander.

Je souris.

– Ton carnet me paraît bien petit, maintenant. Je suis sûre qu'il était plus gros que ça avant.

Elle replongea la main dans la poche de son tablier et en sortit deux autres carnets.

– Ne sois pas stupide. Cela aurait fait mauvais genre de les sortir tous à la fois.

***

Au moment de ma pause, ma curiosité prit le dessus et je me retrouvai à franchir le seuil de la boutique de monsieur Henson. Il suffisait d'un coup d'œil pour voir que celui-ci vendait tout ce qui pouvait se trouver en matière de magie. Un café occupait la moitié de la boutique alors que l'autre moitié était installée comme un placard rempli d'objets que j'avais vus dans un grand nombre de films d'épouvante.

Quand j'entrai, la sonnette retentit au-dessus de la porte. Monsieur Henson et Tristan se regardèrent avec confusion. Ils se tournèrent vers moi et je fis tout mon possible pour prendre l'air dégagée en explorant la boutique, même si je continuais à sentir leur regard posé sur moi.

Je m'arrêtai un instant en tendant le bras vers l'étagère la plus haute d'un des rayonnages pour attraper un livre. Un livre de charmes ? *Pourquoi pas* ? La reliure tenait grâce à une ficelle et il était couvert de poussière. J'en pris un autre. Ils avaient tous les deux l'air vieux comme Mathusalem, mais malgré tout ils étaient assez beaux. Mon père adorait trouver des vieilles pépites comme celles-ci dans les brocantes. Il possédait une collection incroyable de vieux bouquins rangés dans son bureau. Ils étaient écrits dans différentes langues et traitaient de sujets qu'il ignorait totalement, mais il adorait la sensation et l'aspect de leurs couvertures.

– Combien pour ces deux-là ?

Monsieur Henson garda le silence. Je haussai les sourcils.

– Excusez-moi. Êtes-vous fermé ?

Quand je croisai le regard de Tristan, je serrai les livres sur ma poitrine et sentis le rouge me monter aux joues.

– Bonjour.

Monsieur Henson s'interposa, et c'était probablement mieux comme ça.

– Oh, non, non, nous sommes ouverts. C'est juste que nous avons tellement peu de visiteurs. Surtout des visiteurs aussi agréables à regarder que vous.

Monsieur Henson s'assit sur le bord du comptoir.

– Comment vous appelez-vous, ma chérie ?

Son commentaire détourna mon regard de Tristan et je m'éclaircis la gorge, pas mécontente de la diversion.

– Elizabeth. Et vous ?

– Moi, c'est Monsieur Henson. Et si je n'avais pas cent ans de plus que vous et n'étais pas très, très attiré par l'anatomie masculine, je pourrais envisager de vous emmener danser dans la vieille grange pour le bal du village.

– Danser ? Qu'est-ce qui vous fait croire qu'une fille comme moi aime danser ?

Monsieur Henson ne se départit pas de son sourire, mais ne répondit pas.

Je le rejoignis et m'assis à côté de lui.

– Vous êtes le propriétaire de cette boutique ?

– Absolument. Chaque centimètre carré, chaque recoin m'appartient. À moins que vous n'en vouliez.

Il se mit à rire.

– Parce que si vous la voulez, alors elle est à vous. Chaque centimètre carré, chaque recoin.

– C'est très tentant. Mais je dois avouer qu'ayant lu tous les livres de Stephen King cinq fois du début à la fin, l'idée de reprendre une boutique appelée Le Bazaar de l'Épouvante me ferait plutôt peur.

– Entre nous soit dit, j'avais pensé l'appeler Prières Exaucées, mais je ne suis pas très religieux.

Je rigolai. Tristan aussi.

Je le regardai, contente de voir que nous riions en même temps, alors il s'arrêta.

Je baissai les yeux vers les livres.

– Vous êtes d'accord pour que je vous en débarrasse ?

– Ils sont à vous. Gratuitement.

– Oh non… Je tiens à les payer.

Nous passâmes un moment à discuter sur ce sujet. Il insistait pour me les donner pour rien, mais je ne voulais pas céder. Monsieur Henson finit par s'incliner.

– Voilà pourquoi je m'en tiens aux hommes. Les femmes sont beaucoup trop comme moi. Revenez une autre fois et je vous tirerai les tarots gratuitement.

Je souris.

– Ça doit être amusant.

Il se leva et se dirigea vers la réserve.

– Tristan, encaisse Madame, tu veux ?

Il se tourna vers moi et me fit un petit signe de tête avant de disparaître dans le fond.

Tristan se dirigea vers la caisse enregistreuse et je le suivis.

Lentement, je déposai les livres sur le comptoir. Je parcourus des yeux les photos de la forêt, en noir et sépia, accrochées dans des cadres au mur derrière moi.

– Magnifiques.

Tristan entra les numéros de référence des livres.

– Merci.

– C'est vous qui les avez prises ?

– Non. Je les ai gravées dans du bois, puis j'ai mis de l'encre noire.

Je restai bouche bée et je m'approchai. Plus je les regardais de près et plus je voyais que les « photos » étaient en fait des gravures.

– Superbes.

Quand mon regard croisa le sien, mon estomac se noua. Je soupirai.

– Salut. Comment allez-vous ?

Il scanna mes articles sans répondre à ma question.

– Vous payez ou quoi, bordel ?

Je fronçai les sourcils, mais apparemment il s'en fichait.

– Excusez-moi. Oui. Voilà.

Je lui tendis l'argent. Je le remerciai et avant de sortir de la boutique, je le regardai une dernière fois.

– Vous vous comportez comme un connard tout le temps, et la ville ne vous connaît que sous ce jour insensible, mais je vous ai vu dans cette salle d'attente quand vous avez su que Zeus s'en sortirait. Je vous ai vu craquer. Je sais que vous n'êtes pas un monstre, Tristan. Ce que je ne comprends pas, c'est pourquoi vous faites semblant d'en être un.

– C'est là que vous faites une erreur grossière.

– Comment ça ?

– Quand vous prétendez me connaître, alors que vous n'avez pas la moindre idée de qui je suis.

CHAPITRE 7

Tristan

2 avril 2014
Cinq jours avant l'adieu

Quand le taxi nous déposa à l'hôpital, mon père et moi, je courus jusqu'aux urgences. Je regardai dans tous les sens à la recherche de quelque chose, d'un visage familier.

– Maman !

En m'entendant crier, elle leva les yeux depuis la salle d'attente. Je retirai ma casquette de base-ball et me précipitai vers elle.

– Oh, mon chéri.

Elle vint vers moi et me prit dans ses bras.

– Comment vont-ils ? Comment… ?

Ma mère se mit à sangloter, son corps secoué de tremblements.

– Jamie… Jamie nous a quittés, Tristan. Elle s'est accrochée très longtemps, mais c'était trop dur.

Je reculai et me pinçai l'arête du nez.

– Qu'est-ce que tu dis, elle nous a quittés ? Elle ne nous a pas quittés. Elle va bien.

Je me tournai vers mon père qui nous regardait fixement, en état de choc. Confus. Blessé.

– Papa, dis-lui. Dis-lui que Jams va bien.

Il baissa la tête.

Un feu me brûlait à l'intérieur.

– Charlie ?

Je n'étais pas sûr de vouloir connaître la réponse.

– Il est en soins intensifs. Son état est préoccupant, mais il est…

– Là. Il est là.

Je me passai les mains dans les cheveux. Il allait bien.

– Est-ce que je peux le voir ?

Ils hochèrent la tête. Je me précipitai vers le bureau des infirmières et on me conduisit à la chambre de Charlie. Je portai la main à ma bouche en découvrant mon petit garçon, relié à plus de machines que je n'en avais jamais vu. Il avait un tube dans la gorge, des perfusions accrochées à ses bras, et son visage était tuméfié et couvert d'hématomes.

– Seigneur…

L'infirmière me sourit d'un air contraint.

– Vous pouvez lui prendre la main.

– Pourquoi ce tube ? P… p… pourquoi a-t-il un tube dans la gorge ?

Je bafouillais, j'essayais de rester concentré sur Charlie, mais la vérité à propos de Jamie commençait à pénétrer mon esprit. Jamie nous a quittés, avait dit ma mère. Elle était partie. Mais comment ? Comment était-ce possible ?

– Au cours de l'accident, son poumon gauche a été perforé et il a du mal à respirer. C'est pour lui permettre de respirer.

– Il ne peut pas respirer tout seul ?

Elle secoua la tête.

– Il va s'en sortir ?

Je scrutai les yeux de l'infirmière et j'y lus de la culpabilité.

– Je ne suis pas médecin. Seuls les médecins peuvent...

– Mais vous pouvez me le dire, quand même ? Si vous étiez à ma place, que vous veniez de perdre votre femme...

Étranglé par l'émotion, je me forçai à la ravaler.

– Si ce petit garçon était tout ce que vous aviez, et que vous soyez tout ce qui lui reste, vous voudriez savoir s'il y a de l'espoir, non ? Vous supplieriez pour que l'on vous dise quoi faire. Comment agir. Que feriez-vous ?

– Monsieur...

– Je vous en supplie... s'il vous plaît.

Elle baissa les yeux puis les releva pour me regarder.

– Je lui tiendrais la main.

Je hochai la tête une fois, sachant qu'elle venait de me dire plus de choses que je ne pouvais en entendre. Je me dirigeais vers la chaise à côté du lit de Charlie et pris sa main dans la mienne.

– Hé, mon pote. C'est papa. Je suis là, ok ? Je sais que je n'étais pas là autant que j'aurais dû, mais maintenant je suis là, d'accord ? Papa est là et j'ai besoin que tu te battes pour moi. Tu peux faire ça pour moi, mon grand ?

Les larmes roulèrent sur mes joues quand je posai mes lèvres sur son front.

– Papa a besoin que tu te battes pour respirer. Il faut que tu ailles mieux, parce que j'ai besoin de toi. Je sais qu'on dit que ce sont les enfants qui ont besoin de leurs parents, mais c'est faux. J'ai besoin de toi pour continuer. J'ai besoin de toi pour continuer à croire au monde. Mon chéri, j'ai besoin que tu te réveilles. Je ne peux pas te perdre, ok ? J'ai besoin que tu me reviennes... je t'en prie, Charlie... reviens avec papa.

Sa poitrine se souleva et quand il tenta de rejeter l'air, les machines se mirent à biper à toute vitesse. Les médecins arrivèrent en courant et écartèrent ma main de Charlie qui tremblait de façon incontrôlable. Ils se mirent tous à crier entre eux, en employant des termes que je ne comprenais pas, en faisant des choses qui m'échappaient.

– Qu'est-ce qui se passe ?

Je criais, mais personne ne m'entendait.

– Qu'est-ce qu'il y a ? Charlie !

Je hurlai quand deux infirmières tentèrent de me faire sortir de la pièce.

– Qu'est-ce qu'ils font ? Qu'est-ce... Charlie !

Je criai de plus en plus fort alors qu'ils me poussaient hors de la chambre.

– CHARLIE !

***

Vendredi soir, j'étais assis à ma table de salle à manger et j'ai composé un numéro qui m'avait été si familier à une époque, mais que je n'avais pas beaucoup utilisé dernièrement. Tandis qu'il sonnait, je portai le téléphone à mon oreille.

– Allô ? dit la voix douce et tendre. Tristan, c'est toi ?

La vivacité de sa voix me noua l'estomac.

– Mon chéri, je t'en prie, dis quelque chose… murmura-t-elle.

J'écrasai désespérément mon poing sur mes lèvres, mais je ne répondis pas.

Je raccrochai le téléphone. Je raccrochais toujours.

Je restai assis toute la nuit dans l'obscurité que je laissai m'avaler intégralement.

CHAPITRE 8

Elizabeth

Samedi matin, je me dis que je n'allais pas manquer de réveiller tout le quartier quand j'essayai de faire démarrer la tondeuse qui s'arrêtait en pétaradant toutes les cinq secondes. Cela semblait si facile quand c'était Steven qui s'occupait de la pelouse, mais apparemment je n'avais pas cette chance.

– Allez, démarre !

Je tirai sur la chaîne pour redémarrer le moteur encore une fois, et après quelques toussotements, il démarra mais s'arrêta aussitôt.

– Seigneur Dieu !

J'essayai encore et encore, en rougissant quand je vis que plusieurs voisins de l'autre côté de la rue me regardaient, les yeux ronds, depuis leur fenêtre.

J'allais tirer sur la chaîne encore une fois quand une main s'abattit sur la mienne, me faisant bondir de terreur.

– Stop !

Tristan, les sourcils froncés, me regardait avec exaspération.

– Qu'est-ce que vous fabriquez ?

Je fronçai les sourcils à mon tour, les yeux rivés sur ses lèvres pincées.

– Je tonds ma pelouse.

– Vous ne tondez pas votre pelouse.

– Bien sûr que si.

– Bien sûr que non !

– Qu'est-ce que je fais, alors ?

– Vous réveillez la Terre entière, bordel !

– Je suis sûre qu'en Angleterre les gens étaient déjà réveillés.

– Ah, arrêtez de parler.

Hum. Apparemment il n'était pas du matin, ni de l'après-midi, ni du soir, il fallait bien lui reconnaître ça. Il me prit la tondeuse des mains.

– Qu'est-ce que vous faites ?

– Je vais couper votre herbe pour que vous arrêtiez de réveiller la Terre entière, putain, à l'exception de l'Angleterre.

Je ne savais pas si je devais rire ou pleurer.

– Vous ne pouvez pas tondre ma pelouse. D'ailleurs, je crois qu'elle ne marche pas.

Quelques secondes à peine après qu'il eut tiré la chaîne, la tondeuse démarra. *Bon, j'ai l'air maligne.*

– Non, sérieusement. Vous ne pouvez pas tondre ma pelouse.

Il ne se retourna pas une seule fois pour me regarder. Il se contenta de faire le boulot jusqu'au bout – boulot que, justement, je ne lui avais pas demandé de faire. Je fus tentée de continuer à argumenter avec lui mais, à ce moment-là, je me souvins qu'il avait tué un chat parce qu'il ne supportait pas ses miaulements, alors bon, je tenais quand même à ma pauvre petite vie et je n'avais pas envie de prendre de risques.

***

– Bravo pour la pelouse, dis-je en regardant Tristan arrêter la tondeuse. Mon mari…

Je pris une inspiration.

– De son vivant, mon mari tondait la pelouse en diagonale. Et quand il avait fini, il disait toujours : « Bébé, je ramasserai l'herbe demain, là je suis trop fatigué. »

J'émis un petit rire, les yeux posés sur Tristan. Mais, en réalité, je ne voyais plus rien.

– L'herbe coupée restait là au moins une semaine, parfois deux, ce qui est bizarre parce qu'il prenait toujours beaucoup plus de soin des pelouses des autres. Mais ça me plaisait comme ça.

Ma gorge se serra et les larmes me montèrent aux yeux. Je me détournai pour essuyer celles qui coulaient.

– En tout cas, j'aime bien que vous ayez fait des diagonales.

Souvenirs idiots. Je saisis la poignée en métal blanc et ouvris la porte moustiquaire, mais je m'arrêtai en l'entendant derrière moi.

– Ils vous tombent dessus comme ça sans prévenir et vous ramènent dans le passé, murmura-t-il comme une âme en perdition qui dit au revoir aux êtres aimés.

Sa voix était plus douce tout à coup, elle était toujours grave et un peu brusque, mais cette fois elle laissait passer une touche d'innocence.

– Les souvenirs des petits détails.

Je me retournai vers lui, il était appuyé sur la tondeuse. Son regard était plus animé que d'habitude, mais animé par un sentiment de tristesse. Un regard brisé et orageux. Je pris une inspiration pour me retenir de tomber.

– Parfois, je me dis que les souvenirs des petites choses sont pires que les autres. Je peux supporter de me rappeler son anniversaire ou le jour de sa mort, mais les petits détails, comme la façon dont il tondait la pelouse ou le fait qu'il ne lisait que les bandes dessinées dans le journal, ou qu'il ne fumait jamais qu'une cigarette le soir du nouvel an…

– Ou la façon dont elle laçait ses chaussures, ou sautait par-dessus les flaques d'eau, ou dessinait toujours un cœur du bout du doigt dans la paume de ma main…

– Vous avez perdu quelqu'un, vous aussi ?

– Ma femme.

Oh.

– Et mon fils, murmura-t-il encore plus bas.

Mon cœur se brisa pour lui.

– Je suis tellement désolée, je ne peux même pas imaginer…

Je laissai ma phrase en suspens tandis qu'il regardait fixement la pelouse fraîchement tondue. L'idée de perdre à la fois l'amour de ma vie et ma petite fille m'était insupportable. Je n'aurais pas pu continuer à vivre.

– La façon dont il disait ses prières, dont il écrivait les R à l'envers, la façon dont il cassait ses petites voitures exprès pour pouvoir les réparer ensuite…

La voix de Tristan tremblait, tout comme son corps. Ce n'était plus à moi qu'il parlait. Nous étions tous les deux plongés dans notre propre monde de souvenirs des petits détails, mais même si nous étions séparés l'un de l'autre, nous réussissions d'une certaine façon à ressentir de la compassion l'un pour l'autre. Les solitaires se reconnaissent souvent. Et aujourd'hui, pour la première fois, je commençai à voir l'homme qui se cachait derrière la barbe.

J'observai l'émotion emplir les yeux de ce pauvre homme quand il mit ses écouteurs sur ses oreilles. Il entreprit de ratisser toute l'herbe coupée sans prononcer un mot de plus.

Les gens en ville le traitaient de connard, et je voyais bien pourquoi. Il n'était pas sympathique, il était instable et il était démoli dans tous les sens du terme, mais je pouvais comprendre sa froideur. La vérité, c'est que je lui enviais sa capacité à s'extraire de la réalité, à se fermer au monde qui l'entourait. Cela devait être bien de se sentir vide de temps en temps. Dieu m'est témoin que tous les jours l'idée me venait de me perdre, mais j'avais Emma pour m'empêcher de sombrer dans la folie.

Si je l'avais perdue, elle aussi, j'aurais vidé mon esprit de toute émotion, de toute cette souffrance.

Quand il eut fini son travail, ses pieds s'immobilisèrent, mais sa poitrine continua de monter et descendre avec difficulté. Il se tourna vers moi, les yeux rouges, les idées probablement en vrac. Il s'essuya le front de la main et s'éclaircit la voix.

– Terminé.

– Vous voulez un petit déjeuner ? J'en ai préparé assez.

Il cligna des yeux et commença à pousser la tondeuse vers le porche de ma maison.

– Non.

Il se dirigea vers son propre porche et disparut de ma vue. Je restai là, toute seule, et je fermai les yeux, posant les mains sur mon cœur, et pendant un bref instant je me perdis, moi aussi.

CHAPITRE 9

Elizabeth

Le lendemain matin, je me rappelai que je devais passer voit Tanner à son garage pour la surprise dont il m'avait parlé au début de la semaine. Emma, Bubba et moi partîmes donc en ville, elle chantant sa propre version de la chanson de *La Reine des neiges*, moi m'arrachant les cils, et Bubba silencieux comme un gentil animal en peluche.

– Oncle T !

Emma se précipita sur Tanner dont la tête disparaissait sous le capot d'une voiture. Il se retourna, son t-shirt était maculé de graisse et son visage couvert de la même substance.

Il la souleva et la fit tourner sur place en la serrant dans ses bras.

– Salut, p'tit bout. Mais qu'est-ce que tu as là, derrière l'oreille ?

– Il n'y a rien derrière mon oreille !

– Oh mais moi, je crois bien que si.

Il tira sa fidèle pièce de vingt-cinq cents de derrière l'oreille d'Emma, ce qui la fit exploser de rire et ce qui, à mon tour, me fit sourire.

– Comment tu vas ?

Emma sourit et se lança dans un récit profond et stimulant de comment je l'avais laissée choisir ses vêtements ce jour-là, ce qui avait fini par un tutu mauve, des chaussettes arc-en-ciel et un t-shirt avec des pingouins zombies.

Je souris. Tanner la regardait avec beaucoup d'attention comme s'il était réellement intéressé par son histoire. Au bout de quelques minutes, Tanner l'envoya avec quelques dollars faire main basse sur le distributeur de bonbons, avec l'aide de Gary, un de ses ouvriers. Tout du long, nous pûmes l'entendre ressasser à ce pauvre Gary l'histoire du choix de sa tenue.

Tanner sourit.

– Elle est encore plus craquante que dans mon souvenir. Elle a ton sourire.

Je souris à mon tour et le remerciai, même si pour ma part, son sourire me rappelait plutôt Steven.

– Donc, j'ai quelque chose pour toi. Viens voir.

Il me conduisit vers la pièce du fond où se trouvait une voiture, recouverte d'une bâche. Quand il la retira, mes jambes faillirent céder sous moi.

– Comment as-tu fait ?

Je fis le tour de la voiture en l'effleurant du bout des doigts. La Jeep de Steven paraissait plus neuve que jamais.

– Mais elle était complètement bousillée !

– Ah, les bosses et les bleus, ça se soigne.

– Cela a dû te coûter une fortune.

Il haussa les épaules.

– Steve était mon meilleur ami. Tu es une de mes meilleures amies. J'avais seulement envie que tu retrouves quelque chose de familier en revenant chez toi.

– Tu as toujours su que je reviendrais ?

– Tout le monde l'espérait.

Tanner se mordilla la lèvre inférieure, les yeux rivés sur la Jeep.

– Je m'en veux toujours. La semaine avant l'accident, je l'avais supplié de passer au garage pour une révision complète. Il a dit que ça pouvait attendre encore quelques mois. Je ne peux pas m'empêcher de penser que, s'il me l'avait laissée, j'aurais peut-être pu remarquer qu'il y avait quelque chose qui clochait. S'il m'avait laissé regarder sous le capot, alors peut-être qu'il serait encore…

Il se tut et se pinça l'arête du nez.

– Tu n'es pas responsable, Tanner.

Il renifla et m'adressa un sourire contraint.

– Ouais, enfin l'idée me traverse l'esprit de temps en temps. Allez, vas-y, monte.

Je m'installai sur le siège conducteur. Je fermai les yeux et pris quelques profondes inspirations en passant la main sur le siège passager, dans l'attente du contact, de la chaleur d'une autre main à saisir. *Ne pleure pas. Ne pleure pas. Je vais bien, tout va bien.* À ce moment-là, je sentis une autre main prendre la mienne et, en ouvrant les yeux, je vis la petite main d'Emma et son visage barbouillé de chocolat. Elle souriait de toutes ses dents et je ne résistai pas à faire de même.

– Ça va, Maman ?

Une respiration.

– Oui, mon bébé. Ça va.

Tanner vint vers moi en me tendant les clés.

– Bienvenue chez vous, Mesdames. N'oublie pas, si tu as besoin d'un coup de main pour la pelouse ou le reste, tu n'as qu'à passer un coup de fil.

– Thon l'a déjà fait ! s'exclama Emma.

Tanner fit les yeux ronds.

– Quoi ?

– J'ai fini par engager un mec pour le faire. Enfin, plus ou moins. Je ne l'ai pas encore payé.

– Quoi ? Je te l'aurais fait pour rien, Liz. À qui as-tu demandé ?

Je sentais que ma réponse n'allait pas lui plaire.

– Il s'appelle Tristan…

– Tristan Cole ?!

Tanner se passa la main sur le visage et devint tout rouge.

– C'est un vrai connard, Liz.

– Non, je ne trouve pas.

Ouais, enfin, un peu quand même.

– Je t'assure que si. En plus, il est complètement cinglé. Tu savais qu'il travaille chez monsieur Henson ? C'est le type même du malade mental.

Sans que je sache pourquoi, en entendant Tanner employer ces mots, j'ai eu l'impression qu'il parlait de moi.

– Là, tu y vas un peu fort, Tanner.

– Il est taré, je te dis. Et il est dangereux. Juste… laisse-moi m'occuper de l'entretien de ton jardin. Seigneur ! Ça me fait flipper de savoir qu'il habite à côté de chez toi.

– Il a fait du bon boulot. Ce n'est vraiment pas un problème.

– Si justement. Seulement, tu n'es pas assez méfiante. Il faut que tu apprennes à utiliser ta tête plutôt qu'écouter ton cœur. Réfléchis, un peu.

Ouille.

– Ça ne me plaît pas du tout, Liz. Et je pense que cela n'aurait pas plu à Steve, non plus.

– Ouais, eh bien, il n'est plus tellement là pour le dire.

J'étais un peu gênée et très vexée.

– Je ne suis pas idiote, Tanner. Et je peux régler ça toute seule. Seulement…

Je m'interrompis et me forçai à sourire.

– Merci. Pour la Jeep. Tu n'as pas idée de ce que ça représente pour moi.

Il ne dut pas être dupe de mon faux sourire parce qu'il posa une main sur mon épaule.

– Excuse-moi. Je me conduis comme un con. Mais je m'inquiète. S'il t'arrivait quelque chose…

– Tout va bien. Nous ne risquons rien. Je t'assure.

– D'accord. Allez, dépêche-toi de t'en aller avant que je dise autre chose que je vais regretter.

Il sourit.

– Emma, prends bien soin de ta maman, d'accord ?

– Pourquoi ? C'est moi, l'enfant, pas elle.

Je ne pus m'empêcher de rire, elle avait mille fois raison.

CHAPITRE 10

Elizabeth

Tous les vendredis, après avoir déposé Emma chez ses grands-parents, je me rendais en ville à pied pour aller au marché. Tous les habitants de Meadows Creek se retrouvaient dans le centre-ville pour vendre et acheter leurs produits. L'odeur des pains fraîchement cuits, les étalages de fleurs et les ragots de la petite ville valaient toujours le déplacement.

Avec Steven, c'était dans nos habitudes, on faisait un tour au marché pour aller voir les fleurs. Alors, quand arrivait le vendredi avec ses roses fraîches, je me tenais au beau milieu, aspirant les souvenirs et expirant la douleur.

Au cours d'un de mes voyages hebdomadaires au marché, je ne manquai pas de remarquer la présence de Tristan qui en faisait le tour. Nous ne nous étions pas reparlé depuis qu'il avait tondu ma pelouse, mais je n'arrêtais pas de penser à son regard triste. Je n'arrêtais pas de penser à sa femme et son fils. Quand les avait-il perdus ? Et comment ? Depuis combien de temps Tristan vivait-il ce cauchemar ?

J'avais envie d'en savoir plus.

Je le voyais parfois aller dans la remise au fond de son jardin, et il y restait des heures. De temps en temps, il ressortait pour aller couper du bois sur son banc de sciage, puis il y retournait et restait caché à l'intérieur.

Chaque fois qu'il passait à côté de moi, mes joues s'empourpraient et je me détournais en faisant comme si je ne l'avais pas vu. Mais je le voyais *toujours* même si je ne savais pas très bien pourquoi.

Tout le monde me disait qu'il était froid et dur, et je les croyais. J'avais vu les dures réalités à l'œuvre chez Tristan. Mais j'avais aussi été témoin d'un autre aspect de sa personnalité, que la plupart ne remarquaient pas. Je l'avais vu s'effondrer quand on lui avait dit que Zeus s'en sortirait. Je l'avais vu s'ouvrir lentement pour parler de la perte de sa femme et de son fils. J'avais entrevu un côté de Tristan, doux et brisé, qui semblait échapper à beaucoup de gens.

À cet instant, au beau milieu du marché, j'assistai, très intriguée, à la manifestation d'une autre facette encore de Tristan. Toutes les semaines, il faisait le tour, indifférent à tout le monde. Il était concentré sur sa mission qui était toujours la même, il achetait des sacs de provisions et des fleurs coupées. Puis il disparaissait en haut des collines et s'arrêtait près du pont où il donnait toujours toutes les provisions et les fleurs à un SDF.

Ce jour-là, lorsqu'il remit les sacs au gars, je n'étais qu'à quelques mètres de lui, rentrant chez moi. En m'approchant de lui, je ne pus retenir le sourire qui me vint aux lèvres. Il se remit en marche en direction de sa maison.

– Salut Tristan.

Il tourna vers moi un regard inexpressif.

Et continua à marcher.

J'avais l'impression de me retrouver le jour de notre première rencontre. J'accélérai le pas pour pouvoir suivre ses longues enjambées.

– Je voulais juste vous dire que j'ai trouvé ça très généreux. C'est vraiment gentil ce que vous faites pour cet homme. Je trouve que c'est vraiment…

Il fit volte-face et marcha sur moi, les mâchoires serrées, en plissant les yeux.

– À quoi vous jouez, bon sang ?

– Quoi ?

Je bafouillai, surprise par le ton de sa voix.

Il fit encore un pas vers moi.

– Vous croyez que je ne vois pas la façon dont vous me regardez ?

– De quoi est-ce que vous parlez ?

– J'aimerais que les choses soient claires entre nous.

Il ferma les yeux, mais très vite son regard orageux réapparut.

– Je ne veux pas vous fréquenter, en aucune manière. C'est clair ? J'ai tondu votre putain de pelouse parce que vous m'emmerdiez. C'est tout.

Je ne veux rien avoir à faire avec vous. Alors, arrêtez ces foutus regards.

– Vous… Vous croyez que je vous drague ?

Je haussai la voix alors que nous atteignions le haut de la colline. Il releva un sourcil et me lança un regard qui signifiait clairement que, oui, il pensait que je le draguais.

– J'ai trouvé ça sympa, ok ?! Que vous donniez de la nourriture à ce type. Espèce de connard ! Et loin de moi l'idée de vous draguer ou de vous demander de sortir avec moi. J'essayais seulement d'avoir une conversation avec vous.

– Et pourquoi voudriez-vous avoir une conversation avec moi ?

– Est-ce que je sais ?

Les mots jaillirent de ma bouche. C'était vrai, je me demandais bien pourquoi je pourrais avoir envie d'engager la conversation avec quelqu'un comme lui, qui pouvait souffler le chaud et le froid d'un jour à l'autre. Un jour, il se confiait à moi au sujet de ses démons et le lendemain il me hurlait dessus pour lui avoir simplement dit bonjour. *C'est perdu d'avance.*

– C'était idiot de ma part, mais je pensais que nous pouvions être amis.

Il plissa le front.

– Pourquoi aurais-je envie d'être votre ami ?

Un frisson parcourut tout mon corps. Je ne sais pas si c'était dû à la petite brise qui passait ou à l'intrusion de Tristan dans mon espace privé.

– Je ne sais pas. Peut-être parce que vous avez l'air seul et que je suis seule. Et je pensais…

– Vous ne pensez pas.

– Pourquoi êtes-vous si méchant ?

– Pourquoi est-ce que vous me surveillez tout le temps ?

J'ouvris les lèvres pour parler, mais aucune répartie ne me vint à l'esprit. Nous nous regardions fixement, si proches que nos corps étaient presque liés l'un à l'autre, si proches que nos lèvres se touchaient presque.

– Tout le monde dans cette ville a peur de moi. Je vous fais peur, Elizabeth ?

Son souffle passa sur mes lèvres.

– Non.

– Pourquoi non ?

– Parce que je vois en vous.

La froideur de son regard s'estompa une fraction de seconde, presque comme s'il était étonné de ces quelques mots. Mais c'était la vérité, je voyais en lui. Je voyais par-delà la haine présente dans son regard, et je voyais la souffrance dans ce visage fermé. Je voyais les morceaux épars qui, d'une certaine façon, correspondaient aux miens.

Tout à coup, Tristan m'attira contre lui et pressa brutalement ses lèvres sur les miennes. La confusion qui m'emplit la tête commença à se dissiper lorsque sa langue se glissa entre mes lèvres et je lui rendis son baiser. Je lui rendis son baiser et même peut-être l'embrassai-je plus qu'il ne m'embrassa. Bon Dieu, ce que cela m'avait manqué ! Embrasser m'avait manqué. Cette sensation de tomber avec quelqu'un qui vous retient et vous empêche de toucher le fond. La sensation de chaleur qui se répand sur votre peau quand une autre personne vous insuffle votre respiration et les suivantes.

Cela me manquait qu'on me tienne, qu'on me touche, qu'on me désire…

Steven me manquait.

Les baisers de Tristan étaient furieux et tristes, contrits et tourmentés, bruts et authentiques.

Exactement comme les miens. Je passai la langue sur sa lèvre inférieure tout en appuyant mes mains sur sa poitrine. Je sentais les battements rapides de son cœur traverser le bout de mes doigts, pénétrant mon propre corps.

Pendant quelques secondes, je parvins à me sentir comme je me sentais avant.

Entière.

Complète.

Une partie de quelque chose de divin.

Brusquement, Tristan écarta sa bouche de la mienne et se détourna, me ramenant à ma sombre réalité présente.

Brisée.

Incomplète.

Seule tout le temps.

– Vous ne me connaissez pas, alors cessez de vous comporter comme si c'était le cas.

Il se remit en marche en me laissant en plan, en pleine confusion.

C'était quoi ça ?!

– Vous avez ressenti la même chose que moi, non ?

Je le regardai s'éloigner.

– C'était comme si… comme s'ils étaient toujours là. C'était comme si Steven était là. Avez-vous eu l'impression que votre femme…

Quand il se retourna, ses yeux lançaient des éclairs.

– Ne parlez jamais de ma femme comme si vous saviez quelque chose la concernant, ou me concernant, d'ailleurs.

Il repartit en pressant le pas.

Il l'avait ressenti.

J'en étais sûre.

– Vous ne pouvez… vous ne pouvez pas partir comme ça, Tristan. On peut se parler. D'eux. On peut s'entraider à se souvenir.

Ma plus grande peur était d'oublier.

Il continua à marcher.

Je le rattrapai en courant, encore une fois.

– De plus, c'est justement le but de devenir amis. Pour apprendre à se connaître. Pour avoir quelqu'un à qui parler.

Ma poitrine se soulevait rapidement et j'étais de plus en plus en colère qu'il soit parti au beau milieu de notre conversation. Au milieu du baiser le plus douloureux et le plus satisfaisant que mes lèvres n'aient jamais connu. Il m'avait aidée à me rappeler ce que c'était de se sentir heureuse, et je le détestais d'être parti comme ça. Je le détestais d'avoir profité de ce petit moment de désir charnel qui était un pâle rappel de l'amour qui m'avait été enlevé.

– Seigneur, pourquoi faut-il que vous soyez un tel… un tel… *monstre ?!*

Il se retourna vers moi, et pendant une fraction de seconde, le malheur se lut dans ses yeux, juste avant que sa mâchoire ne se serre et que l'expression de son visage ne se durcisse.

– Je ne veux pas de vous, Elizabeth.

Il leva les mains en l'air d'un air frustré et avança lentement vers moi.

– Je ne veux rien avoir à faire avec vous.

Il fit un pas de plus vers moi. Je reculai.

– Je ne veux pas parler avec vous de votre putain de mari mort.

Un pas de plus vers moi.

– Je ne veux pas vous raconter quoi que ce soit à propos de ma femme morte, putain.

Encore un pas en avant puis un autre. Et moi je reculai, encore et encore.

– Je ne veux pas vous toucher.

Plus près. Plus loin.

– Je ne veux pas vous embrasser.

Un pas.

– Je ne veux pas vous lécher.

Recule. Recule. Un pas. Puis un autre.

– Et, putain, s'il y a une chose dont je suis absolument certain, c'est de ne pas vouloir être votre ami, bordel. Alors, foutez-moi la paix et *surtout, surtout, fermez-la !*

Il hurlait, dressé devant moi, sa voix fusait hors de sa bouche comme un coup de tonnerre, ce qui me fit sursauter de peur.

C'est alors qu'en faisant un dernier pas en arrière, le talon de ma chaussure dérapa sur une pierre et que je me mis à dévaler toute la colline. Mon corps ressentit la moindre bosse et le moindre creux pendant ma chute, mais, à part quelques bleus et une bonne dose de honte, je m'en sortais bien.

En un rien de temps, Tristan se dressa au-dessus de moi.

– Merde, marmonna-t-il. Ça va ?

Il me tendit la main pour m'aider à me relever. Je la refusai et me remis debout toute seule. Il me regardait d'un air inquiet, mais je m'en fichais. Il me regarderait probablement d'un air haineux dans un instant.

Juste avant ma chute, il m'avait dit de la fermer, alors c'était ce que j'allais faire. Je fis exactement ce qu'il voulait. Je claudiquai jusque chez moi en silence, sans jamais regarder dans sa direction. Même si, du coin de l'œil, je voyais son regard pathétique.

***

– Il t'a poussée en bas de la colline ?

Faye criait dans le téléphone. Je l'avais appelée dès que j'étais rentrée chez moi après mon altercation avec Tristan. J'avais besoin que ma meilleure amie me dise que, quoi qu'il en soit, j'avais raison et Tristan avait tort.

Quand bien même je l'avais traité de monstre.

– Enfin, pas exactement. Il m'a hurlé dessus et, en gros, j'ai perdu l'équilibre.

– Après qu'il t'a embrassée ?

– Oui.

– Oh, je le déteste. Je le déteste vraiment.

Je hochai la tête.

– Oui, moi aussi.

C'était un mensonge, mais je ne pouvais pas lui dévoiler ce que je pensais vraiment de Tristan. Lui dire que Tristan et moi avions tellement de choses en commun. Je ne pouvais le dire à personne. C'était à peine si je parvenais à me le dire à moi-même.

– Mais, à ce propos, raconte-moi…

Je pouvais presque voir son sourire à travers le téléphone.

– Il a mis la langue ? Il a grogné ? Il était torse nu ? Est-ce qu'il a mis sa tête entre tes seins ? As-tu caressé ses abdos ? As-tu léché sa mâchoire ? En a-t-il une grosse comme un cheval ? Est-ce que tu étais excitée ? Est-ce que tu as craqué ? Est-ce que tu lui as fait le grand jeu ?

– Tu es vraiment ingérable.

Je ricanai, mais je repensais à ce baiser et à ce qu'il voulait dire. Peut-être qu'il ne voulait rien dire. Ou au contraire qu'il voulait tout dire.

Elle soupira.

– Allez. Raconte. Je suis en train d'essayer de m'envoyer en l'air, là, et ce coup de téléphone me fait perdre mes moyens.

– Que veux-tu dire, tu es en train de t'envoyer en l'air ?

Je poussai un cri étouffé.

– Faye, tu fais l'amour en ce moment ?

– De quoi tu parles ? De sexe ?

– Oui, c'est ça, de sexe ?

– Eh bien, si tu me demandes s'il y a actuellement un pénis dans mon vagin, la réponse est oui. Je suppose qu'on peut plus ou moins appeler ça faire l'amour.

– Oh, Seigneur, Faye ! Mais pourquoi as-tu répondu au téléphone ?

– Hum, parce que les copines passent avant les pines ? Littéralement.

Elle se mit à rire. Je m'étouffai.

– Salut, Liz.

C'était la voix de Matty, en arrière-plan. Je m'étouffai de plus belle.

– J'ai mis ton nom sur le planning pour trente heures la semaine prochaine.

– Je raccroche.

– Quoi ? Non. J'ai tout mon temps là, tout de suite.

– C'est vraiment gênant.

– Oh ! Matty, arrête ! Je t'ai dit de ne pas me mordre là.

Oh, putain, ma meilleure amie n'était vraiment pas nette.

– Ok, poulette. Il faut que j'y aille. Je crois que je saigne. Mais en ce qui te concerne, prends au moins le temps de méditer et de te vider la tête.

– Par méditer tu veux dire… ?

– Tequila. Haut de gamme, qui brûle l'estomac, remède souverain en cas de mauvaises décisions, la tequila.

Cela semblait être un bon conseil.

CHAPITRE 11

Tristan

3 avril 2014
Quatre jours avant l'adieu

Debout sous le porche à l'arrière de la maison, chez mes parents, je regardais la pluie qui déferlait sur le portique que mon père et moi avions construit pour Charlie. La balançoire faite avec un pneu oscillait d'avant en arrière contre le cadre de bois.

– Tu tiens le coup ? me demanda mon père en venant me rejoindre.

Zeus, qui trottinait sur ses talons, se trouva un coin où s'asseoir au sec. Je me retournai vers mon père et regardai fixement ce visage en tous points semblable au mien, avec les années et la sagesse dans les yeux, en plus.

Je continuai de regarder la pluie sans répondre.

– Ta mère me dit que tu as du mal à écrire les oraisons funèbres ? Je peux t'aider si tu veux.

– Je n'ai pas besoin de ton aide.

Je serrai les poings en plantant mes ongles dans mes paumes. Je m'en voulais d'être de plus en plus en colère à mesure que les jours passaient. Je m'en voulais de tenir tout le monde pour responsable de l'accident. Je m'en voulais de devenir un peu plus froid chaque jour.

– Je n'ai besoin de personne.

– Fiston…

Il soupira et posa la main sur mon épaule. Je me dégageai brusquement.

– J'ai envie d'être seul, c'est tout.

Il baissa la tête et se passa la main sur la nuque.

– Comme tu veux. Ta mère et moi serons à l'intérieur.

Au bout d'une seconde, il tourna les talons et ouvrit la porte moustiquaire.

– Mais tu sais, Tristan, le fait que tu veuilles être seul ne veut pas dire que tu sois seul. Ne l'oublie pas. Nous serons toujours là si tu as besoin de nous.

J'écoutai la porte moustiquaire se refermer en claquant et je poussai un soupir exaspéré.

Nous serons toujours là si tu as besoin de nous.

En vérité, ce « toujours » avait une date de péremption.

Je portai la main à ma poche arrière et en sortis le papier que j'avais passé trois heures à regarder fixement. J'avais terminé l'oraison funèbre de Jamie tôt ce matin, mais celui de Charlie était toujours vierge, à part son nom.

Comment est-ce que je pouvais faire ça ? Comment étais-je censé écrire l'histoire de sa vie, alors que cette vie n'avait même pas eu la chance de commencer ?

Les gouttes de pluie se mirent à claquer sur le papier et des larmes me montèrent aux yeux. Je battis des paupières plusieurs fois avant de fourrer de nouveau le papier dans ma poche.

Je ne pleurerais pas.

Au diable les larmes.

Mes pieds me menèrent au bas des marches du porche et en quelques secondes je fus trempé jusqu'aux os, devenant par là même une part de la tempête qui se préparait.

J'avais besoin d'air. J'avais besoin d'espace. J'avais besoin de m'enfuir.

J'avais besoin de courir.

Je me mis à courir sans chaussures, sans penser, et sans direction.

Zeus se mit à courir avec moi.

– Rentre à la maison, Zeus !

Le chien était aussi trempé que moi.

– Va-t'en !

Je hurlais. J'avais envie qu'on me laisse tranquille. Je me mis à courir plus vite, mais il suivit. Je pressai tellement l'allure que ma poitrine était en feu et qu'il devenait pénible de respirer. Je courus jusqu'à ce que mes jambes défaillent et que mon corps roule sur le sol. Un éclair zébra le ciel au-dessus de nous, dessinant des cicatrices, et je me mis à sangloter de façon incontrôlable.

Je voulais être seul, mais Zeus était là, à côté de moi. Il m'avait suivi, malgré mon rythme fou, il était juste à côté de moi quand j'atteignis ma limite, et il n'avait pas l'intention de me laisser. Il était sur moi, me léchant le visage, me donnant son amour, se donnant à moi pour que je le tienne quand j'avais le plus besoin de quelqu'un.

– D'accord.

Je soupirai, les larmes coulaient toujours tandis que je le serrais contre moi. Il gémit comme si, lui aussi, il avait le cœur brisé.

– D'accord.

J'embrassai le dessus de sa tête tout en lui caressant le flanc.

D'accord.

***

J'adorais courir pieds nus.

J'étais bon à la course.

J'aimais que mes pieds s'enfuient.

J'étais content quand ils se craquelaient et saignaient à cause de la pression qu'ils subissaient en heurtant brutalement le béton des trottoirs.

Cela me plaisait d'être confronté à mes péchés au travers des souffrances de mon corps.

J'adore me faire du mal.

Mais seulement à moi. J'adorais me faire du mal à moi. Personne d'autre ne devait souffrir à cause de moi. Je restais à l'écart des autres afin de ne pas leur faire de mal.

J'avais fait souffrir Elizabeth, et je ne voulais pas de ça.

Je suis désolé.

Comment pouvais-je m'excuser ? Comment réparer ce que j'avais fait ? Comment un seul baiser pouvait-il raviver mes souvenirs ?

Elle avait dévalé la colline à cause de moi. Elle aurait pu se rompre les os. Elle aurait pu se fracasser le crâne. Elle aurait pu se tuer…

Morte.

Jamie.

Charlie.

Je suis tellement désolé.

Ce soir-là, j'ai couru encore plus que d'habitude. J'ai couru à travers les bois. Vite. Encore plus vite. Fort. Encore plus fort.

Vas-y, Tris. Cours.

Mes pieds saignaient.

Mon cœur pleurait, battant fort contre mes côtes, encore et encore, bousculant mon esprit, empoisonnant mes pensées, alors que des souvenirs enfouis refaisaient surface. Elle aurait pu mourir. Par ma faute. J'aurais provoqué ça.

Charlie.

Jamie.

Non.

Je les repoussai.

Je m'abandonnai à la douleur qui me transperçait la poitrine. La douleur était agréable. Elle était bienvenue. Je méritais de souffrir. Moi seul, et personne d'autre.

Je suis tellement désolé, Elizabeth.

Mes pieds me faisaient mal. Mon cœur me faisait mal. Tout me faisait mal.

La douleur était effrayante, dangereuse, réelle. Elle me faisait du bien. Elle me faisait du bien d'une façon épouvantable. Bon Dieu, j'adorais cela. Je l'adorais tellement !

J'adorais cette douleur, putain.

***

L'obscurité se fit plus profonde.

Assis dans mon abri de jardin, j'essayai de trouver un moyen de m'excuser sans qu'elle se croie obligée de devenir mon amie. Les gens comme elle n'avaient que faire de gens comme moi pour venir leur compliquer la vie.

Les gens comme moi ne méritaient pas d'avoir des amis.

Mais son baiser pourtant…

Son baiser m'avait aidé à me souvenir. Cela avait été si bon de me souvenir, pendant un moment, mais il avait fallu que je fiche tout en l'air. Parce que c'est ce que j'avais fait. Je n'arrivais pas à me sortir de la tête l'image d'Elizabeth roulant jusqu'en bas de la colline. Qu'est-ce qui ne tournait pas rond chez moi ?

Peut-être que je finissais toujours par blesser les autres.

C'était peut-être pour ça que j'avais perdu ceux qui m'étaient chers.

Mais j'avais simplement voulu faire en sorte qu'elle s'arrête de me parler afin de lui éviter d'être blessée.

Je n'aurais pas dû l'embrasser. Mais j'avais envie de l'embrasser. J'en avais besoin. J'avais été égoïste.

Je restai dans mon abri de jardin jusqu'à ce que la lune soit haute dans le ciel. Comme j'en sortais, je m'arrêtai en entendant un bruit… un gloussement ?

Ça venait de la forêt.

Je n'aurais pas dû m'en occuper. J'aurais dû m'occuper de mes affaires. Au lieu de quoi, je suivis le bruit et je trouvai Elizabeth qui avançait d'un pas chancelant dans les bois, en riant toute seule, une bouteille de tequila à la main.

Elle était jolie. Et par jolie, je veux dire qu'elle était belle. De ce genre de beauté naturelle qui ne demandait pas d'efforts, pas d'artifices. Ses cheveux blonds ondulaient naturellement, et elle était vêtue d'une robe jaune qui semblait avoir été faite sur mesure pour elle. Je m'en voulais de penser qu'elle possédait ce genre de beauté, parce que ma Jamie en était dotée aussi.

Elizabeth marchait d'un pas dansant tout en trébuchant. Une sorte de valse éméchée.

– Qu'est-ce que vous faites ?

Quand elle m'entendit, elle vint vers moi en sautillant sur la pointe des pieds et posa les mains sur ma poitrine.

– Salut, regard orageux.

– Salut, regard marron.

Elle se remit à rire, en reniflant cette fois. Elle était bourrée.

– Regard marron, ça me plaît.

Elle me mit une petite tape sur le nez.

– Ça vous arrive d'être drôle ? Vous avez toujours l'air si sinistre, mais je parierais que vous pouvez être drôle. Dites quelque chose de drôle.

– Quelque chose de drôle.

Elle éclata de rire. De façon presque agaçante. Mais non. Ce n'était pas agaçant du tout.

– Je vous aime bien. Et je me demande bien pourquoi, Monsieur Bougon. Quand vous m'avez embrassée, ça m'a rappelé mon mari. Ce qui est idiot, parce que vous n'êtes pas du tout comme lui. Steven était gentil, presque trop. Il prenait toujours soin de moi, il me portait et il m'aimait. Et quand il m'embrassait, c'était toujours parce qu'il en avait envie. Quand il s'écartait après un baiser, il revenait toujours pour un autre. Et un autre, comme s'il voulait que je sois toujours contre lui. Mais vous, regard orageux… quand vous vous êtes écarté après ce baiser, vous m'avez regardée comme si je vous dégoûtais. Ça m'a donné envie de pleurer. Parce que vous êtes mauvais.

Elle partit en arrière et serait tombée si je ne l'avais pas prise par la taille pour l'aider à se redresser.

– Hum. Au moins vous m'avez rattrapée, cette fois-ci.

Elle sourit d'un air arrogant.

Mon estomac se serra quand je vis le bleu sur sa joue et la coupure qu'elle s'était faite dans sa chute de tout à l'heure.

– Vous êtes soûle.

– Non. Je suis heureuse. Vous ne voyez pas que je suis heureuse ? Je manifeste tous les signes du bonheur. Je souris. Je ris. Je bois et je danse joyeusement. C… c… c'est ce que font les gens quand ils sont heureux, Tristan.

Elle m'enfonça son index dans la poitrine.

– Les gens heureux dansent.

– Ah bon ?

– Ou… ou… oui. Je suppose que vous ne pouvez pas comprendre, mais je vais essayer de vous expliquer.

Elle butait sur tous les mots. Elle fit un pas en arrière, but une gorgée de tequila et se remit à danser.

– Parce que quand on est soûl et qu'on danse, plus rien n'a d'importance. On tourne, on tourne et on tourne, et l'air devient plus léger, la tristesse se fait silencieuse et pendant un moment on oublie ce que ça fait de ressentir.

– Que se passe-t-il quand on s'arrête ?

– Ah, ben justement, c'est le seul petit problème avec la danse. Parce que quand on arrête de bouger…

Ses pieds s'immobilisèrent et elle lâcha la bouteille qui s'écrasa sur le sol.

– Tout vole en éclats.

– Vous n'êtes pas aussi heureuse que vous le prétendez.

– C'est simplement parce que j'ai arrêté de danser.

Des larmes jaillirent de ses yeux lorsqu'elle entreprit de se baisser pour ramasser le verre brisé. J'intervins pour l'en empêcher.

– Je vais le faire.

– Vos pieds saignent. Vous vous êtes coupé sur la bouteille ?

Je regardai mes pieds, blessés et meurtris après ma course.

– Non.

– Eh bien, je suis désolée de vous le dire, mais vous avez des pieds horribles.

Je faillis sourire. Son visage se plissa, incontestablement.

– Je ne me sens pas très bien, regard orageux.

– Ouais, normal, vous avez bu autant qu'un bataillon de Polonais. Venez, je vais aller vous chercher de l'eau.

Elle hocha la tête juste avant de se pencher en avant et de me vomir sur les pieds.

– C'est ça, vous n'avez qu'à me vomir dessus.

Elle poussa un gloussement en s'essuyant la bouche du dos de la main.

– Je pense que c'est votre karma pour avoir été grossier avec moi. Maintenant nous sommes quittes.

Bon, il n'y avait rien à redire à ça.

***

Tout de suite après cet incident, je la transportai jusque chez moi. Après m'être lavé les pieds dans l'eau la plus chaude qu'on puisse imaginer, je la trouvai assise sur mon canapé, regardant autour d'elle avec des yeux ronds, mais toujours extrêmement chargés par la boisson.

– Votre maison est ennuyeuse. Et sale. Et sombre.

– Je suis content que la décoration vous plaise.

– Vous savez, vous pourriez m'emprunter ma tondeuse pour votre jardin. À moins que vous ne teniez à ce côté palais de la Bête avant qu'elle ne rencontre la Belle.

– Je me fous éperdument de l'allure de mon jardin.

– Et pourquoi ?

– Parce que, contrairement à certains, je pourrais attacher moins d'importance à ce que mes voisins pensent de moi.

Elle rigola.

– Cela veut dire que vous attachez de l'importance à ce qu'ils pensent. Vous vouliez dire que vous *ne* pourriez attacher moins d'importance à ce qu'ils pensent.

– C'est ce que j'ai dit.

Elle continua à rigoler.

– Non, ce n'est pas ce que vous avez dit.

Bon sang, ce que vous pouvez être énervante. Et belle.

– Bon, eh bien, je *ne* pourrais attacher moins d'importance à ce qu'on pense de moi.

Elle souffla.

– Menteur.

– Je ne mens pas.

– Si.

Elle hocha la tête avant de se mordre la lèvre inférieure.

– Parce que tout le monde le fait. Tout le monde attache de l'importance à l'opinion des autres. C'est pour cette raison que je n'ai pas pu dire à ma meilleure amie que je trouve mon voisin extrêmement séduisant, bien qu'il soit un connard. Parce qu'une veuve est censée ne plus éprouver le moindre sentiment pour personne, elle est censée être triste tout le temps. Mais pas *trop* triste quand même, parce que ça met tout le monde super mal à l'aise. Alors l'idée d'embrasser quelqu'un et d'avoir des sensations entre les cuisses, et s'apercevoir que le désir est toujours là… ça, c'est un problème. Parce qu'on va me juger. Et je ne veux pas qu'on me juge, parce que j'attache de l'importance à ce qu'on pense de moi.

Je me penchai vers elle.

– Moi je dis, rien à foutre. Si vous pensez que votre voisin, monsieur Jenson, est sexy, allez-y. Je sais qu'il a au moins cent ans, mais je l'ai vu faire du yoga devant sa maison, alors je comprends tout à fait que vous le trouviez attirant. Je pense que, même moi, j'ai éprouvé des picotements entre les jambes en le voyant.

Elle éclata de rire.

– Ce n'était pas à ce voisin-là que je faisais référence.

Je hochai la tête. Je le savais.

Elle croisa les jambes et se redressa.

– Vous avez du vin ?

– Est-ce que j'ai une tête à avoir du vin ?

Elle secoua la tête.

– Non. Vous avez plutôt la tête à boire la plus brune, la plus épaisse des bières, du genre qui fait pousser des poils sur la poitrine.

– Précisément.

– Très bien. Je prendrai une bière pour poitrine velue, s'il vous plaît.

Je sortis de la pièce et revins avec un verre d'eau.

– Tenez, buvez ça.

Elle tendit la main pour prendre le verre, mais la posa sur mon avant-bras et ne la retira pas, le temps d'observer mes tatouages.

– Ils sont tous tirés de livres pour enfants.

Du bout des doigts elle suivit le contour du *Petit monde de Charlotte*[11].

– Les préférés de votre fils ?

J'acquiesçai.

– Quel âge avez-vous ? demanda-t-elle.

– Trente-trois ans. Et vous ?

– Vingt-huit. Et quel âge avait votre fils quand il … ?

– Huit ans.

Elle fit une grimace.

– Ce n'est pas juste. La vie n'est pas juste.

– Personne n'a jamais prétendu le contraire.

---

11 Également *La Toile de Charlotte*, roman américain de E.B. White, illustré par Garth Williams et publié en 1952, adapté au cinéma en 2006.

– Je sais… mais nous espérons tous qu'elle le soit.

Elle continuait à regarder mes tatouages, se déplaçant vers l'arc et la flèche de Katniss Everdeen[12].

– Vous savez, parfois je vous entends. Crier dans votre sommeil.

– Moi, parfois je vous entends pleurer.

– Je peux vous confier un secret ?

– Oui.

– Tout le monde en ville attend de moi que je sois la même fille que j'étais avant la mort de Steven. Mais je ne sais plus comment être cette fille-là. La mort change les choses.

– Elle change tout.

– Je suis désolée de vous avoir traité de monstre.

– Ça ne fait rien.

– Comment ça ? Pourquoi ça ne fait rien ?

– Parce que c'est en cela que la mort m'a changé, elle a fait de moi un monstre.

Elle m'attira vers elle en m'obligeant à m'agenouiller en face d'elle. Elle passa les doigts dans mes cheveux et plongea son regard dans le mien.

– Vous allez sûrement être de nouveau méchant avec moi demain, non ?

– Si.

– C'est bien ce que je pensais.

– Mais je ne le ferai pas exprès.

---

12 Héroïne de la trilogie *Hunger Games*.

– C’est ce que je pensais, aussi.

Elle passa le doigt sur ma joue.

– Vous êtes beau. Vous êtes un genre de beau monstre brisé.

J’effleurai du bout des doigts le bleu sur son visage.

– Ça fait mal ?

– J’ai connu des douleurs pires que celle-ci.

– Je suis sincèrement désolé, Elizabeth.

– Mes amis m’appellent Liz, mais vous m’avez clairement fait comprendre que nous ne serons pas amis.

– Je ne sais plus comment être un ami.

Elle ferma les yeux et appuya son front contre le mien.

– Je suis une très bonne amie. Si vous voulez, je pourrai vous donner quelques tuyaux.

Elle soupira en pressant délicatement les lèvres sur ma joue.

– Tristan.

– Oui ?

– Vous m’avez embrassée tout à l’heure.

– En effet.

– Mais pourquoi ?

Je posai mes doigts sur sa nuque et la tirai doucement vers moi.

– Parce que vous êtes belle. Vous êtes une belle femme, brisée.

Elle me fit un large sourire et se mit à trembler doucement.

– Tristan ?

– Oui ?
– Je crois que je vais vomir à nouveau.

***

Elle avait la tête dans la cuvette des toilettes depuis plus d'une heure maintenant, et je me tenais derrière elle, en relevant ses cheveux.

– Buvez un peu d'eau.

Je lui tendis le verre qui était posé sur le lavabo. Elle se rassit et but quelques gorgées.

– D'habitude, je tiens mieux l'alcool.

– On est tous passés par là.

– Je voulais juste oublier un moment. Lâcher prise.

Je m'assis en face d'elle.

– Croyez-moi, je sais ce que c'est. Comment vous sentez-vous ?

– Étourdie. Idiote. Stupide. Désolée d'avoir, comment dire, vomi sur vos doigts de pied.

Je souris.

– Mon karma, je suppose.

– Vous avez souri ? Tristan Cole lui-même vient de me sourire ?

– Il ne faudrait pas vous y habituer.

– Zut alors ! C'est dommage. C'était plutôt sympa.

Elle entreprit de se mettre debout et je l'imitai.

– Votre sourire a éclairci ma journée.

– Quel a été le moment le plus sombre de votre journée ?

– Votre froncement de sourcils.

Elle soupira en me regardant dans les yeux.

– Je ferais mieux d'y aller. Mais merci d'avoir tempéré mon ivresse.

– Je suis désolé, dis-je la gorge serrée. Excusez-moi de vous avoir fait tomber tout à l'heure.

Elle appuya ses doigts sur ses lèvres.

– Ce n'est rien. Je vous ai déjà pardonné.

Elle se dirigea vers sa maison, beaucoup moins soûle, mais toujours sur la pointe des pieds. Je m'assurai de la voir rentrer chez elle avant d'aller me coucher. Quand nous fûmes tous les deux dans nos chambres, nous restâmes un moment près de nos fenêtres à nous regarder fixement.

– Vous avez ressenti la même chose, hein ?

Elle parlait de notre baiser.

Je ne répondis pas, mais oui.

J'avais ressenti la même chose.

CHAPITRE 12

Elizabeth

Ce soir-là, après que Tristan et moi nous soyons éloignés du rebord de nos fenêtres, je m'allongeai dans mon lit, encore un peu éméchée, et je l'imaginai avec sa femme. J'imaginai à quoi elle ressemblait. Je me demandai si elle dégageait un parfum de rose ou de lys, si elle avait été plutôt cuisinière ou plutôt pâtissière, et à quel point il l'aimait. Je les imaginai ensemble, et j'allai même jusqu'à faire comme si je l'entendais lui murmurer qu'elle l'aimait, dans sa barbe épaisse. Je sentis ses mains l'attirer tout contre lui, sa douce caresse le long de son dos quand elle se cambrait contre lui, la façon dont elle cria son nom.

Tristan...

Ma main glissa le long de mon cou et je me racontai que c'était son cou à elle qu'il touchait. Il l'excitait sans dire un seul mot, il l'aimait silencieusement avec ses mains. Ses doigts descendirent dans son cou et elle gémit quand il atteignit la courbe de ses seins. *Tristan...*

Mon souffle culmina quand je le sentis goûter sa peau, sa langue glissant hors de sa bouche pour lécher doucement la pointe de ses seins avant de les prendre entre ses lèvres pour les sucer, les mordiller, les malaxer. Elle se soumettait à lui. *Tristan...*

Mes mains descendirent le long de mon corps tandis que la pensée de Tristan emplissait mon esprit. Il baissa sa culotte et je baissai la mienne. Sa main se glissa entre ses cuisses palpitantes quand je glissai lentement un doigt en moi. Je poussai un cri étouffé, presque étonnée par la sensation que Tristan m'apportait tandis que du pouce je malaxais mon clitoris en continuant à l'imaginer.

Mais elle avait disparu, maintenant.

Il n'y avait plus que lui et moi.

Sa barbe drue frottait mon ventre avant que sa langue ne se mette à danser autour de mon nombril. Je gémis doucement, en sentant un autre doigt me pénétrer. Ses doigts se mirent à bouger plus vite, je les sentais s'enfoncer plus profondément tout en accentuant leur pression alors que mon corps se couvrait de sueur. Je murmurai son nom et il s'empara du mien et quand je sentis sa langue goûter mon intimité, je fus au bord de l'abandon. Mes hanches donnèrent des coups de boutoir contre sa langue, une supplique s'échappa de mes lèvres pour qu'il aille plus loin, et il le fit, de plus en plus vite, plus profondément, plus fort. Avec tendresse, avec délicatesse, avec insistance. *Oh mon Dieu, Tristan...*

Mes lèvres s'écartèrent et j'accélérai le mouvement de mes doigts, me sentant vaciller au bord de la falaise du toujours et à la limite de tomber dans les abîmes du jamais. Il nourrissait mon imagination, secouait mes entrailles, me suppliait de me disloquer sous ses lèvres, ce que je fis. Je m'écroulai sous sa caresse en moi, et me libérai avec un sentiment de félicité, incapable de me rappeler la dernière fois où j'étais parvenue à me sentir vivante.

Je vais bien.

Je vais bien.

Je vais très bien, putain.

C'est alors que j'ouvris les yeux et me retrouvai dans l'obscurité de ma chambre.

Je retirai ma main d'entre mes cuisses. Remontai ma culotte le long de mes jambes et le sentiment de félicité s'évanouit.

Je ne vais pas bien du tout.

Je jetai un coup d'œil vers le côté du lit où dormait Steven, avant, et une impression de dégoût s'empara de moi. Pendant un moment, j'aurais pu jurer que je le voyais étendu à côté de moi, qui me regardait avec étonnement. Je clignai des yeux et tendis la main pour le toucher, mais il avait disparu.

Parce qu'il n'avait pas vraiment été là.

Qu'est-ce que je viens de faire ? Comment est-ce que j'ai pu faire une chose pareille ? Qu'est-ce qui m'arrive ?

Je sortis de sous mes draps pour aller dans la salle de bain où je fis couler la douche. Je me mis dessous sans retirer mon soutien gorge ni ma culotte, et je m'écroulai sur le sol en laissant l'eau couler sur moi. Je suppliai les gouttes d'eau d'emporter ma culpabilité avec elles, de forcer la déception que j'avais ressentie quitter mon corps. Mais en vain.

L'eau de la douche coulait sur moi, en se mélangeant avec mes larmes, et je restai comme ça jusqu'à ce qu'elle devienne froide. Je frissonnai dans la baignoire et je fermai les yeux.

Je ne m'étais jamais sentie aussi seule.

CHAPITRE 13

Elizabeth

Malgré les protestations de Tanner, je décidai de continuer à demander à Tristan de s'occuper de ma pelouse. Tous les samedis, il venait chez moi et tondait l'herbe avant de se rendre en ville pour travailler chez monsieur Henson. Quelquefois, il travaillait le matin, d'autres fois, tard le soir. Nous ne nous étions pas parlé depuis ma nuit d'ivresse et je me disais que c'était très bien comme ça. Emma jouait toujours avec Zeus dans le jardin de devant et je m'asseyais sous le porche pour lire des romans sentimentaux. Même quand on a le cœur brisé, il y a quelque chose de résolument optimiste à lire un livre qui parle d'amour. Au fil des pages, je trouvais des raisons d'espérer, peut-être un jour irais-je bien de nouveau ? Peut-être qu'un jour tout rentrerait dans l'ordre.

Toutes les semaines, je proposais de l'argent à Tristan, mais il refusait toujours. Toutes les semaines, je l'invitais à rester pour partager mon repas, toutes les semaines il disait non.

Un samedi, il arriva juste quand Emma était en pleine crise émotionnelle, et il resta à distance, faisant son possible pour ne pas nous interrompre.

– Non ! On doit retourner là-bas, Maman ! Papa ne sait pas où on est !

– Je suis sûre qu'il le sait, mon bébé. Je pense qu'il faut juste attendre encore un peu. Laisse-lui le temps.

– Non ! Il n'attend jamais aussi longtemps ! Il n'y a plus jamais de plumes ! Il faut qu'on retourne là-bas !

Elle hurlait et j'essayai de la prendre dans mes bras, mais elle se dégagea brusquement et se précipita dans la maison.

Je soupirai et, en levant les yeux vers Tristan, je vis son air renfrogné. Je haussai les épaules.

– Ah, les enfants !

Je souris, mais il continua à grimacer.

Il tourna les talons et se dirigea vers sa maison.

– Où allez-vous ?

– Chez moi.

– Ben pourquoi ?

– Je n'ai pas l'intention de rester là toute la matinée à écouter les jérémiades de votre fichue gamine.

Le Tristan Mauvais revenait dans toute sa splendeur.

– Seigneur ! Quelquefois je me prends à croire que vous êtes quelqu'un de bien, mais juste à ce moment-là vous faites tout pour me rappeler quel sombre connard vous êtes en réalité.

Sans répondre, il disparut une fois de plus dans l'obscurité de sa maison.

***

– Maman !

Le lendemain matin, je fus réveillée par une Emma en pleine forme qui sautait partout sur mon lit.

– Maman ! C'est Papa ! Il est venu !

Elle criait à pleins poumons et me tirait par les mains pour m'obliger à m'asseoir dans le lit.

– Quoi ?

Je marmonnai en me frottant les yeux, encore tout ensommeillée.

– Emma, le dimanche on fait la grasse matinée, je te rappelle.

– Mais Maman ! Il est venu !

Je me redressai en entendant un bruit de tondeuse à l'extérieur. J'enfilai un pantalon de jogging et un débardeur et je suivis ma petite fille tout excitée. En arrivant dehors, j'étouffai un petit cri quand je vis les plumes blanches qui jonchaient le sol du porche.

– Tu as vu, Maman ! Il nous a retrouvées !

Je portai la main à ma bouche en regardant, les yeux ronds, les plumes blanches qui se mirent à voleter autour de nous sous l'effet d'un coup de vent.

– Ne pleure pas, Maman. Papa est là. Tu avais dit qu'il nous retrouverait et tu avais raison.

Je souris.

– Bien sûr, mon amour. Maman est heureuse, c'est tout.

Le sourire aux lèvres, Emma entreprit de ramasser les plumes.

– Photo ?

Je me précipitai dans la maison pour aller chercher le vieux Polaroid de Steven afin de prendre la photo rituelle d'Emma tenant une plume à la main, qu'elle rangerait dans sa boîte étiquetée « Papa et Moi ». En revenant je la trouvai assise sous le porche, avec un sourire radieux, entourée de dizaines de plumes.

– Allez, dis « cheese » !

– Cheeeeeeese !

Emma s'empara de la photo dès qu'elle sortit de l'appareil et courut dans la maison pour aller l'ajouter à sa collection.

Je cherchai Tristan des yeux. Il coupait l'herbe comme s'il n'avait pas la moindre idée de ce qui se passait. Je m'approchai de lui et coupai le moteur de la tondeuse.

– Merci.

– Je ne sais pas de quoi vous parlez.

– Tristan… merci.

Il leva les yeux au ciel.

– Pourriez-vous me ficher la paix ?

Il allait remettre la tondeuse en marche quand je posai une main sur la sienne. Il avait les mains chaudes, rugueuses mais chaudes.

– Merci.

Quand nos regards se croisèrent, je sentis sa main sous la mienne devenir encore plus chaude. Il m'adressa un vrai sourire. Un sourire que je n'imaginais pas possible sur ses lèvres.

– Ce n'est pas grand-chose. J'ai trouvé ces fichues plumes dans la boutique de monsieur Henson. Ça ne m'a pas demandé un gros effort.

Il marqua une pause.

– Elle est mignonne.

Il fit un geste vers la maison pour désigner Emma.

– C'est une gentille petite fille. Casse-pieds comme pas possible, mais gentille.

– Vous partageriez notre petit déjeuner ?

Il fit non de la tête.

– Alors, venez déjeuner ?

Il déclina mon invitation.

– Dîner ?

Il se mordilla la lèvre inférieure et baissa les yeux, envisageant mon invitation. Quand nos yeux se croisèrent de nouveau, il lâcha un seul mot.

– D'accord.

Je crus tomber à la renverse.

Dans le quartier, les commérages allaient bon train à propos du fait que je demandais à Tristan de s'occuper de ma pelouse, mais plus ça allait, moins je me préoccupais de ce qu'on pensait de moi.

Assise sous le porche, entourée de plumes, je le regardai finir de tondre. Emma jouait à lancer une balle à Zeus.

Et de temps en temps, Tristan se rappelait qu'il savait sourire.

***

Nous étions assis à table, Emma jacassait à propos d'une bestiole morte qu'elle avait trouvée sous le porche et que Zeus avait mangée. Elle parlait trop fort et mangeait ses spaghettis encore plus salement que d'habitude. J'étais assise à un bout de la table, face à Tristan, assis à l'autre bout. De temps en temps, je remarquai qu'il me regardait avec attention, mais la plupart du temps il souriait à Emma, du coin des lèvres.

– Et Zeus l'a dévorée, comme si c'était absolument délicieux ! Maintenant, il a des bouts de boyaux de la bestiole dans les dents !

– Et tu as mangé des insectes, toi aussi ? demanda Tristan.

– Beurk ! Non ! C'est dégoûtant !

– J'ai entendu dire que c'était plein de protéines.

– Ça m'est égal, Thon ! C'est répugnant !

Elle fit mine de s'étrangler, ce qui nous fit rire.

– Oooh ah ! Ooh ah ah !

Elle était passée en mode gorille. Cela faisait quelques semaines qu'elle explorait ses racines gorille après avoir vu *Tarzan*. Je ne savais pas très bien comment expliquer ça à Tristan, mais très vite je compris que ça ne serait pas nécessaire.

– Ooh ? répondit-il. Ah ? Ahhh ! Ahhh !

Il sourit.

Je me demandai s'il savait qu'il avait fait battre mon cœur un peu plus vite ce jour-là.

– Très bien, Jane, je pense qu'il est temps d'aller mettre ton pyjama. Il est largement l'heure d'aller au lit.

– Mais !

– Il n'y a pas de mais.

De la tête, je lui fis signe de quitter la pièce.

– D'accord, mais est-ce que je peux regarder *Hôtel Transylvanie* dans ma chambre ?

– Seulement si tu me promets de t'endormir.

– Promis !

Elle sortit en courant et, à ce moment-là, Tristan se leva de sa chaise. Je fis de même.

Il hocha la tête une fois.

– Merci pour ce dîner.

– Ce n'est rien. Vous n'êtes pas obligé de partir tout de suite, vous savez. J'ai du vin…

Il hésita.

– Il y a de la bière aussi.

Cela emporta sa décision. Je jugeai inutile de préciser que la seule raison pour laquelle j'avais acheté de la bière, c'était dans l'espoir qu'il reste dîner un soir. Après que j'ai couché Emma, Tristan et moi prîmes nos verres et allâmes nous asseoir sous le porche devant la maison, avec Zeus endormi à nos pieds. De temps en temps, le vent soulevait une des plumes qui venait voleter devant nous. Il ne parla pas beaucoup, mais je commençais à m'habituer à cet aspect de sa personnalité. Partager le silence avec lui était plutôt agréable.

– Je cherchais un moyen de vous payer pour le travail que vous faites dans mon jardin.

– Je n'ai pas besoin de votre argent.

– Je sais mais… eh bien, je pourrais vous rendre des services dans votre maison. Pour la décoration.

Je poursuivis en lui disant que j'avais fait des études de décoratrice d'intérieur et que j'étais qualifiée pour l'aider dans ce domaine. Sa maison semblait toujours si sombre, ça m'aurait plu de la rendre un peu plus vivante.

– Non.

– Eh bien, pensez-y, à l'occasion.

– Non.

– Vous êtes toujours aussi borné ?

– Non.

Il marqua une pause avant de reprendre avec un petit sourire.

– Si.

– Est-ce que je peux vous poser une question ?

Il se tourna vers moi et acquiesça.

– Qu'est-ce que vous écoutez ? Dans votre casque ?

– Rien.

– Rien ?

– Les piles sont mortes depuis des mois et je n'ai pas eu le courage de les changer.

– Mais qu'est-ce que vous écoutiez, alors ?

Il mit son pouce entre ses dents et le mordit doucement.

– Jamie et Charlie. Il y a quelques années de cela, ils s'étaient enregistrés en train de chanter, et j'ai gardé la bande.

– Pourquoi n'avez-vous pas changé les piles ?

Il baissa la voix.

– Je me dis que si je les entends de nouveau, ça va me tuer. Et je suis déjà presque mort.

– Je suis vraiment désolée.

– Vous n'y êtes pour rien.

– Je sais, mais quand même, je suis désolée. Pourtant, je ne peux pas m'empêcher de penser que… si j'avais la possibilité d'entendre la voix de Steven encore une fois, je la saisirais.

– Parlez-moi de lui, murmura-t-il.

Ça me surprit. Il ne m'avait pas donné l'impression d'être intéressé, mais toutes les occasions de parler de Steven étaient bonnes à prendre. Je ne voulais pas l'oublier de sitôt.

Ce soir-là, nous sommes restés sous le porche à échanger nos souvenirs. Il me parla de Jamie et de son humour farfelu et je lui ouvris mon cœur pour qu'il fasse la connaissance de mon Steven. Nous eûmes de longs intermèdes de silence, et c'était parfait aussi. Tristan avait les mêmes fêlures que moi, peut-être encore plus profondes, parce qu'il avait perdu sa femme et son fils. Aucun parent ne devrait jamais avoir à vivre la perte d'un enfant, cela semblait être la pire sorte d'enfer qui soit.

– Il faut que je vous demande. La baguette magique tatouée sur votre index… ça vient de quel livre ?

– *Harry Potter*, répondit-il naturellement.

– Ah. Je ne les ai jamais lus.

– Vous n'avez pas lu *Harry Potter* ? me demanda-t-il, l'air chagriné.

Je rigolai.

– Je suis désolée, est-ce que ça vous pose un problème ?

Il me regarda, l'air complètement ahuri, et je discernai dans ses yeux un jugement incontestable.

– Non, c'est juste que… vous avez toujours un livre à la main et c'est fou que vous n'ayez jamais lu *Harry Potter*. C'était le livre préféré de Charlie. Je crois qu'il existe deux livres que tout le monde devrait lire, parce qu'ils nous enseignent à peu près tout ce qu'on a besoin de savoir sur la vie, ce sont la *Bible* et *Harry Potter*.

– Vraiment ? Ces deux-là *seulement* ?

– Ouais. C'est tout. C'est tout ce dont on a besoin. Bon, je n'ai pas lu la *Bible*, mais c'est sur la liste des choses que je dois faire, ricana-t-il. C'est probablement en partie pour ça que je rate ma vie, en ce moment.

Chaque fois qu'il riait, une partie de moi revenait à la vie.

– Moi, j'ai lu la *Bible*, mais pas *Harry Potter*, alors on pourrait peut-être s'échanger les Profils d'une Œuvre respectifs.

– Vous avez lu la *Bible* ?

– Oui.

– En entier ?

– Oui.

Je soulevai mes cheveux et me tournai pour qu'il puisse voir les trois croix tatouées derrière mon oreille gauche.

– Quand j'étais plus jeune, ma mère sortait avec un tas de mecs qu'elle larguait très vite. À un moment, j'ai vraiment cru qu'elle allait se fixer avec un type qui s'appelait Jason. Je l'adorais, il m'apportait toujours des cadeaux et des bonbons. Il était vraiment très religieux et ma mère m'a dit que si elle et moi nous lisions la *Bible*, peut-être qu'il nous aimerait et qu'il deviendrait mon second papa. Il est même venu habiter chez nous pendant un moment. Alors, pendant des semaines, je suis restée dans ma chambre à lire la *Bible* et un jour je suis arrivée en courant dans le salon et j'ai crié « Jason ! Jason ! Ça y est, j'ai lu la *Bible* ! » Je tremblais d'excitation parce que c'était vraiment ce que je voulais, vous voyez ? Je voulais pouvoir avoir un autre papa, même si le mien était le meilleur. Dans mon esprit, si j'avais un autre papa, alors peut-être que maman serait de nouveau ma maman, et non cette personne que je ne reconnaissais plus.

– Qu'est-il arrivé à Jason ?

Je me rembrunis.

– Quand je suis arrivée dans le salon, je l'ai vu charger ses valises dans le coffre de sa Honda. Maman a dit que ce n'était pas le bon et qu'il devait partir. Je me souviens que j'étais furieuse, j'ai crié, j'ai pleuré. Je me demandais pourquoi elle faisait ça. Pourquoi elle gâchait tout. Mais elle est comme ça. Elle gâche toujours tout.

Tristan haussa les épaules.

– Elle ne semble pas s'en être si mal tirée avec vous.

– Exception faite que je n'ai pas lu *Harry Potter*.

– Votre mère devrait sortir avec un sorcier la prochaine fois.

Je me mis à rire.

– Vous pouvez être sûr que c'est le prochain sur sa liste.

Vers trois heures du matin, il se leva pour prendre congé et je me précipitai dans la maison pour aller lui chercher deux piles pour son lecteur. Il hésita d'abord, puis les mit dedans. En traversant la pelouse avec Zeus, il appuya sur le bouton « play » et se mit le casque sur les oreilles. Je le vis tomber à genoux et se couvrir le visage de ses mains.

Je tombai à genoux moi aussi, observant la douleur qui submergeait son esprit. Quelque part, je regrettai de lui avoir donné les piles, mais en même temps j'étais heureuse de l'avoir fait, parce que sa réaction prouvait qu'il respirait toujours.

Parfois, ce qu'il y a de plus difficile quand on doit vivre sans les êtres qui nous sont chers, c'est de penser à respirer.

CHAPITRE 14

Tristan

4 avril 2014
Trois jours avant l'adieu

– Celui-ci est très bien si vous recherchez quelque chose de solide. C'est du cuivre massif, qui résiste parfaitement à la corrosion. C'est plus solide que l'acier inoxydable et offre tout le confort nécessaire à vos chers disparus.

Ma mère et moi regardions fixement les cercueils tandis qu'Harold, le directeur du funérarium, nous en vantait les mérites.

– C'est très gentil, dit ma mère, alors que je restais planté là, totalement indifférent à ce qu'il disait.

– Et si vous souhaitez quelque chose d'un peu plus raffiné, nous avons cet autre modèle, absolument magnifique.

Harold se caressa la barbichette avant de tapoter l'intérieur d'un autre cercueil.

– C'est du bronze massif, ce qu'il y a de plus solide et de plus durable en matière de cercueil. Si vous désirez accompagner vos chers disparus dans leur dernier voyage avec style, c'est exactement

ce qu'il vous faut. Vous avez aussi l'option des cercueils en bois massif. Bien sûr, ils ne sont pas aussi solides que ceux-là mais ils résistent aux chocs, ce qui est appréciable. Vous avez le choix entre plusieurs bois tels que merisier, chêne, frêne ou châtaignier. En ce qui me concerne, ma préférence va au placage de merisier, mais naturellement, c'est une affaire de goût.

– C'est un grand malade, putain !

J'avais marmonné dans ma barbe, et seule ma mère m'entendit. Elle se détourna pour me réprimander.

– Tristan, arrête.

– Il a un cercueil favori. Faut être tordu, putain.

Je sifflai entre mes dents. Harold m'énervait, ma mère m'énervait, j'étais furieux que Jamie et Charlie m'aient quitté.

– On peut en finir avec ça ?

Je regardai les cercueils vides qui contiendraient bientôt tout ce qui comptait le plus pour moi.

Revenez-moi.

Ma mère fronça les sourcils mais continua à régler les détails que je préférais faire semblant d'ignorer.

Harold nous conduisit dans son bureau, où, sans se départir de son sourire sinistre, il nous sortit son baratin qui m'agaçait de plus en plus.

– Pour les pierres tombales, nous offrons aussi des guirlandes pour la période des fêtes, des vases pour les fleurs et des couvertures pour les mois les plus froids...

– Vous vous foutez de ma gueule ou quoi ?

J'avais murmuré, et maman me posa une main consolatrice sur l'épaule, comme pour me retenir de m'en prendre à Harold, mais c'était trop tard. Je n'en pouvais plus.

– Ça vous plaît, ça, hein, Harold ?

Je me penchai vers lui en plissant les yeux, les doigts crispés.

– C'est un putain de bon boulot de proposer à des pauvres gens dans la peine des couvertures pour leurs « chers disparus ». De profiter de leur chagrin et de leur vulnérabilité pour les inciter à balancer tout leur argent dans des trucs de merde qui ne servent à rien ! Une couverture ? UNE COUVERTURE ?! Ils sont morts, putain, Harold.

Je me levai d'un bond en criant.

– Les morts n'ont pas besoin de couvertures, parce qu'ils n'ont pas froid. Ils n'ont pas besoin de guirlandes parce qu'ils ne fêtent pas Noël, et ils n'ont pas besoin de fleurs, parce qu'à quoi bon ?!

Je plaquai violemment mes deux mains sur son bureau, faisant voler les papiers qui s'y trouvaient.

Ma mère se leva et essaya de me prendre par le bras, mais je me dégageai brusquement. Ma poitrine se soulevait et s'abaissait, j'avais de plus en plus de mal à contrôler ma respiration et je sentais la sauvagerie qui s'allumait dans mon regard. Je pétais les plombs. Je craquais de plus en plus à mesure que le temps passait.

Je sortis précipitamment de son bureau et allai m'appuyer contre le mur le plus proche. J'entendis maman qui s'excusait auprès d'Harold. Je serrai les poings et me mis à cogner contre le mur qui me soutenait. Je cognai encore et encore. Alors que mes jointures rougissaient et que mon cœur devenait froid, la réalité se fit jour dans ma tête.

Ils n'étaient plus là.

Ils n'étaient plus là.

Ma mère sortit de la pièce et se tint devant moi, les yeux emplis de larmes.

– Tu as pris la couverture ? lui demandai-je, sarcastique.

– Tristan.

L'immensité de son chagrin était perceptible sous la douceur de son murmure.

– Si oui, j'espère que tu en as pris une verte pour Charlie et une violette pour Jamie. C'étaient leurs couleurs préférées...

Je secouai la tête, je ne voulais plus parler. Je ne voulais plus que maman essaie de me consoler. Je ne voulais plus respirer.

C'était la première fois que je sentais la réalité de leur mort. La première fois que je réalisais que dans trois jours je devrais dire adieu au monde qui était le mien. Mon âme était en flammes et j'en ressentais la brûlure dans tout mon être. Je secouai la tête sans arrêt et mis mes mains sur ma bouche pour couvrir mes hurlements de chagrin.

Ils étaient partis.

Ils étaient partis.

Revenez-moi.

***

– CHARLIE !

Je me redressai dans mon lit en hurlant. Il faisait nuit noire et mes draps étaient trempés de sueur. Une brise légère entrait par ma fenêtre et j'essayai de sortir de ce cauchemar qui était encore plus réel que d'habitude. Mes cauchemars étaient mes souvenirs qui venaient me hanter.

Je vis la lumière s'allumer en face, chez Elizabeth. Elle s'approcha de la fenêtre et regarda dans ma direction. Sans allumer, je m'assis au bord du lit, le corps brûlant. La lumière inondait son visage et je regardai bouger ses lèvres.

– Tout va bien ?

Les bras croisés sur sa poitrine, elle était très belle, bon sang, et ça m'énervait.

Ça m'embêtait aussi qu'elle soit probablement réveillée par mes cris presque toutes les nuits. J'allai vers la fenêtre, les yeux encore chargés de ma culpabilité de n'avoir pas été là pour Jamie et Charlie.

– Retournez dormir.

– Ok.

Mais elle ne retourna pas dans son lit. Elle s'assit sur le rebord de la fenêtre et je me penchai par la mienne. Nous nous regardâmes jusqu'à ce que les battements de mon cœur ralentissent et qu'elle ferme progressivement les yeux de son côté.

Je la remerciai silencieusement de ne pas me laisser seul.

CHAPITRE 15

Elizabeth

– Le bruit court que tu te taperais un connard, me dit Faye au téléphone quelques jours après que j'avais tenu compagnie à Tristan à la suite de son cauchemar.

Je ne lui avais pas reparlé depuis, mais je n'arrêtais pas de penser à lui.

– Oh bon sang, ce n'est pas vrai ?

– Non, mais ce serait plus marrant que les jérémiades de Tanner au sujet d'un mec qui coupe ton herbe, alors que je me rappelle très bien t'avoir proposé les services d'un certain Ed pour tailler tes buissons. Non, mais, en vrai, tu vas bien ? Est-ce que je devrais m'inquiéter, comme Tanner ?

– Je vais bien.

– Parce que ce mec-là, ce Tristan, c'est le roi des cons, Liz.

L'inquiétude qui perçait dans sa voix à chaque mot qu'elle prononçait me rendait triste. Ça m'ennuyait qu'elle se fasse du souci pour moi.

– C'est quelqu'un avec qui je peux parler. De Steven. Je peux en parler avec lui.

– Tu peux m'en parler, à moi, aussi.

– Oui, je sais. Mais ce n'est pas la même chose. Tristan a perdu sa femme et son fils.

Faye garda le silence un moment.

– Je l'ignorais.

– Je doute que quiconque le sache. Les gens le jugent principalement sur son apparence, je pense.

– Écoute, Liz. Je sais que ce que je vais te dire ne va pas te plaire, mais parfois l'amitié implique la franchise, même si la meilleure amie en question ne veut pas l'entendre. C'est triste, bien sûr, ce que tu me dis de sa famille. Mais n'empêche, comment savoir si on peut lui faire confiance ? Et s'il avait inventé toute cette histoire ?

– Quoi ? Mais bien sûr que non !

– Comment tu le sais ?

Parce que son regard est aussi hanté que le mien.

– Arrête de t'inquiéter pour moi, Faye, s'il te plaît.

– Ma chérie…

J'entendis le soupir de Faye dans le téléphone. L'espace d'un instant, je me demandai si je n'allais pas lui raccrocher au nez, une chose que je n'aurais jamais faite auparavant.

– Il n'y a que quelques semaines que tu es revenue en ville, et je sais que tu souffres. Mais ce mec-là, ce Tristan, il n'est pas bon pour toi. C'est un dingue. Et je crois que tu as besoin de stabilité dans ta vie. Tu n'as jamais pensé à aller voir un psy, ou un truc dans le genre ?

– Non.

– Pourquoi ?

Parce que les psys étaient censés vous aider à aller de l'avant, et justement je ne voulais pas aller de l'avant. Moi, je n'avais qu'une envie, au contraire, c'était de revenir en arrière.

– Écoute, il faut que j'y aille, là. On se rappelle un peu plus tard, ok ?

– Liz…

– Salut, Faye. Je t'aime.

Et j'étais sincère, même si, là tout de suite, je ne l'appréciais que moyennement.

– Moi aussi.

Après avoir raccroché, je m'approchai de la fenêtre à l'avant de la maison et je regardai tomber la nuit. Un orage se préparait. Une grande partie de moi était tout excitée à l'idée qu'il pleuve, parce que la pluie signifiait que l'herbe pousserait plus vite et que donc un Tristan brisé reviendrait et se tiendrait là, en face d'une Liz brisée.

***

Samedi soir, j'étais au comble du bonheur, assise en train de regarder Tristan couper l'herbe. Sous le porche devant la maison, avec la boîte de métal en forme de cœur de maman, je parcourais toutes ces phrases que j'avais déjà lues un million de fois. Quand la voiture de Tanner se gara devant chez moi, je rangeai les lettres dans la boîte que je fis glisser dans un coin du porche. Un étrange sentiment de malaise m'envahit quand je pensai que Tanner allait voir Tristan tondre la pelouse.

Il coupa son moteur et sortit d'un bond de sa voiture, je me levai en lui faisant un petit sourire crispé.

– Qu'est-ce qui me vaut l'honneur de cette visite ?

Son regard se fixa instantanément sur Tristan et il fronça les sourcils.

– Je faisais juste un tour en voiture après le boulot et j'ai pensé qu'avec Emma et toi on pourrait aller dîner, ou quelque chose.

– J'ai déjà commandé des pizzas et Emma est dans la maison, elle regarde *La Reine des neiges* pour la deuxième fois.

Il s'approcha sans se dérider.

– Je n'ai pas l'impression que l'herbe avait tellement besoin d'être tondue.

– Tanner !

– Et ne me dis pas que tu le paies en cash, Liz. Il dépense probablement l'argent pour s'acheter de la drogue, ou je ne sais quoi.

– Ne sois pas ridicule.

Il haussa un sourcil.

– Ridicule ? Je suis réaliste, c'est tout. Nous ne savons pratiquement rien de ce type, à part qu'il travaille avec ce dingue d'Henson. Et puis, regarde-le, il a tout à fait une tête de psychopathe ou de tueur en série, du genre Hitler. Ça fait flipper.

– Écoute Tanner, si tu veux bien arrêter de dire des conneries, tu peux entrer et manger un bout de pizza avec nous. Sinon, on se verra une autre fois.

Il secoua la tête.

– Je vais faire un saut à l'intérieur pour dire bonjour à Emma, puis je débarrasserai le plancher.

Il entra, les mains enfoncées dans les poches de son jean, et je poussai un soupir. En ressortant, il me gratifia d'un sourire méfiant.

– Tu as quelque chose de changé, Liz. Je ne saurais pas dire quoi exactement, mais tu es bizarre depuis que tu es revenue. J'ai l'impression de ne plus te connaître.

C'est peut-être que tu ne m'as jamais connue vraiment.

– On en reparle une autre fois, d'accord ?

Il fit un signe de tête et retourna vers sa voiture.

– Hé ! cria-t-il en direction de Tristan.

Celui-ci se retourna et le regarda en plissant les yeux.

– Vous en avez oublié un bout sur la gauche.

Tristan battit des paupières et retourna à son travail alors que Tanner s'éloignait dans sa voiture.

Après avoir fini, il vint vers le porche et me fit un petit sourire sans joie.

– Elizabeth ?

– Oui ?

– Est-ce que je peux…

Il s'arrêta en bafouillant et se racla la gorge en se grattant la barbe, puis il fit un pas vers moi. Je regardai la sueur qui perlait sur la ligne de ses cheveux avant de couler sur son front, je mourais d'envie de l'essuyer.

– Est-ce que vous pouvez quoi ?

Je murmurai, et mon regard s'attarda plus qu'il ne l'aurait fallu sur ses lèvres.

Il avança un peu plus près, ce qui eut pour effet de faire accélérer les battements de mon cœur. J'arrêtai de respirer et me contentai de le regarder fixement. J'inclinai légèrement la tête, tandis que ses yeux bruns semblaient rivés sur ma bouche de la même façon que les miens sur la sienne.

– Est-ce que je peux... murmura-t-il.

– Est-ce que vous pouvez...

– Est-ce que vous pensez...

– Est-ce que je pense...

Il plongea son regard dans le mien. Les battements de mon cœur ralentirent et s'affolèrent en même temps.

– Est-ce que vous pensez que je pourrais utiliser votre douche ? Je n'ai plus d'eau chaude.

J'acquiesçai d'un signe de tête en laissant échapper un petit soupir.

– Oui. Une douche. Ouais, bien sûr.

Il sourit et me remercia.

– Vous pouvez emprunter des affaires de Steven, ça vous évitera de retourner chez vous.

– Vous n'êtes pas obligée de faire ça.

– Ça me fait plaisir.

Je hochai la tête.

– Ça me fait plaisir.

Nous entrâmes et j'allai dans ma chambre chercher un t-shirt blanc et un pantalon de survêtement pour Tristan. Puis je sortis des serviettes de toilette.

– Voilà. Il y a du shampooing et du savon dans la douche. Je suis désolée, mais le parfum vous semblera peut-être un peu féminin.

Il se mit à rire.

– Ce sera toujours mieux que ce que je sens en ce moment.

C'était la première fois que je l'entendais rire. C'était très agréable.

– Ouais, bon, vous trouverez tout ce qu'il vous faut sous le lavabo. Je suis à côté.

– Merci.

– Je vous en prie.

Il se mit à se mordiller l'intérieur de la joue et hocha la tête avant de s'enfermer dans la salle de bains. Je poussai un soupir en allant mettre Emma au lit pour m'occuper jusqu'à ce qu'il ait fini.

***

En repassant dans le couloir vers la salle de bains, je m'arrêtai un instant devant la porte ouverte. Tristan se tenait devant le lavabo, vêtu seulement du pantalon de survêtement que je lui avais donné.

Il se passa les mains dans ses longs cheveux humides qu'il enroula en une sorte de chignon sur sa tête. Il passa un rasoir sur sa lèvre supérieure ce qui me fit sursauter.

– Vous vous rasez ?

Il arrêta son mouvement et me jeta un coup d'œil avant de faire disparaître sa moustache. Puis il tailla sa barbe tellement court qu'elle devint presque invisible.

– Vous vous êtes rasé.

En soupirant, je contemplai un homme totalement différent de ce qu'il était quelques minutes plus tôt. Ses lèvres avaient l'air plus charnues, ses yeux plus brillants.

Il détourna le regard pour observer son visage, glabre à présent, dans le miroir.

– Je n'avais pas envie de ressembler à un serial killer, et encore moins à Hitler.

Mon estomac se noua.

– Vous avez entendu ce que disait Tanner.

Il ne répondit pas.

– Vous ne ressembliez pas du tout à Hitler.

J'avais parlé d'une voix douce, ce qui le fit se retourner et remarquer que je suivais chacun de ses mouvements la bouche grande ouverte. Faisant mon possible pour rassembler mes esprits, je repris :

– Sa remarque n'avait vraiment pas de sens, on sait bien qu'Hitler avait une petite moustache comme ça (je posai mon index sous mon nez) et vous vous aviez plutôt… (je passai les mains autour de mon menton) une barbe genre bûcheron. Tanner voulait seulement… je ne sais pas… se montrer protecteur avec moi, à sa façon. Il est un peu comme mon grand frère. Mais il a eu tort de dire ces choses. Et il a dépassé les bornes.

Son expression était impénétrable tandis que ses yeux recherchaient les miens. Je n'arrivais pas à détacher mon regard de ce visage à l'ossature compacte. Il ramassa le t-shirt sur la tablette du lavabo et l'enfila, avant de passer devant moi en frôlant mon épaule.

– Encore merci.

– C'est quand vous voulez.

– C'est difficile ? De me voir porter ses vêtements ?

– Oui. Mais en même temps, ça me donne envie de vous prendre dans mes bras, parce que ce serait comme de le prendre dans mes bras, lui.

– C'est bizarre.

Il sourit d'un air léger.

– Je suis bizarre.

Je ne m'y attendais pas, mais quand ses bras se refermèrent autour de moi, je me laissai aller contre lui. Ce qui était étonnant, c'est que je ne me sentis pas du tout triste à ce moment-là. Il y avait quelque chose dans la façon dont il me caressait doucement le dos et dont il posa délicatement son menton sur ma tête qui m'apporta un sentiment de paix que je n'avais pas ressenti depuis fort longtemps. Je me sentais égoïste de m'accrocher à lui comme ça, parce que je n'étais pas prête à laisser s'exprimer cette sensation de n'être pas seule. Pendant ces quelques instants où Tristan me tint dans ses bras, mon esprit oublia à quel point je me sentais seule. Pendant ces quelques instants de paix, je trouvai le réconfort qui m'avait manqué.

Je ne me rendis compte que je pleurais que lorsque je sentis ses pouces passer sous mes yeux pour essuyer mes larmes. Nous étions plus proches l'un de l'autre, mes mains s'agrippaient à son t-shirt, ses mains m'attiraient contre lui. Quand ses lèvres s'entrouvrirent, les miennes firent de même et nous respirâmes l'un contre l'autre. Quand il ferma les yeux, je baissai les paupières, et nous restâmes silencieux ensemble. Je ne sais pas exactement qui posa ses lèvres sur celles de l'autre en premier, mais nous les laissâmes se joindre ensemble. Nous ne nous embrassions pas, mais nous gardions nos lèvres jointes, ensemble, échangeant nos souffles, nous soutenant l'un l'autre pour nous empêcher de tomber dans nos ténèbres respectives.

Tristan inspirait, moi j'expirais.

J'eus envie de l'embrasser.

– Mon chauffe-eau n'est pas en panne, dit-il doucement.

– C'est vrai ?

– C'est vrai.

J'eus de nouveau envie de l'embrasser.

Je plongeai dans son regard ombrageux et j'y vis une étincelle de vie. Les battements de mon cœur s'accélérèrent tandis que je m'accrochais à lui, je n'avais pas envie de le lâcher.

– Je ferais mieux de partir, dit-il.

– Vous feriez mieux de partir.

Je me dis encore une fois que j'allais l'embrasser.

– À moins que vous ne restiez.

– À moins que je reste.

– Ma meilleure amie m'a dit que je devrais utiliser le sexe comme moyen de tourner la page, après avoir perdu Steven.

Je soupirai contre ses lèvres.

– Mais je ne suis pas encore prête à oublier. Je ne suis pas prête à tourner la page. Mais j'ai envie de ça. J'ai envie que vous soyez là avec moi, parce que ça m'aide. Ça m'aide à me souvenir de ce que ça faisait d'être désirée, c'est juste que…

Je baissai la tête, presque gênée par mes propres paroles.

– Ça me manque d'avoir quelqu'un qui prend soin de moi.

Tristan se rapprocha encore, baissa la voix et effleura mon oreille de ses lèvres.

– Je vous aiderai. Je vous aiderai à vous accrocher à lui. Je vous aiderai à vous souvenir. Je prendrai soin de vous.

– Nous allons nous servir l'un de l'autre pour nous souvenir d'eux ?

– Seulement si c'est ce que vous voulez.

– Cela semble être une idée terrible, mais qui a du sens.

– Il y a toujours en moi ce manque immense, Jamie me manque tous les jours. Et quand je vous tiens dans mes bras (sa langue frôla délicatement ma lèvre inférieure), ça m'aide à me rappeler quand je la tenais dans mes bras.

– Quand je sens les battements de votre cœur, ça me rappelle les battements de son cœur.

– Quand je passe mes doigts dans vos cheveux (il emmêla ses doigts dans mes boucles blondes, me faisant pousser un petit cri étouffé), ça m'aide à me souvenir d'elle.

– Quand je sens votre peau contre ma peau (je remontai lentement son t-shirt), je me souviens de lui.

J'inclinai la tête sur la gauche et étudiai les traits de son visage. La ligne aiguë de sa mâchoire, les rides minuscules au coin de ses yeux. Sa respiration allait et venait. Tout le monde en ville était persuadé qu'il courait tout le temps pour échapper à son passé, mais c'était très loin de la vérité. En fait, il essayait de s'y raccrocher tous les jours. Il n'avait jamais eu l'intention de devenir un vrai fuyard. Si cela avait été le cas, ses yeux n'auraient pas exprimé une telle douleur.

– Faites semblant avec moi pendant un petit moment.

J'effleurai lentement ses lèvres des miennes.

– Aidez-moi à me souvenir de lui ce soir.

Il écrasa ses lèvres sur les miennes, les yeux dilatés. En posant la main droite sur mes reins, il m'obligea à projeter mon corps contre le sien. Je sentis son érection contre l'intérieur de ma cuisse et je commençai à frotter lentement mon corps contre le sien. *Oui*. Nous reculâmes jusqu'au mur le plus proche. Son poing gauche se serra et atterrit contre le mur au-dessus de ma tête. Ses sourcils se rapprochèrent et un profond soupir le secoua.

– Nous ne devrions pas…

Oui.

Cette fois, j'entrouvris les lèvres et je mordillai doucement sa lèvre inférieure tout en passant la main sur le tissu de son survêtement. Je passai mon pouce autour de la pointe de son membre érigé. *Oui, oui.* Il émit un grognement sourd et resserra sa prise dans mon dos. Je regardai intensément sa langue pointer lentement entre ses lèvres pour venir courir sur mon cou, me faisant frissonner intérieurement. *Encore.*

Sa main glissa sous ma robe, sa caresse se fit plus précise sur l'intérieur de ma cuisse, et quand il passa les doigts sur ma culotte trempée, les battements de mon cœur montèrent en flèche. *Oui, oui, oui...*

Je poussai un gémissement quand il écarta le tissu de ma culotte pour glisser un doigt en moi.

Nos bouches s'écrasèrent l'une contre l'autre et il murmura un nom, mais je ne suis pas sûre que ce fût le mien. J'en murmurai un en réponse, pas certaine que ce soit le sien. Il me prenait tout en m'embrassant avec fougue, explorant de sa langue chaque centimètre de la mienne. Il glissa un deuxième doigt profondément en moi tout en dessinant de son pouce des cercles sur mon clitoris.

– Seigneur, tu es si bonne…

Il grogna en sentant comme j'étais serrée, comme j'étais mouillée… en me sentant.

Je glissai la main dans son boxer et je commençai à le caresser de haut en bas, en serrant délicatement et en écoutant ses grognements de plaisir.

– Parfait, bégaya-t-il, les yeux fermés, sa respiration devenant de plus en plus courte.

– C'est parfait, bordel.

C'était mal.

Mais c'était tellement bon.

Le mouvement de ma main se faisait de plus en plus rapide en même temps que ses doigts accéléraient leur cadence. Nous haletions tous les deux au même rythme, nous nous perdions, nous nous trouvions, nous perdions nos êtres aimés, nous retrouvions nos êtres aimés. Sur le moment, je l'aimais parce que j'avais l'impression d'aimer Steven. Sur le moment, je le détestais parce que ce n'était rien de plus qu'un mensonge. Mais je ne pouvais pas arrêter de le caresser. Je ne pouvais pas m'empêcher d'avoir besoin de lui. Je ne pouvais pas m'empêcher de le désirer.

Lui et moi ensemble, c'était une très mauvaise idée. Nous étions instables tous les deux, nous étions démolis tous les deux et il n'était pas question de le nier. Lui, c'était le tonnerre et moi j'étais l'éclair, et nous étions sur le point de déclencher une tempête.

– Maman, dit une petite voix derrière moi.

Je m'écartai d'un bond de Tristan, ses doigts sortirent de moi. En pleine confusion, je lissai ma robe pour la remettre en place. En regardant au bout du couloir, je vis Emma qui bâillait, tenant Bubba dans sa main.

– Hé, mon bébé, qu'est-ce qui t'arrive ?

Je me précipitai vers elle.

– Je n’arrive pas à dormir. Tu veux bien venir te coucher avec moi et Bubba ?

– Bien sûr. J’arrive tout de suite, d’accord ?

Elle fit oui de la tête et retourna dans sa chambre en traînant les pieds. Quand je me retournai vers Tristan, je lus de la culpabilité dans ses yeux tandis qu’il rajustait son pantalon.

– Je ferais mieux de rentrer, murmura-t-il.

J’acquiesçai.

– Tu ferais mieux de rentrer.

CHAPITRE 16

Tristan

On aurait dû s'en tenir là après ce fameux soir. On aurait dû se rendre compte à quel point c'était une mauvaise idée de se servir l'un de l'autre pour se souvenir de Steven et Jamie. Nous étions des bombes à retardement l'un pour l'autre, et nous étions programmés pour exploser.

Mais on s'en fichait.

Elle passait presque tous les jours pour m'embrasser.

Presque tous les jours, je lui rendais son baiser.

Elle me dit quelle était la couleur préférée de Steven. *Le vert.*

Je lui dis quel était le plat préféré de Jamie. *Les pâtes.*

Certains soirs, je sortais par la fenêtre de ma chambre pour entrer directement dans la sienne. D'autres soirs, c'était elle qui venait se glisser dans mon lit. Quand je grimpais dans son lit, elle ne repoussait jamais les draps. Elle me laissait à peine m'allonger à la place de Steven dans le lit. Je le comprenais plus que quiconque aurait pu l'imaginer.

Elle me déshabillait et faisait l'amour avec son passé.

Je la pénétrais et faisais l'amour à mes fantômes.

Ce n'était pas bien, et pourtant quelque part cela avait du sens.

Son âme portait les cicatrices de ses blessures, la mienne était réduite en cendres.

Mais lorsque nous étions ensemble, la douleur était un peu moins vive. Lorsque nous étions ensemble, c'était moins difficile d'affronter le passé. Lorsque nous étions ensemble, il n'y avait pas une seconde où je me sentais seul.

***

Il y avait des tas de jours où ça allait. Il y avait des masses de fois où la douleur était juste tapie au fond de moi, mais ne me tordait pas les tripes. Mais il y avait aussi les jours des grands souvenirs. L'anniversaire de Jamie en était un. C'était l'anniversaire de Jamie et cette nuit-là, c'était dur.

Les démons du passé qui étaient enfouis dans les profondeurs de mon âme sortaient subrepticement. Elizabeth arriva dans ma chambre. J'aurais dû la repousser. J'aurais dû laisser les ténèbres m'engloutir.

Mais je ne peux pas la laisser seule.

Des éclairs occasionnels de tendresse et d'attention passaient entre nous alors que son corps reposait sous le mien. Son regard me bouleversa, comme il le faisait toujours. Ses cheveux retombaient sur mon oreiller.

– Tu es superbe.

Je lui passai la main autour du cou et la soulevai pour permettre à sa bouche de trouver mes lèvres.

Cette nuit-là, elle était mon extase. Mes hallucinations.

J'adorais le goût de fraise du gloss qu'elle avait mis sur ses lèvres.

Son corps nu dissimulé sous le mien, elle se cambra alors que j'explorais son cou de mes lèvres.

– Sais-tu que tu as des yeux magnifiques ?

Je me redressai en la maintenant sous moi.

Elle sourit de nouveau. *Ça aussi, c'est beau.* Je parcourus ses courbes du bout des doigts, en contemplant chaque centimètre carré de son corps.

– Ils sont marron, sans plus.

Elle se passa les doigts dans les cheveux. Elle se trompait. Ils étaient plus que ça, et je le remarquais un peu plus chaque nuit quand je la tenais contre moi. Si je les regardais avec attention, je voyais les paillettes d'or qui flottaient dans leur iris.

– Ils sont très beaux.

Tout en elle était beau.

Je passai la langue sur ses tétons durcis. Elle frissonna. Sa dépendance à ma caresse suintait de toutes les fibres de son être alors qu'elle me suppliait d'explorer ses peurs les plus profondes et ses goûts les plus doux. Je glissai la main dans son dos et la soulevai, si bien que nous étions assis l'un et l'autre dans l'obscurité de ma chambre.

Tout en plongeant dans ses yeux magnifiques, j'écartai ses jambes et la positionnai contre moi. D'un signe de tête, elle me donna la permission de faire exactement ce qu'elle était venue chercher en venant chez moi.

J'attrapai un préservatif sur ma table de nuit et l'enfilai.

– Comment veux-tu le faire ?

– Hein ?

Mes lèvres posées sur les siennes, je murmurai, l'emplissant de mon souffle.

– Je peux être brutal. Je peux être délicat. Je peux te faire crier. Je peux te faire pleurer. Je peux te baiser si violemment que tu ne pourras plus bouger. Je peux te baiser si lentement que tu penseras que je suis amoureux de toi. Alors, dis-moi ce que tu veux. C'est toi qui décides.

Du bout des doigts, je dessinais des petits cercles sur ses reins. J'avais besoin qu'elle prenne le contrôle. Qu'elle mène la danse, parce que j'étais en train de perdre le contact avec la réalité.

– Tu es un parfait gentleman, hein ?

Elle semblait nerveuse. Je haussai un sourcil. En soupirant, elle évita mon regard.

– Lent et délicat… comme si tu m'aimais, murmura-t-elle, ne voulant pas paraître trop désespérée.

Je ne le lui dis pas, mais c'était exactement ce dont j'avais envie.

C'est exactement comme ça que j'aurais voulu aimer Jamie le jour de son anniversaire.

Bon Dieu, j'avais la tête en vrac.

Le plus effrayant, c'était que les pensées d'Elizabeth correspondaient presque à l'identique aux miennes.

Comment deux personnes, aussi brisées que nous, trouvaient-elles les morceaux éparpillés l'une de l'autre ?

Je la pénétrai, lentement au début, observant les réactions de son corps. Ses yeux se fermèrent à demi quand je m'enfonçai plus profondément, ses lèvres s'entrouvrirent, laissant échapper un gémissement ténu. Lorsque je passai ma langue sur sa lèvre inférieure, je me mis à planer, en absorbant tout son arôme.

J'avais les mains qui tremblaient, mais je les calmai en me concentrant sur ses yeux. Elle retint sa respiration en posant brièvement une main sur son cœur. Ses yeux rivés aux miens, nous nous regardâmes fixement comme si c'était la dernière fois, c'était comme si nous étions tous deux terrifiés à l'idée de perdre ce moment fugace de réconfort.

Est-ce que c'était lui qu'elle voyait quand elle me regardait ? Se rappelait-elle ses yeux ?

Je pouvais sentir que son cœur battait aussi fort que le mien, aussi intensément.

– Est-ce que je peux rester toute la nuit ? murmura-t-elle alors que je soulevais ses cuisses pour l'adosser contre la tête de lit.

– Bien sûr.

Je soupirai en passant la langue sur son oreille, en malaxant ses seins. *Ce serait mieux qu'elle ne reste pas toute la nuit.* Pourtant, j'avais envie qu'elle le fasse. J'étais si terrifié à l'idée de rester seul avec mes pensées que la réponse était sortie de mes lèvres comme une supplique.

– On peut faire semblant jusqu'au matin.

Elle ne devrait pas rester. Qu'est-ce que tu fais ? Mon cerveau me faisait la leçon.

Plus fort.

Nous en voulions de plus en plus, maintenant. Les yeux rivés l'un sur l'autre sans interruption, nous bougions les hanches en cadence, elle poussait vers le haut et je pressais vers le bas.

– Oh, mon Dieu.

Elle marmonnait, le souffle court. Les battements de nos cœurs s'accélérèrent alors que nos deux corps n'en faisaient plus qu'un. J'allais et venais en elle qui se contractait et s'arc-boutait pour m'inciter à aller plus loin.

– Steven… murmura-t-elle, mais ça m'était égal.

– Jams…

Elle n'y prêta pas attention.

Nous étions complètement déments, putain.

Plus profond. Je lui tirai les cheveux et elle enlaça ses doigts avec les miens. Nous devenions de plus en plus violents, de plus en plus sauvages, de plus en plus rebelles.

– Putain !

Je soupirai. J'étais tellement bien entre ses jambes, j'adorais voir la sueur perler sur son corps. C'était bon d'être en elle, je me sentais en sécurité.

Plus vite. Je voulais sentir Elizabeth tout entière. J'avais envie de m'enfoncer en elle si profondément qu'elle n'oublierait jamais la façon dont j'avais suspendu la réalité. Je voulais la baiser comme si elle était mon amour et que j'étais le sien.

Je soulevai sa jambe droite et la posai sur mon épaule. Je la laissai me sentir totalement et elle me dit de lui faire l'amour plus fort. Est-ce qu'elle se rendait compte de ce qu'elle avait dit ? Avait-elle vraiment dit *amour* ? Je savais que nous nous étions mis d'accord pour ça, mais en entendant ces mots de sa bouche, je me déconcentrai un moment.

Je n'étais pas lui.

Elle n'était pas elle.

Mais bon Dieu, ce que c'était bon de se mentir à soi-même.

Elle était hors d'haleine, et j'aimais la façon dont sa tête retombait sur la tête de lit. J'aimais aussi sentir ses ongles s'enfoncer dans ma peau comme si elle ne voulait plus jamais me lâcher. Puis elle battit des paupières et quand elle les rouvrit, ses yeux étaient pleins de larmes retenues. Pour libérer la tension que cet effort lui demandait, elle prit une inspiration.

Plus lentement. Elle me demanda encore une fois si elle pouvait vraiment passer la nuit avec moi. Elle craignait probablement que je la mette à la porte après, ce qui la replongerait brutalement dans la réalité de sa solitude. Et de la mienne. La crainte du rejet se lisait dans ses yeux. Mais je lui avais promis que je ne le ferais pas. Je le voyais clairement dans ses yeux marron : elle détestait se retrouver seule avec ses pensées.

Nous avions cela en commun.

Plus doucement.

Nous avions beaucoup de choses en commun.

Je la reposai sur le matelas tout en restant en elle mais en ralentissant mes mouvements. Des larmes coulèrent sur ses joues.

– Tu veux que j'arrête ?

– Non, je t'en prie.

Elle secoua la tête en enfonçant ses doigts plus profondément dans mon dos, comme pour essayer de se raccrocher à quelque chose qui n'existait pas.

Ceci n'est rien de plus qu'un rêve.

– Nous rêvons, Elizabeth. Nous rêvons. Ce n'est pas réel.

Elle poussa avec ses hanches.

– Non. Continue.

J'essuyai ses larmes, mais je ne continuai pas.

C'était une erreur.

Elle était brisée.

J'étais brisé.

Je me retirai de sa chaleur et m'assis sur le bord du lit. Je m'agrippai des deux mains au bord du matelas. Les draps se plissaient sous chacun de ses mouvements. Elle s'assit de l'autre côté du lit en agrippant des deux mains le bord du matelas. Nous nous tournions le dos, mais j'aurais pu jurer que je sentais toujours les battements de son cœur.

– Qu'est-ce qui cloche chez nous ?

Je me massai les tempes du bout des doigts en soupirant.

– Tout.

– Est-ce qu'aujourd'hui était une date importante ?

Je hochai la tête quand bien même elle ne pouvait pas le voir.

– L'anniversaire de Jamie.

Elle se mit à rire. Je me retournai et je vis qu'elle essuyait des larmes.

– C'est ce que je pensais.

Elle se leva, enfila sa culotte et son soutien-gorge.

– Comment tu le savais ?

Elle vint vers moi et se plaça entre mes jambes. Elle scruta mon regard et passa les doigts dans ma chevelure rebelle. Elle posa les mains sur ma poitrine pour sentir mon cœur qui battait rapidement. Elle posa les lèvres sur les miennes, sans m'embrasser, mais pour sentir mon souffle.

– J'ai vraiment senti à quel point elle te manquait. Dans ton regard ombrageux, j'ai vu à quel point tu étais déçu que je ne sois pas elle.

– Elizabeth…

Je me sentais coupable.

Elle secoua la tête et s'écarta de moi.

– Ce n'est rien.

Elle ramassa son t-shirt et l'enfila rapidement. Elle remit son short de pyjama et alla vers la fenêtre pour sortir.

– Je suppose que tu as vu, toi aussi, à quel point j'étais déçue que tu ne sois pas lui.

– Nous ferions probablement mieux d'arrêter ça.

Elle traversa pour aller vers sa fenêtre. Elle remonta ses cheveux en une queue de cheval en souriant.

– Oui, probablement.

Elle rentra chez elle par la fenêtre et me fit un petit sourire narquois.

– Mais nous n'allons probablement pas le faire. Parce que je crois que nous sommes tous les deux un peu trop accro au passé. À plus.

Je me laissai retomber sur mon lit en grognant, je savais qu'elle avait raison.

CHAPITRE 17

Elizabeth

– Alors, comme ça, tu sors avec ce Tristan Cole, hein ?

C'était Marybeth pendant la réunion du club du livre. Je haussai un sourcil en serrant dans mes mains *Les Quatre Filles du Docteur March*.

– Quoi ?

– Oh, chérie, ce n'est pas la peine d'être gênée. Tout le monde dans le quartier vous a vus traîner ensemble. Et ne t'en fais pas, tu peux tout nous dire. Rien ne sort d'ici, promit Susan.

Tu parles.

– Il vient juste pour tondre ma pelouse. Nous nous connaissons à peine.

– C'est pour ça que je vous ai vue sortir par la fenêtre de sa chambre, à une heure du matin l'autre nuit ? Parce qu'il tondait votre pelouse ?

C'était une femme à qui je n'avais jamais parlé.

– Excusez-moi, vous êtes qui ?

– Oh, je m'appelle Dana. Je suis nouvelle dans le quartier.

J'eus un mal fou à ne pas lever les yeux au ciel. Aucun doute, elle y sera parfaitement à sa place.

– Alors, c'est vrai ? Tu sortais de chez lui, par la fenêtre ? J'ai dit à Dana que je n'y croyais pas, parce que tu viens juste de perdre ton mari et ce serait une insulte à sa mémoire de te mettre si tôt avec un autre homme, expliqua Marybeth. Ce serait comme une gifle dans le visage de votre mariage. Un peu comme si vos vœux étaient écrits dans le sable et non dans ton cœur.

Mon estomac se noua.

– Et si nous parlions du roman, vous ne croyez pas ?

Mais elles continuèrent à me poser des questions. Des questions auxquelles je n'avais pas de réponses. Des questions auxquelles je ne *voulais* pas répondre. La soirée s'éternisa et on aurait dit qu'elle passait au ralenti. Quand elle arriva à sa fin, je n'aurais pas pu être plus heureuse.

– Allez, au revoir !

Susan nous fit un signe de la main lorsque je quittai la maison avec Emma.

– N'oublie pas, pour dans quinze jours il faut avoir lu *Cinquante nuances de Grey*. Et en prenant des notes !

Je fis au revoir de la main à tout le monde. À la fin de la soirée, nous n'avions pas dit un mot des *Quatre Filles du Docteur March*, mais je m'étais sentie terriblement rabaissée par ces femmes.

***

Le 23 août.

Pour la plupart des gens, c'était juste une date, mais pour moi c'était plus que ça.

C'était l'anniversaire de Steven.

Un des moments importants.

J'étais censée aller mieux durant ces moments-là. C'étaient les moments de moindre importance qui étaient censés me faire le plus souffrir.

Je m'adossai contre l'arbre dans le jardin, à l'arrière de la maison, et regardai le ciel ensoleillé au-dessus de ma tête. Emma jouait avec Zeus dans la petite piscine en plastique que je lui avais achetée, et Tristan était occupé devant son abri de jardin à fabriquer une table de salle à manger.

Venue de nulle part, une plume blanche voleta devant moi. Une toute petite plume qui, je ne sais comment, vint piquer mon âme. Un sentiment accablant de perte me submergea et je me frappai le visage de façon répétée, de la paume de la main. Des souvenirs de Steven m'assaillirent et mon cœur se mit à battre à se rompre, je suffoquais, je me noyais. Je ne pouvais plus respirer et tout en continuant à me gifler, je me laissai glisser le long du tronc de l'arbre, prise de tremblements incontrôlables.

– Je suis désolée.

Je criais pour moi-même. *Pour Steven.*

– Je suis désolée, je n'ai pas su…

Je hurlais, les yeux fermés.

Deux mains s'abattirent sur mes épaules et je fis un bond.

– Elizabeth, chut, c'est moi.

Tristan se laissa tomber sur le sol et me prit dans ses bras.

– Je suis là.

Je m'accrochai à son t-shirt, me collant contre lui et l'inondant de mes larmes.

– Je n'ai pas su le sauver, je n'ai pas su le sauver.

Je gémis dans son t-shirt.

– Il était tout pour moi et je n'ai pas su le sauver. Il se battait pour moi et…

Je n'arrivais plus à parler. Je n'arrivais pas à libérer mon cœur de ces pensées qui l'étouffaient.

– Chut, Elizabeth. Je suis là. Je suis là.

Il me parlait sur un ton apaisant alors que je craquais pour la première fois depuis longtemps. Je m'accrochai à lui, le suppliant silencieusement de ne jamais me lâcher.

Il ne m'avait jamais serrée aussi fort.

Soudain, je sentis deux petites mains m'attraper et Emma m'attira contre elle.

– Excuse-moi, mon bébé.

Je murmurai, tremblant entre Tristan et ma petite fille.

– Maman est désolée.

– Ça va aller, Maman. Ça va aller.

Mais elle se trompait.

Ça n'allait pas du tout.

Et je ne savais pas si ça irait un jour.

***

Cette nuit-là, il se mit à pleuvoir. Je restai un moment, assise en peignoir, à regarder le déluge s'abattre sur le sol. Mes larmes coulaient avec la pluie, j'étais incapable de me ressaisir. Emma dormait dans la pièce à côté avec Zeus, que Tristan avait autorisé à dormir avec elle.

Fais que ça s'arrête, suppliai-je, m'adressant à mon cœur. *Fais que la douleur s'en aille.*

Je me faufilai par ma fenêtre pour rejoindre celle de Tristan. En quelques secondes, je fus trempée jusqu'aux os, mais ça m'était égal. Je frappai des petits coups sur sa vitre et il s'approcha, torse nu, en me regardant fixement. Il appuya ses bras sur le rebord de la fenêtre, mettant en valeur ses avant-bras hâlés.

– Pas ce soir, dit-il à voix basse. Rentre chez toi, Elizabeth.

Mes yeux étaient encore brûlants à force de pleurer. Mon cœur encore douloureux de tout ce manque. J'insistai.

– Ce soir.

– Non.

Je saisis la ceinture qui tenait mon peignoir fermé et je la dénouai, le laissant tomber sur le sol, me tenant debout sous la pluie, vêtue seulement de mon soutien-gorge et de ma culotte.

– Si.

– Seigneur, marmonna-t-il en ouvrant sa fenêtre. Entre.

Je fis ce qu'il dit. Une mare se forma à mes pieds et je frissonnai. De froid. De douleur.

– Demande-moi comment je veux le faire ce soir.

– Non.

Le ton de sa voix était sévère et il refusait de me regarder dans les yeux.

– J'ai envie que tu le fasses comme si tu m'aimais.

– Elizabeth…

– Mais tu peux être brutal, si tu veux.

– Arrête.

– Regarde-moi, Tristan.

– Non.

– Pourquoi ?

Je me rapprochai de lui, mais il me tourna le dos.

– Tu n'as pas envie de moi ?

– Tu connais la réponse.

– Tu ne me trouves pas belle ? Je ne suis pas aussi jolie qu'elle ? Je ne suis pas aussi bonne que…

Il se retourna brusquement et posa les mains sur mes épaules.

– Ne fais pas ça, Elizabeth.

– Baise-moi, s'il te plaît…

Je passai les doigts sur sa poitrine.

– S'il te plaît, fais-moi l'amour.

– Je ne peux pas.

Je lui frappai la poitrine.

– Pourquoi ?

Mes yeux se brouillèrent de larmes.

– Pourquoi ?! Je t'ai laissé me caresser quand tu avais envie d'elle. Je t'ai laissé me baiser quand tu en avais besoin. Je t'ai laissé…

Mes sanglots étouffaient mes paroles.

– Je t'ai laissé… pourquoi…

Il saisit mes poignets pour m'empêcher de déverser toute ma colère sur sa poitrine.

– Parce que tu es brisée. Tu es extrêmement brisée ce soir.

– Fais-moi l'amour.

– Non.

– Pourquoi ?

– Parce que, je ne peux pas.

– Ce n'est pas une réponse.

– Si.

– Non. Arrête de te conduire comme un lâche. Dis-moi pourquoi. Pourquoi, putain ?

– *Parce que je ne suis pas lui !*

Il cria, faisant trembler tout mon corps en me secouant.

– Je ne suis pas Steven, Elizabeth. Je ne suis pas ce que tu veux.

– Tu peux le faire pourtant. Tu peux être lui.

– Non, dit-il d'une voix sévère. Je ne peux pas.

Je le repoussai brutalement. Je criai, la gorge brûlante, mes larmes coulant sur ma bouche.

– Je te déteste ! Je te déteste !

Mais ce n'était pas à Tristan que je parlais.

– Je te déteste de m'avoir quittée ! Je te déteste de m'avoir quittée ! Je ne peux plus respirer. J'étouffe.

Je m'effondrai dans les bras de Tristan.

Je m'écroulai à un point que je n'avais jamais connu de ma vie.

Je tremblai, je criai, et une part de moi mourut.

Mais Tristan me soutint, faisant en sorte que mon âme ne disparaisse pas totalement ce soir-là.

CHAPITRE 18

Elizabeth

Deux semaines passèrent avant que je puisse affronter le regard de Tristan de nouveau. J'étais gênée, j'avais honte de la façon dont j'avais craqué dans sa chambre, mais quand il m'appela pour me proposer de faire la décoration de sa maison, je me dis que je devais ravaler mes craintes.

– Tout va bien ? Tu n'as pas l'air en forme, me dit-il alors qu'il me faisait visiter sa maison avec Emma.

J'étais encore super mal à l'aise en repensant à la façon dont j'avais craqué devant lui l'autre soir.

– Si, si, ça va. Je regarde, c'est tout.

Je lui adressai un sourire forcé qui ne le trompa pas.

– Ok. Bon, en gros tu as carte blanche. Il y a le salon, la salle à manger, la salle de bains, ma chambre et la cuisine. Et j'aimerais vraiment que le bureau ne soit plus ce bazar innommable.

En entrant dans le bureau, je vis des tas de cartons empilés les uns sur les autres. Le bureau lui-même disparaissait sous une tonne de trucs.

Lorsqu'il sortit de la pièce avec Emma et Zeus, je restai en arrière un instant, le regard attiré par une facture partiellement cachée sous une pile de papiers. Je la saisis pour la lire.

Cinq mille plumes blanches.

Expédition en vingt-quatre heures.

J'ouvris un des cartons posés sur le bureau, et mon cœur fit un bond quand je vis des sacs de plumes. Il n'avait pas trouvé les plumes blanches chez monsieur Henson. Il les avait commandées. Il en avait commandé des milliers, pour éviter qu'Emma ait le cœur brisé.

Tristan...

– Tu viens, Elizabeth ?

En entendant sa voix, je refermai le carton et sortis précipitamment de la pièce.

– Ouais, j'arrive.

En le rattrapant, je me raclai la gorge et lui fis un sourire.

– Et ton abri de jardin ? Je peux l'arranger aussi si tu veux.

– Non, la remise, c'est interdit. C'est...

Il s'interrompit en fronçant les sourcils.

– C'est interdit, c'est tout.

Je plissai les yeux, je comprenais.

– D'accord... Bon, je pense que j'ai tout ce dont j'ai besoin pour le moment. Je vais faire quelques croquis de propositions différentes et quelques planches avec différents tissus et couleurs pour que nous ayons une base de discussion. Je ferais mieux d'y aller.

– Tu es bien pressée.

– Oui, bah, tu sais.

Je jetai un coup d'œil en direction d'Emma qui jouait avec Zeus, perdue dans son petit monde à elle.

– Emma va dormir chez une copine ce soir et il faut que je prépare ses affaires.

Tristan s'approcha de moi pour me parler doucement.

– Tu m'en veux ? À cause de l'autre soir ?

Je soupirai.

– Non. C'est à moi que j'en veux. Tu n'as rien à te reprocher.

– Tu es sûre ?

– Tout à fait, Tristan. Tu m'as soutenue quand j'en avais le plus besoin.

Je souris avant de poursuivre.

– Mais on ferait peut-être mieux de ne plus se servir l'un de l'autre pour se souvenir… apparemment je ne le supporte pas.

Il se rembrunit et baissa les yeux, l'air presque déçu, mais très vite il releva la tête et me fit un petit sourire.

– Il y a quelque chose que je voudrais vous montrer, à Emma et à toi.

Il nous emmena à l'arrière de la maison et ouvrit la porte. J'écoutai les criquets qui bavardaient entre eux dans la nuit. C'était un son réconfortant… et même paisible.

– Où allons-nous ?

Il fit un signe de tête en direction de l'obscurité de la forêt et, au passage, ramassa une torche électrique. Je ne posai pas davantage de questions. Je saisis la main d'Emma et nous nous mîmes en marche à côté de Tristan. Nous nous enfonçâmes dans l'obscurité de la nuit.

Le ciel était constellé d'étoiles et un air estival doux et humide nous accueillit quand nous passâmes de l'ombre à la lumière entre les arbres. Les branches se balançaient sur notre passage tandis que nous progressions à travers les bois.

– On y est presque, dit Tristan.

Mais où ?

À la beauté de l'endroit, je compris immédiatement que nous étions arrivés là où il voulait nous emmener. Je portai les mains à ma bouche pour m'empêcher de faire du bruit. J'avais cet étrange sentiment de crainte que si je faisais le moindre bruit, toute cette beauté disparaîtrait. Un ruisseau coulait devant nous sans bruit, comme si toutes les créatures qui le peuplaient se reposaient paisiblement. Un vieux pont de pierre enjambait la rivière. Des fleurs poussaient entre les pierres, rendant le tableau parfait sous le clair de lune.

– J'ai découvert cet endroit avec Zeus, dit Tristan en se dirigeant vers le pont pour aller s'y asseoir. Chaque fois que j'ai besoin de m'éclaircir les idées, je viens ici pour les remettre en place.

Je m'assis à côté de lui, retirai mes chaussures et glissai les pieds dans l'eau fraîche. Emma et Zeus s'éclaboussaient joyeusement en toute liberté.

Il se tourna vers moi et me fit un sourire communicatif. Tristan avait une façon de vous faire vous sentir important simplement en vous souriant et en vous regardant. C'était dommage qu'il ne sourie pas plus souvent.

– Au début où j'étais ici, j'étais tout le temps en colère. Mon fils me manquait. Ma femme me manquait. Je détestais mes parents, sans raison. Apparemment, je trouvais ça commode de leur en vouloir, comme si c'était de leur faute si j'avais perdu ma femme et mon fils. Je trouvais ça plus facile d'être furieux après eux que d'être triste. Les seuls moments où je n'étais pas en colère, c'était quand je venais ici pour respirer au milieu des arbres.

Il s'ouvrait.

Je t'en prie, ne te referme pas.

– Je suis contente que tu aies trouvé quelque chose qui t'apporte des moments de paix.

Il sembla regarder à travers moi, et un sourire entendu se forma sur ses lèvres.

– Ouais. Moi aussi.

Il se passa les doigts dans la barbe. Elle repoussait rapidement.

– Puisque nous ne nous servons plus l'un de l'autre, tu peux profiter de cet endroit. Pour t'aider à retrouver la paix.

Je souris.

– Merci.

En guise de réponse, il se contenta de hocher la tête.

Emma sauta dans la rivière en éclaboussant partout autour d'elle et nous arrosant par la même occasion. Je m'apprêtais à la gronder, mais j'étais heureuse de voir le sourire sur son visage et l'excitation de Zeus.

– Merci de nous avoir amenées ici, Thon ! Ça me plaît beaucoup !

Elle levait les bras, tout excitée.

Tristan sourit.

– C'est quand tu veux.

– Je suis ravie que ma fille t'aime bien. Sinon, je ne t'aurais plus jamais adressé la parole de ma vie.

Il se mit à rire.

– Et moi, je suis content que mon chien t'aime bien. Autrement, j'aurais été persuadé que tu étais dingue. Tout le monde devrait se fier à l'instinct de ses animaux. Les chiens sont de bien meilleurs juges de la personnalité des gens que la plupart des humains.

– C'est vrai ?

– Oui.

Il marqua un temps d'arrêt en se passant la main dans les cheveux.

– Pourquoi ta fille m'appelle-t-elle toujours Thon ?

– Oh… En fait, la première fois que nous nous sommes rencontrés, je t'ai traité de con, et elle m'a demandé ce que ça voulait dire et, comme je suis une très mauvaise mère, je lui ai dit que j'avais dit « thon », en lui disant que c'est un gros poisson.

– Alors, elle pense que tu vas m'attraper dans tes filets ?

– En fait, il me semble que la pêche au thon devrait être limitée pour des raisons écologiques, non ? Certaines espèces sont menacées.

Il ricana.

– Ah ? Eh bien, ça me rassure, alors.

Je me mis à rire.

– J'espère bien.

– Elizabeth ?

– Oui ?

– Je sais que nous ne pouvons pas continuer ce que nous faisions, mais est-ce qu'on pourrait au moins être amis ?

– Je croyais que tu ne savais pas ce qu'était l'amitié ?

Il soupira en se massant la nuque.

– C'est vrai, en effet. Mais j'espérais que peut-être tu pourrais m'apprendre.

– Pourquoi moi ?

– Tu crois en des choses positives, alors même que tu as le cœur brisé. Et moi, j'ai complètement oublié à quoi ça ressemble, d'être positif.

Cela me fit de la peine.

– Quand as-tu été heureux pour la dernière fois, Tristan ?

Il ne répondit pas.

Cela me fit encore plus de peine.

– Bien sûr que nous pouvons être amis.

On avait tous le droit d'avoir au moins un ou une amie en qui avoir confiance et à qui pouvoir confier ses secrets et ses peurs. Sa culpabilité, son bonheur. On avait tous le droit d'avoir une personne qui vous dirait, en vous regardant droit dans les yeux : « Ne change rien. Tu es parfait, avec tes cicatrices et tout. »

Mais je pense que Tristan méritait cela encore plus que la plupart des gens. Il y avait dans ses yeux tellement de tristesse, tellement de douleur, que je mourais d'envie de le prendre dans mes bras et de lui faire comprendre qu'il était très bien.

Mais ce n'était pas pour ça que je voulais être son amie. Non. Je voulais son amitié parce que, contrairement à la plupart des gens, il ne se laissait pas prendre à mon apparence de bonheur et, parfois, il me regardait comme pour me dire « Tu es très bien comme ça, Elizabeth… avec tes cicatrices et tout. »

Tristan plissa le front et me regarda comme s'il me voyait pour la première fois. Je le regardai fixement, comme si c'était la dernière fois que je le voyais. Ni l'un ni l'autre nous ne voulions baisser les paupières. La gravité du moment commençait à nous mettre mal à l'aise. Il se racla la gorge, je me raclai la gorge.

– C'est trop ?

– C'est trop, en effet. Pour parler d'autre chose…

Il se passa les mains dans les cheveux.

– … j'ai remarqué un certain *Cinquante nuances de Grey* dans tes mains pendant que je tondais la pelouse la dernière fois.

Je rougis en le poussant.

– Ne critique pas, c'est pour mon club de lecture. En plus, c'est un bon livre.

– Je ne critique pas. Bon, d'accord. Peut-être un peu.

– Ne juge pas sans savoir.

Je souris.

– Oh ? Parce que toi, tu sais ?

Il me jeta un regard suffisant et je me sentis devenir écarlate.

En ricanant, je me dirigeai vers nos maisons.

– Tu es trop con. Viens, Emma, on va prendre une douche et je t'emmène chez ta copine.

– Tu pars dans la mauvaise direction, fit remarquer Tristan.

Je m'arrêtai, tournai les talons et repassai devant lui en repartant dans l'autre sens.

– Tu es quand même trop con.

Je souris et il me rendit mon sourire en marchant à côté de moi avec Emma et Zeus derrière nous.

***

Il était vingt-deux heures trente quand j'entendis tambouriner à la porte. Je m'extirpai de mon lit pour aller ouvrir. Susan se tenait devant moi, les bras croisés. Emma debout à ses côtés, en pyjama, tenait son sac et Bubba dans ses bras.

– Susan, qu'est-ce qui se passe ? Emma, tout va bien ?

Elle ne répondit pas et se contenta de regarder le sol, l'air gêné. Je me tournai vers Susan.

– Que s'est-il passé ?

– Il s'est passé, siffla-t-elle, il s'est passé que ta fille n'a rien trouvé de mieux que de raconter aux autres des histoires de zombies, ce qui les a toutes fait flipper. Maintenant, j'ai dix gamines à la maison qui ne veulent pas dormir parce qu'elles ont peur de faire des cauchemars !

Je fronçai les sourcils.

– Je suis désolée. Je suis certaine qu'elle ne pensait pas à mal. Je peux venir parler aux filles si tu veux. Je suis sûre que ce n'est qu'un malentendu.

– Un malentendu ? Elle s'est mise à parler comme les morts-vivants en disant qu'elle allait leur manger le cerveau ! Tu m'avais dit qu'elle n'avait pas été traumatisée par la mort de Steven !

– Mais non, elle n'est pas traumatisée.

La colère commençait à me serrer l'estomac. Je baissai les yeux vers Emma et je vis des larmes couler sur ses joues. Je me baissai et la serrai dans mes bras.

– Tout va bien, chérie.

– Eh bien, il est évident que tout ne va pas bien. Elle a besoin de voir un psy.

– Emma, chérie, bouche-toi les oreilles tout de suite.

C'est ce qu'elle fit.

Le ventre serré, je me redressai pour faire face à Susan.

– Je vais te dire un truc, et je vais le faire le plus gentiment possible. Un mot de plus à propos de ma fille et je te botte le cul, au sens propre, je t'arrache tes extensions capillaires et je vais raconter à ton mari que tu baises avec le caissier de l'épicerie.

– Comment oses-tu ? cria-t-elle, horrifiée par mes paroles.

– Comment j'ose, *moi* ? Et *toi*, comment oses-tu penser que tu peux te permettre de venir chez moi pour me dire des trucs au sujet de ma fille d'une façon aussi impolie et aussi méprisante. Je crois que tu ferais mieux de t'en aller.

– Tu as raison ! Et toi, tu ferais peut-être bien de ne plus venir aux réunions de notre club de lecture. Ton énergie et ton mode de vie sont une mauvaise influence pour notre groupe. Et qu'elle ne s'approche plus de ma Rachel, ordonna-t-elle en s'éloignant.

– Tu peux être tranquille, j'y veillerai !

Il se produit un étrange phénomène chez les personnes les plus saines d'esprit quand on s'attaque à leurs enfants : elles se transforment en un animal qui ferait tout et n'importe quoi pour protéger ses petits contre les loups qui les menacent. Je n'étais pas fière de ce que j'avais dit à Susan, mais au fond de moi, je ne regrettai pas un mot.

J'emmenai Emma dans le salon et je m'assis avec elle.

– Maman, les filles ont dit que j'étais une tarée parce que j'aimais les zombies et les momies. Je ne veux pas être une tarée.

Je la serrai contre moi.

– Tu n'es pas une tarée. Tu es parfaite comme tu es.

– Alors, pourquoi elles ont dit ça ?

– Parce que…

Je soupirai en essayant de trouver les mots justes.

– Parce que, parfois, les autres ont du mal à accepter la différence. Tu sais que les zombies n'existent pas, hein ?

Elle fit un signe de tête.

– Et tu n'as pas cherché à faire peur aux autres filles ?

– Non, répondit-elle vivement. Je voulais juste jouer avec elles à faire les personnages de *Hôtel Transylvanie*. Je ne voulais pas leur faire peur. Je voulais juste qu'on soit amies.

Mon cœur se serra.

– Tu veux qu'on joue toutes les deux ?

Elle secoua la tête.

– Non.

– Bon, alors, si on regardait un dessin animé sur Netflix et qu'on se fasse notre soirée ensemble, rien que toi et moi ?

Ses yeux s'illuminèrent et ses larmes s'arrêtèrent net.

– On peut regarder *Avengers* ?

Elle aimait les super-héros au moins autant que son père.

– Bien sûr.

Elle s'endormit dès que Hulk apparut à l'écran. J'allai la coucher dans son lit et lui embrassai le front. Elle se mit à sourire dans son sommeil et je retournai me coucher pour m'abandonner à mes propres rêves.

CHAPITRE 19

Elizabeth

– Tristan…

Je murmurai faiblement, ma respiration était lourde et irrégulière.

Sa main frôla ma joue.

– Suce-le lentement, m'ordonna-t-il en passant son pouce sur ma lèvre inférieure.

Il glissa son doigt dans ma bouche pour me permettre de le sucer doucement tout en le faisant aller et venir entre mes lèvres. Puis il le ressortit et le glissa tout humide le long de mon cou, sur la bretelle de mon soutien-gorge, entre mes seins, dont les bouts durcirent sous ce contact, impatients de sentir sa bouche trouver son chemin vers l'un et l'autre.

– Tu es belle, tu es si belle, putain.

– On ne devrait pas.

Je gémis lorsque son membre durci se pressa contre ma culotte. *On devrait.*

– Nous sommes censés ne plus faire ça…

Ma respiration était lourde, j'avais tellement envie qu'il me pénètre, qu'il me prenne profondément.

J'avais envie qu'il me retourne, qu'il soulève mes jambes et qu'il me prenne brutalement. Sourd à mes protestations – comme je voulais qu'il le soit – il tordit mes cheveux d'une main tout en passant l'autre tout le long de mon corps jusqu'à ma culotte de dentelle noire.

– Tu es trempée.

Il se pencha sur moi et passa la langue sur ma joue avant de la glisser entre mes lèvres en murmurant :

– J'ai envie de te lécher partout.

Ses doigts roulèrent sur ma culotte et je retins ma respiration quand, du pouce, il se mit à dessiner des cercles sur mon clitoris à travers le tissu léger.

– S'il te plaît.

En le suppliant, je m'arc-boutai, désirant follement qu'il écarte cette fine barrière.

– Pas ici.

Il me souleva pour m'installer en position assise. Il écarta ma culotte sur le côté et se pencha pour permettre à sa langue de goûter ma moiteur. Instinctivement, je cambrai les hanches vers lui tout en passant les mains dans ses cheveux. Quand il releva la tête, il posa sur la mienne sa bouche qui conservait mon parfum, mélangé au sien.

– Il faut que je te montre quelque chose, chuchota-t-il contre mes lèvres.

Tout ce que tu veux. Montre-moi ce que tu veux.

Mon regard s'attarda sur son érection que je devinai sous son boxer et un sourire me vint aux lèvres. Il me souleva du lit et m'appuya contre la porte la plus proche.

– Tu en as terriblement envie, hein ?

Terriblement. J'étais incapable de parler. Mon cœur battait à cent à l'heure et j'avais presque peur qu'il lâche, incapable de supporter la violence de mes désirs. J'avais envie d'exploser pour lui. De me perdre pour lui. Ses hanches se mirent à tanguer vers moi et il pressa son membre dressé contre mon corps.

– Je veux te montrer la chambre, murmura-t-il dans mon oreille qu'il lécha de haut en bas avant de sucer mon lobe.

– Mmm.

Il me transporta le long du couloir.

Il y avait une chambre sur la gauche, que je n'avais pas remarquée en arrivant.

– Qu'est-ce que…

Il posa la main sur ma bouche.

– C'est ma chambre verte, murmura-t-il en ouvrant la porte.

– Ta quoi ?

Sans lui laisser le temps de répondre, je me retournai et je vis une pièce meublée entièrement en vert. Des fouets verts, des godemichés verts, *tout* était vert.

– C'est quoi ce…

Je me tus et continuai à regarder autour de moi.

– C'est assez flippant, Bébé…

– Je sais.

Sa voix était rauque. Je me tournai vers lui, la gorge en feu, et un hurlement s'échappa de mes lèvres en voyant qu'un immense homme vert me tenait contre lui. De ses yeux sortait une lueur verte quand il me souleva.

« L'Incroyable Hulk va te réduire en miettes. »

***

– Bon Dieu de merde !

Je me secouai pour me sortir de ce cauchemar étrange et tordu. En quelques secondes Tristan apparut à la fenêtre de sa chambre.

– Tout va bien ?

Je baissai les yeux et vis que je portais un débardeur blanc avec une culotte blanche, mais pas de soutien-gorge. Je me couvris vivement la poitrine avec une couverture.

– Oh, mon Dieu, va-t'en.

Je flippai.

– Excuse-moi ! Je t'ai entendue crier et…

Il s'interrompit et haussa un sourcil en me regardant dans les yeux.

– Tu viens de faire un rêve érotique ?

Il se mit à glousser derrière sa main.

– Tu viens de faire un rêve érotique.

– Dégage !

Je bondis hors de mon lit pour aller fermer mes stores.

– D'accord ! Espèce de dévergondée. Je t'avais prévenue à propos de ce genre de littérature.

Mes joues s'empourprèrent et je me laissai retomber sur mon lit en me couvrant la tête de mon drap.

Foutu *Incroyable Hulk.* Foutu *Tristan Cole.*

CHAPITRE 20

Elizabeth

– Tu as fui mon regard toute la journée, dit Tristan en rangeant quelques objets dans la boutique.

Assise au comptoir, je suivais des yeux monsieur Henson qui me préparait une tisane. Emma et Zeus couraient partout à la recherche d'objets divers. Nous avions pris l'habitude de venir une fois par semaine prendre un thé ou un chocolat et, de temps en temps, il me tirait les cartes. Je commençais à adorer cet endroit.

– Tu n'as pas à être gênée, je suis pratiquement sûr que ça arrive à tout le monde, expliqua Tristan.

– De quoi est-ce que tu parles ? Je ne t'évite pas. Et je *ne sais pas* ce qui arrive à tout le monde, parce qu'il ne m'est rien arrivé.

Je soufflai en évitant absolument son regard. Chaque fois que je le regardais, je ne pouvais m'empêcher de rougir en imaginant son t-shirt en train de se déchirer alors qu'il se transformait en monstre.

– Ce n'était qu'un rêve érotique.

– Ce *n'était pas* un rêve érotique.

Il y avait un peu trop de culpabilité dans ma voix.

Tristan se tourna vers monsieur Henson avec un sourire narquois.

– Elizabeth a fait un rêve érotique la nuit dernière.

– Ça suffit, Tristan !

Je criai en tapant des deux mains sur la table. J'étais rouge comme une tomate et j'avais le visage en feu.

Monsieur Henson me regarda, puis il regarda le mélange qu'il me préparait et y ajouta quelques plantes.

– C'est normal, les rêves érotiques.

– C'était un *bon* rêve érotique au moins ?

J'étais à deux doigts de lui taper dessus.

J'allais nier encore une fois, mais je ne réussis pas. En prenant mon visage dans mes mains, je poussai un profond soupir.

– Parlons d'autre chose.

– Allez, tu es obligée de nous le raconter, maintenant.

Il vint vers moi et s'assit sur le tabouret à côté. Je me tournai dans l'autre sens. Il attrapa mon tabouret et le fit tourner pour m'obliger à le regarder.

– Merde alors, murmura-t-il.

Je vis dans ses yeux qu'il avait compris.

– Tais-toi, Tristan !

Je baissai les yeux, incapable de le regarder en face.

– Tu as fait un rêve érotique à propos de *moi* ?!

Je lui donnai un coup dans le bras en l'entendant brailler. Monsieur Henson ricana.

– Quel rebondissement !

Un sourire moqueur passa sur le visage de Tristan et c'était officiel : *Je. Suis. Morte. De. Honte !* Il se pencha vers moi et me murmura à l'oreille,

– Est-ce que je t'ai fait ce truc avec la langue, sur tes lèvres ?

Je rougis.

– De quelles lèvres est-ce que tu parles ? dis-je tout bas.

Son sourire se fit plus carnassier.

– Espèce de petite cochonne.

En descendant de mon tabouret, je croisai le regard de monsieur Henson.

– Pouvez-vous me le mettre dans un gobelet à emporter ?

– Oh, allez, Elizabeth, je veux en savoir plus ! dit Tristan en riant devant mon air gêné.

Sans lui répondre, je pris mon thé que monsieur Henson avait transféré dans un gobelet avec un couvercle.

– Je ne te parle plus. Emma, on y va.

Je me dirigeai vers la porte.

– Juste quelques petits détails, s'il te plaît !

En tenant la porte ouverte, je poussai un profond soupir et me retournai vers lui.

– Tu m'emmenais dans une chambre toute verte où tu te transformais en un monstre vert et tu te mettais à me balancer contre les murs de la pièce.

Et quand je dis « balancer », je veux dire dans tous les sens du terme.

Clignement d'yeux. Clignement d'yeux. Regard vide. Regard vide.

– Redis-moi ça ?

Je faillis éclater de rire en voyant la confusion qui s'affichait sur son visage.

– Tu as insisté pour savoir.

– Tu es vraiment, *vraiment* bizarre.

Monsieur Henson sourit.

– Ah, il m'est arrivé la même chose pendant l'été 1976.

– Vous avez fait un rêve érotique ?

– Un rêve ? Mais non, chérie. On m'a jeté dans une chambre verte et on m'a battu.

Le moment embarrassant numéro cinq mille quatre cent quarante-deux depuis mon retour à Meadows Creek.

– Sur ce, je m'en vais. Merci pour le thé, Monsieur Henson.

– Je passerai couper ton herbe dans la journée, dit Tristan.

Il n'y avait aucun sous-entendu salace dans ces paroles, mais je rougis malgré tout.

***

Cet après-midi-là, Faye passa me voir, parce que je lui avais demandé de m'aider à choisir les papiers peints et les couleurs pour la maison de Tristan. Elle avait toujours eu l'œil pour les détails.

Nous étions assises sous le porche à l'avant de la maison, avec les trois planches des projets que j'avais conçus, mais au lieu de se concentrer sur notre travail, elle contemplait l'homme séduisant, charpenté, qui était en train de tondre ma pelouse. Les pieds posés sur les siens et l'aidant à pousser la tondeuse, se trouvait Emma, convaincue qu'elle faisait ça mieux que Tristan. Elle n'arrêtait pas de se chamailler avec lui et de lui dire qu'il était nul. Il se contentait de sourire et de lui répondre sur le même ton. Faye ne le quittait pas des yeux, sidérée par sa métamorphose. Elle ne l'avait pas revu depuis qu'il s'était coupé les cheveux pour révéler ses traits anguleux. Et, en plus, elle ne l'avait jamais vu sourire auparavant. Sa barbe recommençait à pousser et, franchement, ça me plaisait bien. J'aimais sa barbe presque autant que son sourire.

– Je n'en reviens pas.

Elle soupira.

– Qui aurait pu penser que ce connard, ce hippie sale et mal dégrossi, deviendrait un jour ce mec si… sexy ?

– On est tous un peu sauvages et un peu autre chose.

Elle se tourna vers moi et un sourire idiot s'afficha sur ses lèvres.

– Oh, merde. Il te plaît.

– Quoi ? Non. Il est juste là pour me donner un coup de main pour la maison. En fait, surtout pour la pelouse.

– Tu es sûre que c'est seulement pour la pelouse ? Ou bien est-ce qu'il t'aide à déboucher tes canalisations, aussi ?

Elle avait parlé d'une voix forte – Faye était incapable de murmurer.

– Faye ! Ferme-la.

– Il ramone ta cheminée aussi ? Elle en avait bien besoin.

Je rougis.

– Je refuse de jouer à ça avec toi. Bon alors, j'ai besoin de ton avis. Quel agencement préfères-tu pour le salon et la salle à manger ? J'ai envie d'y incorporer les meubles en bois qu'il fabrique. Tristan fait un tas de trucs en bois et je me dis que…

– Des triques ? Est-ce qu'il a un bon gros gourdin bien long et épais ?

Je la regardai en plissant les yeux.

– Tu ne penses vraiment qu'à ça, hein ?

– Toujours, ma puce. Toujours. N'empêche, il te plaît. Je le vois bien.

– Pas du tout.

– Il te plaît.

Je regardai Tristan, l'estomac noué. Il me regardait lui aussi.

– Ouais, il me plaît.

– Non, mais je rêve, Liz. Il n'y a que toi pour tomber amoureuse d'une espèce de connard qui s'avère ressembler à Brad Pitt dans *Légendes d'automne*. Tu vois ce que je veux dire.

Elle sourit.

– *Légendes d'automne*… le personnage de Brad Pitt s'appelait Tristan, tu vois ?

– Hé, tu es un vrai puits de science.

– C'est presque ridicule.

Je me mis à rire.

– Presque.

Elle s'approcha et scruta mon visage.

– C'est quoi, ça ?

– Quoi ?

– Cet étrange sourire béat sur ton visage, cette expression béatifiée par le sexe ! Tu as couché avec lui !

– Quoi ? Non, je …

– N'essaie même pas d'être plus maligne qu'une « sexaholique », Liz. Tu te l'es tapé, un point c'est tout !

Je me tortillai comme une petite fille qui vient juste d'échanger son premier baiser.

– Je me le suis tapé, un point c'est tout !

– Doux Jésus ! Oui !

Elle se dressa sur le porche et se mit à scander.

– OUI ! OUI ! OUI !!! La période de sécheresse est terminée !

Tristan se tourna vers nous et haussa un sourcil.

– Tout va bien, Mesdames ?

En gloussant, j'obligeai Faye à se rasseoir.

– Tout va très bien.

– Ce que je trouve très bien, moi, c'est son cul superbe, murmura Faye avec un petit sourire appréciateur. Alors, c'était comment ?

– Eh bien, disons que j'ai donné un surnom à son engin.

Des larmes lui vinrent aux yeux et elle porta les mains à son cœur.

– Ma petite fille grandit, on dirait. Alors, c'est quoi ce nom ?

– L'Incroyable Hulk.

Elle se rembrunit.

– Excuse-moi, tu as dit ?

– L'Incr…

– Non, non. J'ai bien entendu la première fois. Tu veux dire cette espèce de monstre vert ? Liz, tu baises avec un mec qui a un pénis vert ? Si c'est le cas, il faut te faire vacciner contre le tétanos.

Elle me regarda des pieds à la tête et eut un mouvement de recul.

– Et aussi, mettre la barre un peu plus haut.

Je me mis à rire.

– Est-ce que je peux te confier la vérité à propos de Tristan et moi sans que tu te sentes obligée de me faire la morale ?

– Absolument.

– Le sexe nous a permis de faire revivre Steven et Jamie. Tu vois, c'est un peu comme si… on se servait l'un de l'autre pour retrouver les sensations que nous éprouvions avec eux.

– Tu veux dire que… tu te représentes Steven pendant que Tristan te baise ?

– Ouais. Enfin, je veux dire, c'était ça au début. On ne le fait plus, en fait. Ça me secouait beaucoup trop, émotionnellement, et je n'arrivais plus à gérer.

– Mais, maintenant, il te plaît.

– Ouais, et c'est embêtant, parce que lui, il ne pensait qu'à Jamie quand il était avec moi.

Faye tourna les yeux vers Tristan.

– Ça, c'est des conneries.

– Quoi ?

– C'est toi qu'il voit, Liz.

– De quoi tu parles ?

– Écoute, crois-en l'expérience d'une fille qui a couché avec des tas de mecs différents en se représentant Channing Tatum pour la plupart d'entre eux, je peux te dire qu'on voit la différence quand la personne pense à toi ou qu'elle pense à quelqu'un d'autre. Il n'y a qu'à voir la façon dont il te dévore des yeux.

Je jetai un coup d'œil en direction de Tristan et je vis son regard posé sur moi, une fois encore. Était-ce vraiment à moi qu'il pensait quand nous étions ensemble ?

Et s'il était vrai qu'il le faisait, pourquoi cette idée me rendait-elle si heureuse ? Je secouai la tête, refusant de me confronter à ce qui se passait entre lui et moi.

– Alors, où en êtes-vous, Matty et toi ? Comment ça marche entre vous ?

– Affreux.

Elle soupira en se frappant le visage.

– Il faut absolument que j'arrête tout ça.

– Quoi ? Mais pourquoi ?

– Parce que, comme une gourde, je n'ai rien trouvé de mieux que de tomber amoureuse de lui.

Mes yeux s'illuminèrent.

– Tu es amoureuse.

– Je sais, c'est horrible. Je bois tous les soirs pour essayer d'oublier. Maintenant, plus un mot, revenons plutôt au gourdin de Tristan.

Je souris et après quelques heures et une centaine de commentaires grivois, nous finîmes par choisir les couleurs pour chacune des pièces de sa maison.

CHAPITRE 21

Elizabeth

Quelque temps après, Sam m'appela un vendredi pour savoir si ça m'intéresserait de faire un tour avec lui. Je m'étais dit qu'il avait oublié la proposition qu'il m'avait faite quelques mois plus tôt de me faire visiter la ville. Mais je supposai que certaines personnes sont plus lentes que d'autres à mettre les choses en œuvre. Vendredi soir, il gara devant chez moi le pick-up de l'entreprise familiale. Je l'observai depuis la fenêtre du salon quand il sortit en sautant de son camion et arrangea son nœud papillon. Il fit quelques pas vers la maison púis il s'arrêta et repartit dans l'autre sens. Il fit ça encore au moins cinq fois avant de finalement venir jusqu'à la porte où il hésita à frapper.

Tristan se pencha derrière moi et étudia les mouvements de Sam.

– Ho ho, tu as un rencard sexy, ce soir ?

Depuis quelques jours, Tristan occupait notre chambre d'amis puisque sa maison était en travaux. Ce soir-là, nous avions discuté de mes idées pour sa maison et je lui avais montré les différents projets que j'avais imaginés pour l'agencement de l'espace. Il n'avait pas semblé vraiment intéressé, mais j'étais ravie d'avoir une occasion de faire ce que j'aimais, de nouveau.

– Ce n'est pas un rencard. Sam voulait juste m'emmener faire un tour de Meadows Creek, pour me faire un peu sortir de chez moi.

Tristan haussa un sourcil et ricana.

– Quoi ? Qu'est-ce qu'il y a de mal à ça ?

– Tu es bien consciente que lui, il pense que c'est un rencard, hein ?

– Quoi ? Mais non. Il veut seulement que je ne reste pas chez moi à ne rien faire.

Tristan me lança un regard qui voulait dire « il ne faut pas me la faire, à moi ».

– Tais-toi, Tris.

– Tout ce que je dis, c'est que je doute que Sam le Harceleur sache que ce n'est pas un *rencard*.

– Qu'est-ce que tu veux dire ? Pourquoi Sam le *Harceleur* ?

Tristan me fit un sourire espiègle et fit mine de s'éloigner.

– Tristan ! Pourquoi *Sam le Harceleur ?!*

– Depuis qu'il est arrivé dans cette ville, il a une réputation de faire des avances un peu lourdes parfois, c'est tout. Je l'ai vu suivre des filles en ville quand je courais. Il t'a dit où il avait l'intention de t'emmener ?

– Oui, et ce n'est pas vraiment le genre d'endroit pour un rencard, alors je crois que tu te fais des idées.

– La réunion du Conseil municipal ?

– Exactement ! (Cette idée me plaisait.) Tu n'emmènes pas quelqu'un avec qui tu penses avoir un rencard à la réunion du Conseil municipal.

Tristan serrait les lèvres comme s'il essayait de se retenir de rire.

– Arrête.

On frappa à la porte.

– Il ne pense pas vraiment que c'est un rencard, si ?

– Je te parie dix dollars que Sam le Harceleur va se pencher vers toi pendant le discours du Sheriff Johnson à propos de la fête de la ville, pour te proposer d'aller avec lui à la grange où il y a toujours un bal et un karaoké après la réunion du Conseil.

– Tu ne vas pas risquer de perdre dix dollars.

– Tu as raison, mais il n'y a pas de danger, parce que je suis sûr de le gagner, ce pari. Sam le Harceleur va te draguer.

On frappa encore une fois.

– Arrête de l'appeler Sam le Harceleur.

Je murmurai tandis que mon cœur se mettait à battre plus fort.

– Il ne va pas me demander de l'accompagner à la grange.

– Tu paries ?

Il tendit la main. Je la serrai.

– Très bien. Dix dollars que ce n'est pas un rencard.

– Ah, je n'aurai jamais gagné d'argent aussi facilement, Lizzie.

Le surnom était sorti naturellement de sa bouche. Quand je repris ma main, je fis attention à ne pas lui montrer l'effet que ça me faisait.

Troisième coup sur la porte.

– Qu'est-ce qu'il y a ?

– Tu m'as appelée Lizzie.

Il plissa le front.

– C'est juste que… personne ne m'a jamais appelée comme ça, à part Steven.

Il eut un petit hochement de tête.

– Excuse-moi. C'est sorti tout seul.

– Non, ce n'est rien. J'aime bien.

Ça m'a manqué. Je lui fis un petit sourire. Nous restions là à nous regarder, figés sur place, comme si la semelle de nos chaussures était collée au sol. Mes yeux tombèrent sur le petit tatouage inachevé qu'il avait sur la main gauche et je me forçai à le regarder en détail plutôt que de regarder ses yeux. Parfois, c'était trop intense de le regarder dans les yeux.

– J'aime bien.

– Alors, je continuerai à l'utiliser.

Quatrième coup sur la porte.

– Tu devrais peut-être…

Tristan fit un signe de tête en direction de la porte. J'acquiesçai et me précipitai pour ouvrir. Sam était là, avec un immense sourire et un bouquet de fleurs à la main, qu'il me tendit.

– Salut, Elizabeth. Waouh ! Tu es très belle. Tiens, c'est pour toi. J'étais dehors quand je me suis aperçu que je ne t'avais rien apporté. Je les ai cueillies devant ta maison.

Ses yeux se posèrent sur Tristan qui se trouvait à quelques pas de nous.

– Qu'est-ce que ce connard fait là ?

– Oh Sam, je te présente Tristan. Tristan, voici Sam. Tristan fait repeindre sa maison, alors il loge avec Emma et moi pour quelques jours.

Tristan lui tendit la main, en souriant.

– Enchanté, Sam.

– Moi aussi, Tristan, dit Sam, méfiant.

Tristan lui tapa dans le dos en le gratifiant de son plus beau sourire carnassier.

– Oh, ce n'est pas la peine d'être si formel. Je t'en prie, tu peux m'appeler connard.

Je ricanai intérieurement. *Quel sombre crétin.*

Sam se racla la gorge.

– Bon, en tout cas, excuse-moi pour les fleurs. J'aurais dû penser à en acheter en ville mais…

– Ne t'en fais pas pour ça, mon vieux.

Tristan lui prit les fleurs des mains, sachant parfaitement qu'il le mettait très mal à l'aise.

– Qu'est-ce que tu dirais d'entrer et de t'asseoir dans le salon pendant qu'Elizabeth et moi allons chercher un vase ou un truc pour mettre les fleurs ?

– Oh, ouais, d'accord, bonne idée.

Je saisis le bouquet.

– Fais gaffe. Il y a des épines.

– Je pense que je vais m'en sortir, merci Sam. Assieds-toi, je reviens tout de suite.

En entrant dans la cuisine, je tombai sur Tristan et son sourire de petit malin.

– Si tu continues à me regarder comme ça, Tristan, je te casse la figure. Rien ne dit que c'est un rencard.

Il ricana. Je plissai les yeux.

– Non ! Ces fleurs ne veulent rien dire !

– Il a volé des fleurs pour toi devant ta propre maison. C'est bien plus grave que je ne le pensais. Il t'aime. D'un amour du genre Bonnie and Clyde.

– Tu es un crétin.

Il commença à mettre de l'eau dans un vase pour les fleurs. Quand je lui tendis le bouquet, je me plantai une épine dans le doigt et je jurai en voyant le sang apparaître.

– Merde.

Tristan prit les fleurs, les flanqua rapidement dans le vase et me prit la main dans la sienne pour examiner la petite goutte de sang.

– Ce n'est rien.

Il attrapa un torchon et le posa sur mon doigt. Je sentis mon estomac se nouer de façon intempestive. Je fis mon possible pour ne pas y faire attention, mais je dois admettre que le contact de Tristan était agréable, délicat et désiré.

– Il faut reconnaître que Sam le Harceleur avait raison sur un point, dit-il en regardant mon doigt fixement.

– Ah oui ? Lequel ?

– Tu es vraiment très belle.

Nos mains restèrent jointes et il s'approcha un peu plus près. J'aimais bien le sentir si près. J'adorais ça, en fait. Il respirait lourdement.

– Lizzie ?

– Oui ?

– Tu serais très en colère si je t'embrassais ? Et je veux dire si je t'embrassais toi, pas le souvenir de Jamie.

Il scrutait mes lèvres du regard. Les battements de mon cœur redoublèrent dans ma poitrine quand il se rapprocha encore pour écarter une mèche de mes cheveux et la passer derrière mon oreille. Nos mains restèrent entrelacées pendant une minute supplémentaire avant qu'il ne s'éclaircisse la gorge et s'écarte de moi. Une expression de gêne assombrit son regard.

– Désolé. Oublie ça.

Je cillai deux ou trois fois en essayant de faire disparaître ma nervosité. Rien à faire. Il croisa les doigts et posa ses mains sur sa nuque.

– Tu ferais mieux d'aller retrouver ton rencard.

– Ce n'est pas un…

Je laissai tomber en voyant les coins de ses lèvres s'affaisser légèrement.

– Bonne soirée.

Il hocha la tête.

– Bonne soirée à toi aussi, Lizzie.

***

Je regardai, les yeux ronds, l'estrade du haut de laquelle Tanner expliquait les raisons pour lesquelles il fallait fermer Le Bazaar de l'Épouvante. Cela me rendait malade de l'entendre démolir monsieur Henson qui était assis quelques rangs derrière moi. Pourtant, celui-ci ne semblait pas du tout affecté par les paroles de Tanner. Il restait assis, là, le sourire aux lèvres.

Je n'avais jamais vraiment vu cette facette de Tanner, son côté homme d'affaires. Celui qui pourrait dire et faire à peu près n'importe quoi pour arriver à ses fins, même si cela revenait à pousser un vieil homme sympathique sous un bus.

Ça me laissait un goût amer dans la bouche.

– Tanner a des arguments de poids pour expliquer pourquoi monsieur Henson devrait fermer son magasin. C'est vrai que c'est de la place perdue puisque personne n'y va jamais.

– Moi je trouve que c'est un endroit génial.

Il haussa un sourcil.

– Tu y es allée ?

– Plein de fois.

– Et tu n'as pas attrapé des verrues ou je ne sais quoi ? Monsieur Henson pratique le vaudou et des trucs du genre dans son arrière-boutique. En fait, quand Molly, le chat des Clinton, a disparu, quelqu'un l'a vu entrer dans la boutique de Henson, et je te jure que c'est vrai, quand Molly est ressorti, c'était devenu un pit-bull qui répondait même à son nom. C'est flippant.

Je rigolai.

– Tu ne crois pas à ces bêtises, quand même ?

– Si, bien sûr que j'y crois. Je suis très étonné que tu ne sois pas ressortie de là avec un troisième œil ou un autre truc bizarre.

– Oh, mais si justement. Seulement, je suis super-bonne en maquillage.

Il ricana.

– Tu me fais rire, Elizabeth. C'est ce que j'aime chez toi.

Il me regarda droit dans les yeux avec une expression d'envie. *Oh non…*

Je détournai les yeux et montrai quelqu'un du doigt.

– Et eux ? C'est quoi leur histoire ?

Il n'eut pas le temps de me raconter, parce que le shérif Johnson montait à la tribune.

À l'instant même où il s'avança jusqu'au micro pour parler de la fête de la ville, je sus que je devais dix dollars à Tristan. Comme répondant à un signal, Sam se pencha vers moi et murmura à mon oreille.

– Tu sais, je me disais que nous pourrions peut-être aller au repas de poisson frit, après. C'est très bon, il se passe plein de trucs et on peut danser. C'est super-sympa.

Je souris. Je ne savais pas comment refuser. Il avait l'air tellement demandeur.

– Eh bien…

Ses yeux brillaient d'excitation.

– Cela me plairait beaucoup.

Il retira sa casquette de base-ball et en frappa son genou.

– Ouais ! Génial, génial, génial !

Il ne pouvait s'arrêter de sourire et je ne pouvais pas m'empêcher de penser qu'aller avec lui était une erreur monumentale. En plus, je venais de perdre dix dollars, et ça, ça craignait.

***

Assis sur des chaises, Sam et moi observions tous les gens un peu ivres qui dansaient autour de nous sans contraintes, et il me racontait la vie de chacune des personnes présentes dans la pièce. Il se tourna vers moi.

– J'espère que tu t'amuses.

– Oui, oui.

Je souris.

– On pourrait peut-être sortir ensemble une autre fois, un de ces jours ?

Je serrai les dents.

– Sam, tu es une personne formidable, mais je ne crois pas que je sois prête à sortir avec quelqu'un. Tu vois ce que je veux dire ? En ce moment, c'est le bazar dans ma vie.

Il émit un petit rire nerveux et fit un signe de tête.

– Je comprends. C'est juste…

Il posa les mains sur ses genoux et nos regards se croisèrent.

– Je devais essayer. Juste me lancer.

– Tu as très bien fait de le faire.

Je lui poussai l'épaule.

– Tu es sûr que tu ne veux pas qu'on aille danser ?

Il se tordit les doigts en regardant le sol.

– Je ne suis pas un très bon danseur. Je préfère regarder.

Je lui tendis la main.

– Allez, viens. Ça va être marrant.

Sam hésita encore un peu avant de prendre ma main.

Nous allâmes sur la piste de danse et je vis qu'il était de plus en plus nerveux. Il avait les yeux rivés sur ses baskets et je voyais bien qu'il comptait ses pas dans sa tête.

Un

Deux.

Trois.

Un.

Deux.

Trois.

– Regarde-moi, ça t'aidera.

Sans répondre il continua à compter et son visage devint de plus en plus rouge de nervosité.

– Tu sais quoi, je boirais bien un peu d'eau.

Il releva les yeux vers moi et me fit un petit sourire.

– Je peux aller t'en chercher si tu veux.

Il était visiblement soulagé de ne plus avoir à danser. Je retournai m'asseoir et quand il revint avec le verre d'eau, il me le tendit et s'assit.

– C'est sympa, non ?

– Tout à fait.

Il s'éclaircit la voix et désigna quelqu'un sur la piste de danse.

– Ça, c'est Susie. Je crois qu'elle a gagné le concours du plus gros mangeur de hot-dogs pendant des années à la fête de la ville. Et là-bas il y a…

– Et toi, Sam ? Dis-moi quelque chose à propos de toi.

Un moment d'hésitation passa dans son regard, qu'il chassa d'un clignement d'yeux avant de hausser les épaules.

– Il n'y a pas grand-chose à dire.

– Je suis sûre que ce n'est pas vrai. Pourquoi est-ce que tu travailles à la cafétéria alors que ton père t'a proposé un emploi à plein-temps dans son affaire ?

Il scruta mon visage et je le regardai fixement. Il avait de très beaux yeux, mais je pouvais voir qu'il était mal à l'aise.

Il détourna les yeux.

– Mon père veut que je reprenne l'affaire familiale, mais ce n'est pas ce dont j'ai envie.

– Qu'est-ce que tu voudrais faire ?

– Être chef. Je me disais qu'en travaillant à la cafétéria, je pourrais me faire la main jusqu'à ce que j'aie mis assez d'argent de côté pour aller à l'école, mais je n'ai jamais le droit d'aller dans la cuisine, alors c'est plutôt raté.

– Je pourrais demander à Matty de te laisser aller dans la cuisine de temps en temps, si tu veux.

Un sourire sincère lui vint aux lèvres et il me remercia, mais il déclina ma proposition en disant qu'il se débrouillerait tout seul. Il se leva.

– Bon, ça commence à faire un peu trop « Dr Phil[13] » à mon goût. Je vais aller me chercher encore du poisson. Tu veux quelque chose ?

Je fis non de la tête et le regardai s'éloigner.

– Dieu merci, tu es toujours vivante, murmura une voix près de moi.

Je tournai la tête juste au moment où Tristan se glissait sur la chaise laissée libre par Sam.

– Qu'est-ce que tu fais là ?

Je suis très contente que tu sois là. J'aime quand tu es là. Repose-moi la question du baiser.

– Eh bien, quand une amie sort avec Sam le Harceleur, c'est de ma responsabilité de vérifier qu'elle va bien.

Une amie.

J'avais été rangée dans la catégorie des amies. *Repose-moi la question du baiser ! S'il te plaît.*

– Et depuis quand es-tu devenu l'ami responsable ?

Je tentais de ne pas tenir compte du fait que mon estomac faisait des sauts périlleux pendant que des licornes et des chatons dansaient la gigue à l'intérieur de moi.

– Depuis environ…

13 « Dr Phil » est un talk-show américain dans lequel l'animateur Phil McGraw prodigue des conseils sous forme de « stratégies de vie ».

Il jeta un coup d'œil à une montre invisible sur son poignet droit.

– … cinq secondes. En fait je trouvais ça amusant de venir vous regarder vous ridiculiser, Sam et toi.

Il tambourinait du bout des doigts sur ses genoux en évitant mon regard.

Oh bon sang…

Il était jaloux.

Loin de moi l'idée de me moquer de lui, cependant.

Quand sa main chercha la mienne, mon cœur s'arrêta de battre. Je posai la main dans la sienne et il me conduisit sur la piste de danse. Il me fit tourner une fois avant de m'attirer contre lui. Je le regardai dans les yeux, le souffle court et rapide. Il se tenait à quelques centimètres de moi sans desserrer son étreinte. Je sentais tous les regards posés sur nous. Je pouvais presque entendre leurs commentaires, leurs murmures.

Je baissai la tête, mon regard fixé sur le sol. D'un doigt, il me releva le menton pour m'obliger à le regarder dans les yeux, ce qui n'était pas pour me déplaire. J'aimais le regarder et j'aimais la façon dont il me regardait. Même si je ne savais pas exactement ce que ça signifiait, d'être là tous les deux à nous regarder comme ça.

– Tu m'as menti.

– Jamais de la vie.

– Si.

– Je ne mens jamais.

– Pourtant, tu m'as menti.

– À propos de quoi ?

– Les plumes blanches. J'ai vu la facture. Tu m'avais dit que tu les avais trouvées dans la boutique de monsieur Henson.

Il rit en plissant le front.

– Il n'est pas impossible que je t'aie menti à ce sujet.

Je m'approchai de ses lèvres, à deux doigts de l'embrasser, à deux doigts de notre premier baiser où il serait lui et où je serais moi.

Mes mains se posèrent sur sa poitrine et je sentis les battements de son cœur sous mes doigts. Je pouvais presque distinguer son âme au fond de ses yeux. La musique s'arrêta, mais nous restâmes près l'un de l'autre, respirant à l'unisson, d'un souffle lourd et nerveux. Excités et effrayés. Il passa le pouce le long de mon cou en s'approchant un peu plus. J'aimais le sentir aussi près. Ça me faisait peur en même temps. Il inclina légèrement la tête et me fit un petit sourire tordu en me regardant comme s'il me promettait de ne jamais me quitter des yeux.

Tout le monde m'avait mise en garde contre Tristan, en me suppliant de ne pas m'en approcher. « *C'est un vrai connard, il est ingérable et il est bousillé, Liz* », disaient-ils. « *Il n'y a rien chez lui que les affreuses cicatrices de son passé* », me juraient-ils.

Mais ce qu'ils ne voyaient pas, ce qu'ils préféraient ne pas voir, c'était le fait que j'étais un peu ingérable, un peu folle et complètement déglinguée, moi aussi.

J'étais un produit avarié, au mieux.

Mais au moins, quand j'étais avec lui, je n'oubliais pas de respirer.

– Ça vous dit de changer de cavalier ?

Une voix familière m'interrompit juste au moment où j'allais succomber à Tristan. Je levai les yeux et je vis Tanner, tout sourires, qui tenait Faye dans ses bras.

Je souris, même si j'avais plutôt envie de faire la grimace.

– Bien sûr.

Quand Tanner me prit la main, Tristan prit celle de Faye. Il me manquait déjà, alors même qu'il n'était qu'à quelques pas de moi.

– Ne prends pas cet air déçu, dit Tanner en me serrant contre lui. Je sais que j'ai deux pieds gauches mais je peux encore assez bien me déhancher.

– Il se trouve que je n'ai pas oublié une certaine fête où tu as remporté le prix du meilleur *mauvais* danseur.

Il fronça le nez.

– Je continue à penser que ma danse du caddie aurait dû remporter le premier prix, mais avec ton mari comme juge, je savais que je n'avais aucune chance.

Je me mis à rire.

– La danse du caddie. C'était comment déjà ?

En reculant de deux pas, Tanner se mit à faire semblant de pousser un caddie et d'y déposer des articles. Puis il fit semblant de les poser sur un tapis de caisse où il scannait ses achats et les emballait.

J'étais morte de rire. Il sourit et revint vers moi, et nous reprîmes notre danse sur un rythme bien plus lent et plus facile.

– C'était parfait. Tu aurais vraiment dû remporter le prix du meilleur danseur ce soir-là.

– C'est vrai ?!

Il se mordit la lèvre inférieure.

– Il y a eu de la triche.

– Ne t'en fais pas. Je suis sûre qu'il y aura encore des tas de fêtes où tu pourras revendiquer ta victoire.

Il acquiesça d'un hochement de tête et repoussa mes cheveux derrière mon oreille.

– Bon sang, ce que tu m'as manqué, Liz !

– Toi aussi tu m'as manqué. Punaise, vous m'avez tous manqué. C'est tellement agréable de… ressentir de nouveau.

– Ouais. Ça doit être génial. Alors, c'est le moment où je m'éclaircis la voix et où je me lance en te demandant si tu accepterais de dîner avec moi un de ces jours.

– Dîner avec toi ? Comme pour un rencard, tu veux dire ?

Je ne m'attendais pas à cette question. Du coin de l'œil, je regardai Tristan qui dansait avec Faye.

– En fait, pas *comme* pour un rencard. Un vrai rencard. Toi et moi. Je sais que ça peut te paraître étrange et tout ça, mais…

– Je vois quelqu'un, Tanner. Si l'on peut dire.

Son visage tomba, et une grande confusion apparut dans ses yeux.

– Tu vois quelqu'un ?

Il se redressa en essayant de mettre de l'ordre dans ses pensées embrouillées.

– Tu sors avec Sam ? Je vous ai vus arriver ensemble, mais je ne pensais pas qu'il était ton genre. Je ne pensais pas…

– Il ne s'agit pas de Sam.

– Non ?

Ses yeux firent le tour de la pièce et s'arrêtèrent sur Tristan et Faye. Lorsqu'ils revinrent sur moi, ils avaient perdu toute trace de bonne humeur. Son visage était blême et laissait transparaître une colère vibrante qui n'était pas là auparavant.

– Tristan Cole ?! Tu vois Tristan Cole ?!

Il criait à voix basse. Je reculai. Il n'était pas tout à fait exact que je sortais avec Tristan. En réalité, je ne savais même pas ce qu'il ressentait pour moi, mais je savais que moi, j'avais des sentiments pour lui – et il était inutile de les nier plus longtemps.

– Tu reviens en ville et tu choisis de sortir avec la pire personne qui soit.

– Il n'est pas si horrible, contrairement à ce que tout le monde pense.

– Tu as raison, il est encore pire.

Je posai les mains sur sa poitrine.

– Tanner, je n'ai rien fait pour que ceci se produise. Je n'ai pas fait exprès d'éprouver les sentiments que j'éprouve pour lui, quels qu'ils soient. Mais on ne choisit pas de qui on tombe amoureux.

– Si. On peut. Tristan et Henson ne sont pas le genre de personnes que tu devrais fréquenter.

– C'est quoi ton problème avec la boutique de monsieur Henson, d'ailleurs ? Monsieur Henson est l'un des hommes les plus gentils que j'aie jamais rencontrés.

Il se pinça l'arête du nez.

– Tu te trompes, Liz. Et j'ai très peur que Tristan finisse par te faire du mal.

– Mais non.

Il ne me crut pas. Je ne sais pas pourquoi, mais il était convaincu que c'était affreux d'imaginer Tristan avec moi. Tout comme le reste de la ville.

– Je te dis que non, Tanner. Allez, viens.

Je l'attirai contre moi et je sentis que tout son corps se raidissait.

– Viens danser avec ton amie et cesse de t'inquiéter pour elle.

– Je m'inquiète pour ton cœur, Liz. Après Steve, tu étais complètement démolie. Je n'ai pas envie que ton cœur soit brisé de nouveau.

Oh, Tanner.

Je posai la tête sur sa poitrine et il me passa les doigts dans les cheveux.

– Tout va bien se passer, je te le promets.

– Et si ce n'était pas le cas ?

– Eh bien, je suppose que j'aurai besoin que tu me fasses un gros câlin, de temps en temps.

CHAPITRE 22

Tristan

– Je ne crois pas que nous ayons été correctement présentés, dit Faye alors que nous dansions ensemble. Alors comme ça, c'est vous le pénis qui a pénétré le vagin de ma meilleure amie.

Ma foi, c'est une façon de présenter les choses.

– Et vous, vous êtes l'amie totalement inconvenante.

Elle fit un large sourire

– C'est moi. Alors, écoutez bien, là c'est le passage où je vous dis que si vous faites du mal à Liz, je vous tuerai.

Je me mis à rire.

– Nous sommes amis, elle et moi, rien de plus.

– Vous rigolez, là ? Seigneur ! Vous deux, vous êtes les êtres humains les plus idiots de la planète. Franchement, vous ne voyez pas que mon amie est en train de tomber amoureuse de vous ?

– Quoi ?

Faye jeta un coup d'œil vers Elizabeth.

– Regardez-la ! Elle ne nous lâche pas des yeux, tout ça parce qu'elle est terrorisée à l'idée que vous puissiez me faire rire, ou que je pourrais vous toucher les couilles, ou qu'un coup de vent pourrait balancer votre pénis dans ma bouche !

– Pardon ? Quoi ?

– Oh, punaise ! Comment faut-il que je vous le dise ? Elle est jalouse, Tristan !

– De nous ?

– De n'importe qui et de tous ceux qui vous regardent.

Faye prit un air grave.

– Une seule chose, allez-y mollo avec elle, ok ? Ne lui brisez pas le cœur. Il est déjà en mille morceaux.

Je haussai les épaules.

– Pas de souci. Le mien l'est aussi.

Je croisai les yeux de Tanner, qui me fusillait du regard.

– Et lui ? Il est jaloux et secrètement amoureux de moi, lui aussi ?

Faye lui jeta un regard dégoûté.

– Non. Lui, il vous déteste, tout simplement.

– Et pourquoi ?

– Parce que, pour une raison qui lui échappe, Liz vous a préféré à lui. Pouvez-vous garder un secret ?

– Probablement pas, non.

Elle sourit.

– Ça tombe bien, moi non plus, puisque je m'apprête à vous le dire. La veille du mariage de Liz et Steven, Tanner est arrivé en titubant chez Liz. Heureusement, c'est moi qui ai ouvert la porte. Liz dormait. Mais il m'a dit que Liz faisait l'erreur de sa vie, que c'était lui qu'elle devrait épouser plutôt que Steven.

– Il est amoureux d'elle depuis tout ce temps-là ?

– Amour, désir, est-ce que je sais ? Envie d'avoir ce que vous n'avez pas, peut-être ? En tout cas, il est vraisemblable qu'il n'a pas bien supporté, quand elle est enfin revenue dans cette ville, qu'elle n'ait pas le moindre regard pour lui. Il s'était probablement mis en tête qu'elle finirait par le choisir. Et la voilà qui revient et qui choisit le plus gros connard qu'elle trouve ! Alors, vous parlez d'un coup dans les couilles !

Elle fit une pause et sourit.

– Sans vouloir vous vexer.

– Un peu quand même.

Je la fis tourner avant de l'attirer de nouveau contre moi. Son sourire s'élargit.

– Soit dit en passant, je ne pense plus que vous soyez un sombre crétin, alors, dans quelques semaines, nous allons faire une fête pour l'anniversaire de Liz et vous êtes invité. Ce sera juste histoire de la faire danser sur les bars et de se libérer un moment des démons qui la tourmentent, et je vous donne entière permission de toucher son vagin ce soir-là.

Je me mis à rire.

– C'est très gentil de votre part.

Elle sourit.

– Que voulez-vous, je suis une véritable amie.

***

Après avoir dansé avec Faye, j'allai m'asseoir dans un coin au fond de la salle pour essayer de digérer tout ce qu'on m'avait dit. Quand Elizabeth vint vers moi, je ne peux pas nier que les battements de mon cœur s'arrêtèrent.

– J'ai cru voir que ça se passait bien entre Faye et toi, dit-elle en s'asseyant à côté de moi.

– On pourrait en dire autant de toi et Tanner.

– Ce n'est pas la même chose. Tanner et moi on est copains, c'est tout. Alors quoi… ? Elle t'a demandé de coucher avec elle ? Je parie que tu as dit oui. Mais d'après moi, ce ne serait pas une bonne idée, tu as bien assez de problèmes comme ça.

Elle se mordit la lèvre.

– Alors, elle te l'a demandé ?

Je haussai un sourcil devant son culot.

– Est-ce que c'est une vraie question ?

– Ce que je veux dire, c'est que ce n'est pas le meilleur moyen de gérer ton stress.

– Mais n'est-ce pas ce que nous faisions, toi et moi ?

– Et on ne peut pas dire que ce soit une réussite, si ?

Faye avait raison. Tout devint clair dans ma tête alors que j'observais les traits d'Elizabeth. Elle était toute rouge et n'arrêtait pas de passer les mains sur ses jambes. Nos regards se croisèrent. Je rapprochai ma chaise et pris ses jambes entre les miennes. Puis, en me penchant vers elle, je murmurai :

– Je comprends tout, maintenant.

Je vis un soupir s'échapper de ses lèvres quand elle prit conscience de notre proximité.

– Tu comprends quoi ?

– Tu es jalouse.

Elle souffla bruyamment et se mit à rire.

– Jalouse ? Ne sois pas ridicule, Narcisse.

Je pris ses mains dans les miennes et lui parlai doucement, à la manière d'un thérapeute.

– Tu n'as pas à avoir honte. C'est tout à fait normal, au bout d'un moment d'éprouver des sentiments pour son voisin. Pourquoi devrais-tu trouver ça ridicule ?

Elle écarta brusquement mes mains des siennes.

Je dus faire un effort colossal pour ne pas éclater de rire en la voyant devenir écarlate.

– Pourquoi ? Tu veux vraiment savoir pourquoi ? Eh bien, pour commencer, tu ne t'es pas rasé dernièrement et tu ressembles à un bûcheron, ce qui est repoussant. Avec ton bonnet de laine et ta grosse barbe, je suis à moitié surprise que tu ne portes pas une chemise à carreaux. Tu te douches, au moins ?

– Je me douche. Si tu veux, on peut aller chez moi et prendre une douche ensemble, pour économiser l'eau.

– Voilà que tu joues les militants écolos, maintenant.

– Pas vraiment. C'est juste que j'adore quand tu es mouillée grâce à moi.

Elle rougit et j'observai les quelques taches de rousseur disséminées sur ses joues. Elle était si belle, putain.

– De plus…

J'essayai de faire diversion et d'écarter de mon esprit le fait que j'éprouvais pour elle tout ce que j'espérais qu'elle éprouve pour moi.

– … j'ai vu l'application Timber sur ton IPhone. Ce n'est pas la peine de nier ton attirance pour les bûcherons. Oh, personne ne te juge ouvertement. Le plus souvent ce sont des jugements muets, des clins d'œil en douce, ça ne compte même pas.

– L'application, c'était juste une publicité sur le côté de ma page Facebook, Tristan ! C'est Faye qui me l'a fait prendre, et c'était de la curiosité, *c'est tout !*

Elle était de plus en plus rouge et le fait d'être si près d'elle ne laissait pas mon corps indifférent. J'avais envie d'encadrer de mes mains ses joues empourprées pour sentir sa chaleur. J'avais envie de poser le bout de mes doigts sur sa poitrine pour sentir l'accélération des battements de son cœur. J'avais envie de goûter à ses lèvres…

– C'est quoi le truc entre Tanner et toi ?

– Je te l'ai déjà dit, nous sommes amis, rien de plus.

– À voir la façon dont il te tenait, ce n'est pas ce qu'on pourrait croire.

Elle ricana en regardant ses pieds.

– Qui est jaloux, maintenant ?

– Moi.

– Quoi ?

Elle releva la tête et me regarda droit dans les yeux.

– J'ai dit que j'étais jaloux. Je suis jaloux de la façon dont il a posé la main dans ton dos. Je suis jaloux de la façon dont il t'a fait rire. Je suis jaloux de la façon dont il t'a parlé à l'oreille. Je suis jaloux de ces quelques instants où il t'a regardé dans les yeux et pendant lesquels je n'ai pas pu faire autrement que vous observer.

– Qu'est-ce que tu me fais, là ?

Elle avait le souffle court et semblait dépassée. Mes lèvres étaient à quelques millimètres des siennes, ses mains tout contre mon jean, les miennes qui frôlaient ses doigts. Nous étions si proches l'un de l'autre que j'avais l'impression qu'elle était assise sur mes genoux et que je pouvais entendre battre son cœur. Autour de nous, la pièce était bruyante, comme toujours. Certaines personnes buvaient trop, d'autres mangeaient, et il y en avait qui discutaient médiocrement de trucs sans intérêt. Mais mes yeux… ne voyaient que ses lèvres. Que le dessin de sa bouche. Que le grain de sa peau. *Qu'elle.*

– Tris, arrête, murmura-t-elle.

Mais elle s'approcha un peu plus de moi. J'avais l'impression qu'elle était dans le même état de confusion que moi, et que son corps faisait exactement l'opposé de ce que sa raison lui dictait.

– Dis-moi que tu ne veux pas, la suppliai-je.

Rejette-moi.

– C'est… je …

Elle bafouillait, les yeux rivés sur mes lèvres. Ses peurs transparaissaient dans sa voix qui tremblait, mais quelque part, nichée au milieu de ses doutes et de ses craintes, brillait une lueur d'espoir. J'avais envie de m'y raccrocher aussi longtemps que je pourrais. Je voulais partager avec elle l'espoir qu'elle gardait enfermé à double tour au fond de son âme.

– Tristan… est-ce que tu …

Elle poussa un gloussement nerveux et se passa le bout des doigts sur le front.

– Est-ce que ça t'arrive de penser à moi ? Je veux dire…

Elle eut un moment d'hésitation. Se tut. Sa nervosité lui embrouillait l'esprit, l'empêchait d'y voir clair dans ses idées.

– Est-ce que ça t'arrive de penser à moi autrement que comme à une amie ?

Quand elle plongea son regard dans le mien, elle ne put pas ne pas y voir la réponse. Je sentis son âme qui scrutait la mienne. Ses yeux étaient pleins d'un intérêt curieux et sa beauté adoucie par un air mystérieux.

Je battis des paupières.

– À chaque seconde. À chaque minute. À chaque heure de chaque jour.

Recule, Tristan.

Recule, Tristan

Éloigne-toi, Tris…

Je l'attirai contre moi.

– Lizzie. J'ai envie de t'embrasser. La vraie Lizzie. La triste Lizzie. La Lizzie brisée.

– Cela changerait la donne.

Elle avait raison. Cela voudrait dire franchir cette ligne invisible qui passait entre nous. Je l'avais déjà embrassée, mais c'était différent. C'était avant que je tombe amoureux d'elle. Que je tombe fou amoureux. Je relâchai le souffle que je retenais et je la sentis faire la même chose en même temps.

– Et que se passerait-il si je ne t'embrassais pas ?

– Je te détesterais, un peu, dit-elle doucement alors que mes lèvres n'étaient plus qu'à quelques millimètres des siennes. Je te détesterais beaucoup.

Mes lèvres s'écrasèrent sur les siennes et elle se cambra en empoignant mon t-shirt pour m'attirer plus près. Un petit gémissement s'échappa de ses lèvres quand je glissai ma langue dans sa bouche pour faire l'amour à sa langue. Elle me rendit mon baiser avec fougue, en se glissant presque sur mes genoux pour s'abandonner totalement à mon étreinte.

– Je veux que tu t'ouvres à moi, murmura-t-elle.

Je dus faire un effort pour ne pas la prendre dans mes bras et l'emporter chez moi pour explorer chaque centimètre de son corps. J'avais envie de la sentir s'enrouler autour de moi. J'avais envie de me sentir entré profondément en elle. Je mordillai sa lèvre inférieure et elle m'embrassa doucement avant de s'écarter de moi.

– Je veux savoir qui tu es, Tristan. Je veux savoir où tu vas quand tu te perds dans les méandres de ton esprit. Je veux savoir ce qui te fait crier dans tes rêves. Je veux voir les ténèbres en toi, celles que tu tentes désespérément de dissimuler. Peux-tu faire quelque chose pour moi ?

– Tout ce que tu veux.

Elle laissa tomber les mains sur mon cœur et observa ma poitrine qui montait et descendait sous ses doigts.

– Montre-moi cette partie de toi que tu essaies de garder enfouie au fond de toi. Montre-moi ce qui te fait le plus souffrir. Je veux voir ton âme.

CHAPITRE 23

Elizabeth

Il m'emmena dans son abri de jardin.

Cela faisait un temps fou que je me demandais ce qu'il fabriquait entre ces murs. Après avoir ouvert avec la clé, il ouvrit tout grand les deux battants de la porte. Il faisait très sombre et je n'y voyais rien jusqu'à ce qu'il allume en tirant sur le cordon d'une lampe. La pièce s'éclaira et il me fit entrer.

– Charlie…

Je regardai tout autour de moi une pièce aménagée comme une mini-bibliothèque. Les étagères étaient remplies de romans, à la fois de la littérature enfantine et des récits plus classiques comme *Ne tirez pas sur l'oiseau moqueur* et une immense collection de romans de Stephen King. Les étagères étaient toutes faites à la main, il était évident que c'était Tristan qui les avait fabriquées.

Il y en avait une qui ne contenait que des jouets – des dinosaures, des petites voitures, des petits soldats.

Pourtant, ce ne sont pas les jouets ni les étagères qui me secouèrent le plus. Je regardai les murs de la remise et j'étudiai les mots gravés dans le bois. On aurait dit qu'il avait recouvert les murs de notes, de souvenirs, d'excuses.

– Chaque fois qu'il me manquait trop… chaque fois que je pensais à lui, je venais le graver dans le bois.

Je passai le bout des doigts sur les mots douloureux que Tristan avait gardés pour lui jusqu'à présent.

Excuse-moi de t'avoir laissé.
Excuse-moi de n'avoir pas été là.
Excuse-moi de ne pas t'avoir laissé
lire certains livres.
Excuse-moi de ne jamais t'avoir emmené
à la pêche.
Excuse-moi, parce que tu ne tomberas
jamais amoureux.
Si seulement je pouvais oublier.
Tu me manques…

– Et puis, Jamie avait toujours voulu que je lui construise une bibliothèque. Je reportais toujours au lendemain. Je pensais que j'avais le temps, mais parfois, le lendemain ne vient jamais et il ne te reste plus que les souvenirs d'hier.

Lorsque nos regards se croisèrent, il fit tout son possible pour cacher son émotion. La douleur qui persistait dans son esprit et dans son cœur était toujours bien visible. Je fis un pas vers lui.

– Ce n'était pas de ta faute, Tristan.

Il secoua la tête dans un signe de dénégation.

– Si. Si je n'avais pas couru le pays pour essayer de me lancer dans une carrière dérisoire, j'aurais pu être près d'eux. J'aurais pu les maintenir en vie.

– Que s'est-il passé ? Que leur est-il arrivé ?

Il baissa la tête.

– Je ne peux pas. Je ne peux pas parler de cette journée.

Je relevai son visage pour le regarder dans les yeux.

– Cela ne fait rien. Je comprends. Je veux seulement que tu saches que ce n'était pas de ta faute, Tristan. Il faut que tu le comprennes. Tu étais le meilleur père et le meilleur mari qui soit.

Son regard me disait qu'il ne me croyait pas. J'espérais qu'un jour il le ferait.

– Qu'est-ce qui a été le plus difficile pour toi quand tu les as perdus ? Quel fut le moment le plus dur de cette première semaine ?

Il eut un moment d'hésitation, puis ses lèvres s'entrouvrirent.

– La veille de leurs funérailles j'ai essayé de me tuer. Je me suis assis dans la salle de bains de mes parents et j'ai essayé de mettre fin à mes jours.

Oh, Tristan...

– Je me revois devant ce miroir, conscient que mon cœur était mort avec eux. Je savais que j'étais mort, j'étais mort depuis ce moment-là, tu vois ? Cela me convenait. Cela me convenait de devenir méchant et insensible, parce que j'étais convaincu que je ne méritais pas que quelqu'un tienne à moi.

J'ai repoussé mes parents, parce que je n'étais plus que l'ombre de moi-même. Je désirais follement être mort, parce qu'il me semblait que ce serait mieux ainsi, plus facile. Mais alors, tu es venue et j'ai commencé à me rappeler ce que cela faisait d'être vivant.

Ses lèvres étaient tout contre les miennes et mon cœur se mit à battre plus fort. Sa voix me faisait frissonner.

– Elizabeth ?

– Oui ?

– C'est plus facile avec toi.

– Qu'est-ce qui est plus facile avec moi ?

Sa main se posa sur mes reins. Mes hanches se cambrèrent, nos corps se rapprochèrent lentement pour ne plus faire qu'un. Il effleura mon cou de ses doigts et je fermai les yeux, et il parla doucement à mon âme.

– D'être vivant.

Je pris une profonde inspiration.

– Tu es quelqu'un de bien, Tris. Quelqu'un de très bien. Même les jours où tu te sens indigne de vivre.

– Est-ce que je peux voir ton âme maintenant ?

Je hochai la tête craintivement et je l'entraînai à l'intérieur de ma maison.

***

– Des lettres d'amour ?

Il était assis sur le canapé et j'ouvris la boîte en forme de cœur.

– Oui.

– Que Steven t'a écrites ?

Je secouai la tête.

– Ma mère les a écrites à mon père, et il lui a répondu, presque chaque jour à partir du moment où ils se sont connus. Après sa mort, je les ai lues tous les jours. C'était une façon de penser à lui. Mais un jour, ma mère les a jetées. Je les ai retrouvées… et je continue à les lire tout le temps.

Il hocha la tête pour me montrer qu'il comprenait, tout en en prenant une pour la lire. « *Tu dors à mes côtés et chaque seconde qui passe, je t'aime un peu plus. HB.* »

Celle-là me faisait toujours sourire.

– Ils n'étaient pas toujours aussi heureux. Ce n'est qu'en lisant ces lettres que j'ai appris certaines choses concernant mes parents.

Je fouillai dans la boîte pour en chercher une bien précise.

– Comme dans celle-ci.

« *Je sais que tu penses ne pas être une vraie femme. Je sais que tu penses que tu n'es pas une vraie femme et que tu en veux à ton corps pour notre perte. Je sais que tu penses que tu n'es pas une vraie femme à cause de ce que les docteurs ont dit. Mais tu te trompes. Tu es forte, sage et solide. Tu es plus qu'une femme. Tu es toute la beauté du monde, et je ne suis qu'un pauvre homme qui a la chance de t'appeler sa déesse. HB.* »

– Je ne savais même pas qu'ils avaient perdu un enfant avant ma naissance. Je ne savais pas…

Je fis un petit sourire à Tristan qui m'écoutait attentivement.

– Bref. C'est chez mes parents que j'ai vu le véritable amour pour la première fois. Je regrette qu'avec Steven nous n'ayons pas échangé de lettres. C'est dommage.

– Je suis désolé.

Je hochai la tête. Je l'étais, moi aussi.

Je refermai la boîte de fer-blanc et me rapprochai de lui sur le canapé.

– Comment ta mère a-t-elle surmonté la perte de ton père ?

– Elle ne l'a pas fait. Elle s'est servie des hommes pour oublier. Elle s'est perdue le jour où elle a perdu mon père. C'est triste parce que, enfin, elle me manque.

– Mes parents me manquent aussi. Après la disparition de Jamie et de Charlie, je les ai fuis parce qu'ils voulaient me consoler, et je ne pensais pas mériter d'être consolé.

– Tu pourrais peut-être les appeler.

– Je ne sais pas... Je ne suis toujours pas sûr de mériter leur compassion.

– Bientôt, alors.

– Ouais. Peut-être. Alors, pour toi, quel a été le pire moment de cette semaine-là ? À quel moment as-tu touché le fond ?

– Hum, le plus dur a été de le dire à Emma. D'ailleurs, je ne l'ai pas fait tout de suite. Le premier soir, je me suis allongée dans son lit auprès d'elle en la tenant contre moi et elle m'a demandé quand son papa reviendrait à la maison. J'ai fondu en larmes et c'est là que cela a pris toute sa réalité. C'est à ce moment-là que j'ai su que ma vie ne serait plus jamais la même.

Tristan tendit la main et essuya de ses pouces les larmes que je n'avais même pas senties couler.

– Ça va, je te promets. Je vais bien.

Il secoua la tête.

– Je ne crois pas.

– Je te dis que ça va. Je vais bien.

Il plissa les yeux.

– Rien ne t'oblige à aller bien tout le temps, tu sais. C'est normal de souffrir de temps en temps, c'est normal de te sentir perdue comme si tu avançais dans le noir. Ce sont les mauvais jours qui rendent les bons encore meilleurs.

Je passai la main dans ses cheveux et posai mes lèvres sur les siennes.

– Embrasse-moi.

Je glissai les mains sur sa poitrine, absorbant du bout de mes doigts la sensation que son cœur reposait dans mes mains.

Il hésita.

– Si je t'embrasse, nous ne pourrons plus revenir en arrière. Si je t'embrasse… je n'aurai plus jamais envie d'arrêter.

Ma langue dansa lentement sur sa lèvre inférieure et, de la pointe, j'écartai ses lèvres tout en murmurant :

– Embrasse-moi.

Sa main descendit sur mes reins et il m'attira encore plus près de lui. Il se mit à me caresser le dos en dessinant des cercles. Nous étions si près l'un de l'autre qu'il était difficile de savoir si nous étions deux personnes distinctes ou une âme unique qui découvrait sa flamme intérieure pour la première fois.

– Tu es sûre ?

– Embrasse-moi.

– Lizzie…

Je posai un doigt sur ses lèvres en lui adressant un petit sourire.

– C'est la dernière fois que je le dis, Tristan. Embrasse…

Je n'eus pas besoin d'achever ma phrase et c'est à peine si je me rappelle le moment où il m'a portée dans ma chambre.

***

Il me coinça contre la commode et resserra son étreinte autour de ma taille tout en écrasant ses lèvres sur les miennes. Sa bouche explorait chaque centimètre de la mienne alors qu'il renforçait notre connexion. Ses doigts allaient et venaient le long de ma colonne vertébrale et j'étais parcourue de frissons. Il se pencha un peu plus et entrouvrit mes lèvres de sa langue qui trouva la mienne toute prête à se mêler à la sienne. Il resserra encore son étreinte et je plantai mes doigts dans son dos, m'agrippant à lui comme s'il était ce à quoi je tenais le plus au monde. *Et il l'est.* J'inclinai la tête sur le côté et j'emmêlai mes doigts dans ses cheveux, l'obligeant à m'embrasser plus profondément, plus fort, plus vite…

– *Tristan…*

Je gémis et il grogna. J'attrapai le bas de son T-shirt que je relevai, en effleurant le corps compact qui se cachait dessous. J'adorais la sensation que ça me procurait. J'adorais le goût de sa bouche. *Je suis en train de tomber amoureuse et j'adore ça.*

Je ne savais pas que c'était possible. Je ne savais pas que les morceaux d'un cœur brisé pouvaient encore battre d'amour.

Il me souleva et, attrapant mon derrière à pleines mains, il me fit asseoir sur le bord du matelas. Sa respiration était haletante, son désir évident.

– J'ai tellement envie de toi, Lizzie.

Il soupira et mordilla le lobe de mon oreille avant de passer la langue sur mon menton pour finir par poser ses lèvres sur les miennes. La façon dont il explora ma bouche de sa langue comme pour en sentir chaque centimètre, pour en percevoir tout le goût, me fit gémir au moment même où il glissait les mains sous ma robe. Je le regardai faire glisser ma culotte le long de mes hanches et la balancer à l'autre bout de la chambre. Il m'attira au plus près de son corps et écarta mes jambes, ce qui me permit de sentir son membre en érection. Le désir dans ses yeux me fit sourire. À cet instant précis, je sus qu'il me ferait toujours sourire.

Du bout des doigts, il saisit l'ourlet de ma robe et, lentement, la souleva en observant chaque courbe de mon corps en détail.

– Les bras, ordonna-t-il d'une voix rauque.

Je levai les mains, il enleva ma robe et la jeta elle aussi à l'autre bout de la pièce.

– *Tu es belle.*

Il se pencha et m'embrassa dans le cou. Chaque contact de ses lèvres sur ma peau accélérait les battements de mon cœur. De la langue, il suivit la courbure de mon soutien-gorge tout en passant les mains dans mon dos pour le dégrafer avant de le lancer lui aussi sur le côté. Des frissons me parcoururent tout entière quand ses pouces dessinèrent des cercles sur mes tétons dressés.

Je commençai à soulever son t-shirt, révélant ses abdos toniques.

– Les bras.

Il les leva et je jetai son t-shirt à l'autre bout de la pièce, où il alla rejoindre la pile de vêtements. Sans perdre une minute, il porta la bouche sur ma poitrine de nouveau et fit glisser sa langue sur mes seins. Il les embrassa avec fougue et les suça avec encore plus de fougue. Ma respiration se fit de plus en plus haletante à mesure que mon désir grandissait, je voulais qu'il me touche, qu'il me goûte.

– Tristan… oh, mon Dieu…

Je rejetai la tête en arrière, subjuguée par la façon dont sa langue prenait possession de mon corps.

– Allonge-toi.

Je fis ce qu'il m'ordonnait et, en fermant les yeux, je fis courir mes doigts sur ma poitrine. L'attente de sa prochaine caresse me rendait nerveuse et m'excitait à la fois. Quand me toucherait-il et où ?

Je me cambrai en sentant l'humidité de sa langue se déplacer à l'intérieur de ma cuisse.

– J'ai envie de te goûter, Lizzie. J'ai envie de te lécher partout.

En agrippant mes fesses, il souleva mes hanches vers lui et sa langue me pénétra profondément. Tout mon corps commença à vibrer sous son emprise quand il se mit à me lécher lentement et régulièrement, il en réclamait davantage à mesure qu'il léchait de plus en plus fort. J'emmêlai mes doigts dans ses cheveux et il me pénétra encore plus profondément de sa langue, augmentant mon désir de le sentir en moi.

– Tristan, s'il te plaît…

Mes hanches se tortillèrent quand il glissa deux doigts en moi tout en continuant à aller et venir dans ma moiteur avec sa langue.

– … j'ai envie que tu …

Il s'écarta de moi et se releva pour descendre la fermeture de son jean.

– Oui, dis-moi ce dont tu as envie. Dis-moi comment tu me veux.

Ses yeux ne quittaient pas les miens.

– Je ne veux pas que tu sois doux.

J'étais hors d'haleine. Quand il retira son jean, mes yeux tombèrent sur son érection dressée dans son boxer. Je tirai sur le bord de son boxer, en une seconde il était enlevé.

– Montre-moi les ombres qui te maintiennent éveillé la nuit. Embrasse-moi en me faisant partager ton côté obscur.

Il me souleva du lit et me posta face à la commode, mes mains tombèrent contre les tiroirs. Hâtivement, il fouilla dans la poche de son jean, en tira son portefeuille d'où il sortit un préservatif dont il déchira l'enveloppe rageusement pour l'enfiler sur son sexe dressé. L'instant d'après, il était debout derrière moi, le corps pressé contre mon âme mise à nu. Il passa le bout des doigts le long de mon dos avant d'atteindre les courbes de mon cul qu'il empoigna.

– Lizzie…

Sa respiration haletante suivait le rythme de la mienne.

– Je ne te ferai pas mal.

Il saisit ma jambe gauche et la tint à bout de bras.

Je sais, Tristan. Je sais.

D'un coup de boutoir, il me pénétra avec force, me tirant un petit cri tandis que je me cambrais en le sentant entrer en moi. De la main gauche, il maintenait ma jambe en l'air pendant que la droite se glissait devant moi pour pétrir mes seins.

Il me parla à l'oreille d'une voix rauque.

– Tu es tellement bonne, Lizzie. Bon Dieu… tu es tellement…

Sans finir sa phrase, il continua ses coups de boutoir. De me sentir si proche de Tristan – non seulement physiquement mais aussi dans les profondeurs de nos ténèbres – me faisait monter les larmes aux yeux. Il était beau. Il était effrayant. Il était réel.

Ce n'est pas un rêve. C'est la réalité.

Il se retira et me fit me retourner pour que je sois face à lui. Empoignant mes fesses à deux mains, il me souleva en m'obligeant à croiser les jambes autour de sa taille, en m'accrochant à lui pour ne pas tomber. Nos fronts se rejoignirent quand il me pénétra de nouveau.

– Ne ferme pas les yeux.

Ses yeux étaient emplis de désir, de passion… d'amour ?

À moins que ce ne fût mon propre amour que je voyais se refléter dans les siens. En tout cas, j'aimais la sensation que ça provoquait en moi. Il continuait à me pénétrer violemment et à se retirer lentement. Au fond de moi je tremblais, je voulais fermer les yeux mais je ne pouvais pas. Il fallait qu'ils restent ouverts. Il fallait que je le voie.

J'étais à la limite de…

À la limite de lui abandonner mon corps. De me perdre et de me retrouver avec Tristan Cole en moi.

– Je vais…

Mon corps fut secoué de tremblements quand l'orgasme me submergea, et les mots s'envolèrent. Je fermai les yeux en sentant ses lèvres s'écraser sur les miennes tandis que mon corps frissonnait contre lui.

– Bon Dieu, j'adore ça, Lizzie. J'adore ça quand tu te perds contre moi.

Il sourit sur mes lèvres et je gémis contre lui.

– Je veux tout de toi, s'il te plaît.

– Je suis à toi.

Cette nuit-là, nous nous sommes endormis dans les bras l'un de l'autre. Au milieu de la nuit, nous nous sommes réveillés et il s'est glissé en moi de nouveau, nous nous sommes trouvés ensemble, nous nous sommes perdus ensemble. Au petit matin, nous avons recommencé à échanger des caresses. Chaque fois qu'il me pénétrait, c'était comme s'il s'excusait pour quelque chose. À chacun de ses baisers, c'était comme s'il me suppliait de lui pardonner. Chaque fois qu'il clignait des yeux, je pouvais jurer qu'il me dévoilait son âme.

CHAPITRE 24

Elizabeth

Lorsque je me retournai en me réveillant, je vis que Tristan n'était plus près de moi. Quelque part, je me demandai si la nuit passée n'avait été qu'un rêve, mais en posant les doigts sur l'oreiller à côté de moi, j'y trouvai un petit mot.

Tu es trop belle quand tu ronfles. TC

Je posai le papier sur ma poitrine puis le repris pour le relire encore et encore. Seul le bruit de la tondeuse me fit arrêter. J'enfilai à toute vitesse un short et un débardeur. Je voulais aller voir Tristan tondre ma pelouse et l'embrasser doucement sur les lèvres, mais je m'arrêtai net en arrivant sous le porche.

Il ne tondait pas ma pelouse.

Il tondait la sienne.

N'importe qui aurait trouvé ça tout à fait normal. Il tondait sa pelouse, et alors ? Mais moi, je savais que ce n'était pas anodin. Je savais que, depuis des mois, Tristan Cole traversait sa vie comme un somnambule et qu'aujourd'hui il s'éveillait lentement.

***

Avec Tristan, nous commençâmes à nous laisser des Post-it partout l'un chez l'autre. Nos petits mots n'étaient pas aussi romantiques que ceux de mes parents. La plupart du temps, ils étaient débiles et ringards – ce qui, à mes yeux, les rendait encore plus attendrissants.

***

Je trouve que tu as un joli petit cul. EB

***

Parfois, alors que je tonds la pelouse et que tu es assise sous ton porche à lire tes livres cochons, je te vois rougir quand tu tombes sur un passage croustillant. Ce Monsieur Darcy a dû faire de drôles de trucs à Elizabeth. TC

***

*Je ne sais pas si je devrais m'inquiéter ou me réjouir que tu connaisses les noms des personnages d'*Orgueil et préjugés. *EB*

***

Tu. Es. Si. Belle. Putain. TC

***

Toc Toc. EB

***

Qui est là ? TC

***

C'est moi. Nue. À minuit. Dans mon lit. Rejoins-moi. Viens avec un costume de l'Incroyable Hulk et ton énorme monstre vert. EB

***

Je te prierai de ne jamais traiter mon pénis de monstre vert. Sur une échelle de un à dix, ça équivaut à un super « flop », à une piètre performance. TC

PS. En revanche je ne discuterai pas le choix du mot « énorme ». Je pense même que tu pourrais envisager d'autres termes comme : Massif. Formidable. Démesuré. Gigantesque.

***

J'ai envie que tu me tiennes dans tes bras ce soir. EB

***

Tu connais ce lieu situé juste à la frontière entre le rêve et le cauchemar ? Ce lieu où demain n'arrive jamais et où hier ne fait pas souffrir ? Le lieu où ton cœur bat à l'unisson avec le mien ? Où le temps n'existe pas et où il est facile de respirer ?

C'est là que je veux vivre avec toi. TC

CHAPITRE 25

Elizabeth

Les semaines se succédaient et quand Tristan n'était pas occupé à m'embrasser, il l'était à se chamailler avec Emma. Ils se bagarraient à propos de choses plus étranges les unes que les autres, mais ça finissait toujours en éclats de rire.

– Espèce de nouille, je te dis que c'est Ironman le meilleur des Avengers, disait Tristan en lançant des frites à Emma à travers la table.

– Pas du tout ! Il n'a pas un bouclier cool comme Captain America, Thon ! Tu n'y connais rien.

– Je m'y connais mieux que toi ! Prends ça !

Il lui tirait la langue et elle éclatait de rire en tirant la langue à son tour.

– Tu ne connais rien à RIEN !

Ce genre de discussion avait lieu tous les soirs et je commençais à aimer cette nouvelle routine.

Un soir, après avoir couché Emma, Tristan et moi étions allongés par terre dans le salon, livres en main. Je lisais *Harry Potter* pendant qu'il avait les yeux fixés sur la *Bible*. De temps en temps, je lui lançais un coup d'œil et le surprenais en train de me dévisager avec un petit sourire avant de retourner à sa lecture.

Je posai mon livre sur mes genoux.

– Ok. Alors, tu en penses quoi de la *Bible*, jusqu'ici ?

Il se mit à rire et hocha la tête.

– Cela fait réfléchir. Ça te donne envie d'en savoir plus sur *tout*.

– Mais ?

– Mais… il y a au moins quatre-vingt-six pour cent de ce que je lis qui m'échappent.

Il ricana en reposant le livre.

– Que veux-tu être, Tristan ?

Il se tourna vers moi en plissant les yeux, perplexe.

– Pardon ?

– Que veux-tu être ? Nous n'avons jamais vraiment parlé de ce que nous voulions, et je suis curieuse, c'est tout.

Il se frotta l'arête du nez et haussa les épaules, incapable de répondre.

– Je n'en sais rien. Je veux dire, dans le temps j'étais un père. Un mari. Mais maintenant, je n'en ai plus aucune idée.

Un petit soupir s'échappa de mes lèvres et je fronçai les sourcils.

– J'aimerais voir au fond de toi ce que je vois quand je te regarde.

– Et qu'est-ce que tu vois ?

– Un combattant. Avec de la force. Du courage. Quelqu'un capable d'un amour profond et fort.

Quelqu'un qui ne fuit pas quand les choses tournent mal. Quand je te regarde, je vois des possibilités infinies. Tu es intelligent, Tristan. Et bourré de talent.

Il eut un mouvement de recul. Je secouai la tête.

– C'est vrai. Et tu peux tout faire. Tout ce que tu décides, tu peux le faire. Tu es très doué pour l'ébénisterie, tu pourrais en faire quelque chose.

– J'allais le faire. Mon père et moi étions sur le point de lancer notre affaire, et le jour de l'accident, nous étions dans l'avion pour New York, lui et moi. Nous devions rencontrer certaines personnes intéressées à devenir nos associés.

– Et cela n'a rien donné ?

Il secoua la tête.

– Nous ne sommes même pas allés à New York. Nous avions une escale à Detroit et quand nous avons atterri et allumé nos portables, nous avions une foule de messages à propos de Jamie et de Charlie.

– C'est si…

– Ce fut le pire jour de ma vie.

J'allais répondre, mais je fus interrompue par un bruit de pas dans le couloir.

– Maman ! Maman ! Regarde !

Emma apparut, tenant son appareil photo d'une main et deux plumes blanches de l'autre.

– Vous ne devriez pas déjà être en train de dormir, Mademoiselle ?

Elle grogna.

– Je sais, Maman, mais regarde ! Deux plumes blanches !

– Oh, on dirait que papa t'envoie des baisers.

Elle secoua la tête.

– Non, Maman. Celles-ci ne viennent pas de papa.

Emma alla vers Tristan et lui tendit les plumes.

– Elles sont envoyées par la famille de Tristan.

– Pour moi ? demanda-t-il d'une voix tremblante.

Elle hocha la tête.

– Cela veut dire qu'ils t'aiment.

Emma leva son appareil photo.

– Il faut faire une photo. Maman, mets-toi à côté de lui !

Nous nous exécutâmes. Quand le Polaroid fut imprimé, elle tendit la photo à Tristan et il la remercia à profusion.

– Allez, c'est l'heure d'aller au lit. Tu veux que je te lise une histoire pour t'endormir ?

– Est-ce que Tristan peut le faire ? dit-elle en bâillant.

Je lui jetai un regard interrogateur. Il fit oui de la tête en se levant.

– Bien sûr que je peux. Qu'est-ce qu'on va lire ?

Il souleva ma petite fille dans ses bras.

– J'aimerais bien *Le Chat chapeauté*[14]. Mais il faut que tu lises comme un zombie.

---

14 *Le Chat chapeauté – The Cat in the Hat* – est un livre pour enfant du Dr Seuss paru en 1957. Il a fait l'objet d'une adaptation cinématographique réalisée par Bo Welch en 2003.

Le sourire de Tristan s'élargit et ils s'éloignèrent dans le couloir.

– Ça tombe bien, c'est justement comme ça que je préfère le lire.

Je vins m'asseoir par terre devant la chambre d'Emma. Adossée au mur, j'écoutai Tristan lire l'histoire et Emma rire comme une folle parce qu'il faisait très mal le zombie. Elle avait l'air tellement heureuse qu'immédiatement ma vie s'illumina. Pour un parent, il n'y a rien de mieux que savoir que votre enfant sourit. Je ne remercierais jamais assez Tristan pour faire apparaître ces sourires sur le visage d'Emma.

– Thon ? dit Emma avec un bâillement sonore.

– Oui, ma puce ?

– Je suis désolée pour ta famille.

– C'est gentil. Moi aussi, je suis désolé pour ton papa.

En jetant un coup d'œil dans la chambre, je vis Tristan allongé par terre à côté du lit d'Emma, le livre posé sur sa poitrine. Zeus était couché aux pieds d'Emma. Elle bâilla de nouveau.

– Il me manque.

– Je suis sûr que tu lui manques aussi.

Elle ferma les yeux et se roula en boule, prête à s'endormir.

– Thon ? murmura-t-elle encore dans un demi-sommeil.

– Oui, poussin ?

– Je vous aime, toi et Zeus, même si tu es complètement nul quand tu fais le zombie.

Tristan se pinça l'arête du nez et renifla avant de se lever et de rabattre la couverture sur elle. Il glissa Bubba entre ses bras et la borda.

– Moi aussi, je t'aime, Emma.

Quand il se retourna pour sortir de la chambre, il me surprit les yeux fixés sur lui et me fit un petit sourire. Je lui souris à mon tour.

– Tu viens, Zeus ?

Zeus remua la queue mais ne bougea pas d'un pouce. Tristan haussa un sourcil.

– Allez, viens, on rentre à la maison.

Zeus poussa un petit gémissement et se pelotonna tout contre Emma.

Je me mis à rire.

– On n'est jamais trahi que par les siens.

– Je ne peux pas vraiment lui en vouloir. Ça ne t'ennuie pas s'il reste ici cette nuit ?

– Bien sûr que non. Je pense que ces deux-là ont pris l'habitude d'être ensemble quand tu as habité quelques jours ici.

Il s'appuya contre la porte en regardant Zeus se lover entre les bras d'Emma, avec Bubba. Emma le serra contre elle et sourit dans ses rêves. Tristan croisa les bras.

– Je comprends ce qui t'a empêchée de sombrer complètement comme je l'ai fait. Tu avais Emma, et elle est… elle est merveilleuse. Elle représente tout ce qu'il y a de bien dans ce monde, non ?

J'acquiesçai d'un signe de tête.

– Oui. *C'est ça.*

***

La deuxième semaine de novembre, un vrai déluge de pluie s'abattit sur Meadows Creek. Assise sous le porche, je regardais, fascinée, la pluie qui frappait la pelouse violemment. J'étais étonnée que nous n'ayons pas encore eu de neige, mais je savais bien que d'ici quelques semaines tout serait recouvert d'un manteau blanc.

Le ciel s'assombrit rapidement et des coups de tonnerre retentirent, immédiatement suivis d'éclairs impressionnants. Emma était profondément endormie dans son lit, heureusement qu'elle avait le sommeil aussi lourd, sinon l'orage l'aurait effrayée. Zeus était couché à mes pieds et il regardait tomber les grosses gouttes de pluie en clignant des yeux. Il faisait tout ce qu'il pouvait pour lutter contre le sommeil, mais il était en train de perdre la bataille.

Soudain, Tristan sortit en courant de chez lui et se précipita vers moi en criant.

– Elizabeth !

En le voyant approcher, je commençai à paniquer.

– Elizabeth !

En arrivant sur la première marche du porche, il était trempé de la tête aux pieds. Il posa les mains sur ses genoux, plié en deux sous la pluie battante, essayant de reprendre son souffle.

– Qu'est-ce qu'il y a ?

La peur perçait dans ma voix. Il avait l'air complètement flippé. Je descendis les marches pour le rejoindre sous l'averse et je posai les mains sur sa poitrine quand il se releva.

– Ça va ?

– Non.

– Qu'est-ce qui t'arrive ?

– J'étais assis dans mon abri de jardin quand soudain j'ai pensé à toi.

Il entrelaça ses doigts avec les miens et m'attira contre lui. Mon cœur battait la chamade, j'avais les nerfs à fleur de peau en regardant ses lèvres pour absorber le moindre de ses mots.

– J'ai essayé de m'en empêcher, de t'écarter de mes pensées. Mais rien à faire, tu étais toujours là et mon cœur s'est arrêté de battre. Et c'est là…

Il s'approcha encore, sa bouche à quelques millimètres de la mienne, il effleura lentement ma lèvre inférieure. La chaleur qui émanait de lui me faisait oublier le froid de la pluie. C'était une sorte de chaleur que je n'avais jamais ressentie, comme une couverture de protection qui faisait disparaître les blessures et les chagrins du passé. Tristan avait la voix qui tremblait quand il recommença à parler.

– Et c'est là que je suis tombé amoureux de toi par accident.

– Tristan…

Il secoua la tête.

– C'est embêtant, non ?

– C'est…

Il passa la langue sur ma lèvre inférieure avant de la prendre délicatement entre les siennes.

– Affreux. Alors, Lizzie… si tu ne veux pas de mon amour, dis-le moi tout de suite et j'arrêterai. Je m'en irai et j'arrêterai de t'aimer. Rejette-moi si tu veux. Dis-moi de partir et je le ferai. Mais si ne serait-ce qu'une toute petite partie de toi est d'accord, une partie même infinitésimale de toi qui accepte que je tombe amoureux de toi par accident, alors serre-moi fort. Emmène-moi dans ta maison, dans ta chambre, et laisse-moi te montrer à quel point je suis en train de tomber amoureux de toi. Laisse-moi prouver à la moindre parcelle de ton corps à quel point je suis fou de toi.

Un certain sentiment de culpabilité me noua l'estomac. Je baissai les yeux.

– Je ne sais pas si je suis prête à répondre à cela pour l'instant…

D'un doigt, il releva mon menton et plongea les yeux dans les miens.

– Ça ne fait rien. Je suis certain que j'ai assez d'amour pour nous deux.

Je fermai les yeux et chaque respiration que je prenais était plus calme que je n'aurais jamais cru. Je n'aurais jamais pensé que j'entendrais le mot amour dans la bouche d'un autre homme, mais avec Tristan, quand il le disait, je me sentais entière de nouveau.

Il soupira contre mes lèvres, l'air qui sortait de sa bouche devint l'air que j'inspirai et qui me guérissait. Nous restâmes sous la pluie encore un instant, puis je nous conduisis tous les deux dans la chaleur de la maison.

CHAPITRE 26

Tristan

– J'ai besoin de ta merde.

Faye se tenait debout sous mon porche, vêtue de noir de la tête aux pieds, avec des gants et un chapeau noirs. Il était tard et je venais juste de rentrer après ma journée de travail chez monsieur Henson.

Je haussai les sourcils.

– Quoi ?

– Enfin, pas exactement ta merde. Celle de ton chien, plus précisément.

Je me passai la main sur la nuque en la regardant avec perplexité.

Elle soupira en se frappant la joue du plat de la main.

– Écoute, normalement c'est à Liz que j'irais raconter mes problèmes, mais je me doute qu'elle est probablement en train de coucher Emma, en adulte responsable qu'elle est, ou un truc dans le genre. Alors, je me suis dit que je pourrais m'adresser à son copain pour lui demander un petit service.

– Un petit service comme de te donner la crotte de mon chien ?

Elle fit oui de la tête.

– Absolument.

– Est-ce que je devrais me demander ce que tu comptes en faire ?

– Heu, ce soir, c'est soirée « soins de beauté faits à la maison » chez moi. La merde de chien fait des merveilles pour les masques de visage.

Le regard vide que je lui opposai la fit sourire.

– Je déconne. Je vais mettre la merde dans un sac en papier et y mettre le feu sous le porche de mon patron.

Un autre regard vide de ma part.

– Si tu ne veux pas me dire la vérité, ce n'est pas grave.

Elle plongea la main dans sa poche arrière et en sortit un sac en papier.

– Non. Je suis sérieuse.

***

– Ça va prendre combien de temps ?

Faye et moi faisions le tour du quartier avec Zeus en laisse pour la quatrième fois.

– Hé, estime-toi heureuse que Zeus accepte de t'offrir sa crotte. Il est très pointilleux sur le choix des personnes à qui il la donne.

Tandis que nous faisions encore quelques tours, Faye me donna son point de vue sur à peu près tout.

– Au passage, je pense que Zeus est un nom ridicule pour un petit cabot comme ça.

Je souris.

– C'est mon fils Charlie qui l'a appelé comme ça. On était en train de lire *Percy Jackson et les dieux grecs*, *Le Voleur de foudre,* et Charlie était fan de toute cette histoire de dieux grecs. Après avoir lu le livre, nous avons passé des mois à étudier *L'Odyssée.* Il tomba amoureux du nom « Zeus », mais juste après il tomba aussi amoureux d'un chien de taille moyenne trouvé à la fourrière et qui ne correspondait pas vraiment au nom d'un dieu si impressionnant. Je me souviens qu'il a dit : « Papa, ce n'est pas une affaire de taille. C'est Zeus, c'est tout. »

Son visage devint grave un instant avant qu'elle reprenne son expression rigolarde habituelle en levant les yeux au ciel.

– Non, mais je rêve ! Tu viens de me faire le plan du père éploré pour que je me sente mal à l'aise et que je culpabilise ?

Je me mis à rire parce que je voyais bien qu'elle plaisantait.

– J'avoue.

– Espèce de crétin.

Elle se détourna pour écraser une larme subrepticement. Je la vis faire, mais je ne fis pas de commentaire.

Zeus s'arrêta devant une borne d'incendie et entama ses préparatifs au « moment de la crotte ».

– Ça y est ! dis-je en applaudissant.

Immédiatement, Faye se baissa pour ramasser la crotte fraîche et la mettre sans le sac en papier, puis elle effectua une petite danse sur le trottoir en le brandissant.

– Bien joué, espèce de dieu de l'Olympe !

Je n'avais jamais vu quelqu'un se mettre dans un état pareil à propos de ce que je considère franchement comme la chose la plus dégoûtante qui soit.

– Bon, allons-y.

Elle se dirigea vers chez moi.

– Nous ? Où ça ??

– Hum, chez mon boss, pour que je puisse me conduire en adulte et mettre le feu à cette merde et la regarder brûler.

– Je pensais que c'était une blague.

Elle leva les yeux au ciel.

– Tristan, je blague au sujet de la taille des pénis, jamais quand je parle de jeter de la merde devant la porte de mon boss.

– Mais qu'est-ce que je viens faire là-dedans, moi ? Et tu ne crois pas que nous sommes un peu… vieux pour ce genre de pitreries ?

– Si !

Sa voix se brisa.

– Si. C'est complètement immature de ma part de vouloir lancer de la merde sur la maison de mon boss. Eh oui, c'est complètement puéril de penser que je me sentirai mieux, mais si je ne le fais pas, je vais m'en vouloir et je serai triste. Et je ne veux pas être triste, parce que ça voudrait dire qu'il a gagné. Quand il m'a appelée ce soir pour me dire qu'il allait se remettre avec son ex-femme, j'ai compris qu'il avait toujours eu le dessus, alors que je croyais que c'était moi. Ça veut dire que ce connard m'a laissée tomber amoureuse de lui et lui faire confiance, tout ça pour me briser le cœur après. Je ne tombe pas amoureuse, moi ! Je ne souffre pas !

Ses yeux étaient pleins de larmes, mais elle refusait de cligner des paupières pour ne pas les faire couler. Les larmes étaient une forme de faiblesse pour elle, et je voyais bien que Faye ne pouvait pas admettre de se sentir en état de faiblesse.

– Pourtant, maintenant je ne ressens plus que ça, ce qui se brise en moi. Je sens littéralement la totalité de mon être sur le point de tomber en morceaux, et je ne peux même pas aller en parler à ma meilleure amie, parce qu'elle a perdu son putain de mari et qu'elle vient de passer une année de merde. Et je n'aurais pas dû venir te voir, parce qu'il se trouve que tu as eu une année encore plus merdique, mais je ne savais pas quoi faire ! J'ai le cœur brisé, putain ! Je veux dire, pourquoi est-ce que quelqu'un peut faire ça ? Pourquoi les gens tombent-ils amoureux, si ça veut dire qu'ils courent le risque de ressentir ça ? Qu'est-ce qui cloche chez les humains ?! LES HUMAINS SONT COMPLÈTEMENT MALADES ET TORDUS, PUTAIN ! Je veux dire, je comprends – c'est bon, tu sais ? D'être amoureux, d'être heureux.

Elle tremblait de tout son corps et les larmes coulaient trop vite pour qu'elle ait le temps de reprendre son souffle.

– Mais, ensuite, quand quelqu'un te tire ce tapis magique sous les pieds, il entraîne tous ces bons sentiments, tout ce bonheur avec lui. Et ton cœur ? Il se brise. Il vole en un million d'éclats et te laisse hébété, à contempler ses morceaux d'un regard vide, parce que toute ta liberté de pensée, toute la raison qui dominait ta vie jusque-là ont disparu. Tu as tout laissé tomber pour cette connerie qu'on appelle l'amour, et maintenant tu es complètement détruit.

Je m'empressai de la prendre dans mes bras. Elle se mit à sangloter contre moi et je la serrai plus fort. On est restés là un moment, debout au coin de la rue, pendant qu'elle pleurait, et j'ai posé le menton sur le sommet de son crâne.

– Je pense que Zeus a fait ses besoins dans mon jardin ce matin, et je suis pratiquement sûr que j'ai oublié de ramasser.

Elle s'écarta de moi en haussant un sourcil.

– C'est vrai ?

J'acquiesçai.

Après avoir fait le tour de mon jardin et ajouté une jolie collection de crottes dans le sac, elle sauta dans ma voiture et je la conduisis chez Matty.

– On va se marrer, dit-elle en se frottant les mains. Ok, tu restes au volant, moteur en marche, et je dépose la merde, je l'allume, je frappe à la porte, je reviens à la voiture en courant et on se barre vite fait.

– Parfait !

Elle se précipita, fit exactement ce qu'elle avait dit et remonta à toute vitesse dans la voiture en gloussant comme une gamine.

– Hum, Faye ?

– Oui ?

Elle rejeta la tête en arrière en rigolant.

– J'ai l'impression que son porche en bois a pris feu.

Elle tourna la tête et regarda par la fenêtre. Le porche de Matty était effectivement en feu.

– MERDE !

– C'est le cas de le dire.

Elle allait ouvrir la portière pour se précipiter dehors, mais je l'arrêtai.

– Non, s'il te voit, il va te virer.

Elle s'arrêta net.

– Merde, merde et merde !

Je me demandai combien de fois elle pouvait dire ça avant que cela ne devienne un exercice de diction.

– Baisse-toi pour qu'il ne te voie pas. Je reviens.

Je sortis précipitamment de la voiture et courus jusqu'au porche. Je contemplai le feu et dis une petite prière avant de me mettre à piétiner les flammes pour les éteindre, et le sac de crottes par la même occasion, ce qui malheureusement me valut de m'en mettre plein les chaussures.

– Mais qu'est-ce que vous foutez ?

Matty venait d'ouvrir sa porte et me regardait, ahuri. L'odeur de crotte de chien lui monta immédiatement au nez, qu'il couvrit de sa main.

– C'est de la merde de chien ?

Mon cerveau se paralysa. Je ne savais que répondre ni comment expliquer pourquoi mes chaussures étaient tout à coup couvertes de crotte venant de mon propre chien. Alors, je paniquai.

– Je suis le connard de la ville ! Je dépose de la merde de chien un peu partout parce que je suis le connard de la ville ! Alors… allez vous faire foutre !

Il me dévisagea, les yeux ronds.

Je le dévisageai.

Il haussa un sourcil.

Je haussai un sourcil.

Il menaça d'appeler les flics.

Je retirai mes chaussures, courus à ma voiture et démarrai en trombe.

– Putain de merde !

Faye pleurait, mais cette fois, c'était de rire.

– C'était prodigieux. Tu as mis les pieds dans la merde, au sens propre, pour m'éviter de perdre mon boulot.

– Je sais. Et je le regrette.

En arrivant devant chez moi, je mis la voiture au point mort.

– Il ne m'aimait pas vraiment, hein ? Je veux dire, il disait qu'il m'aimait, mais c'était seulement quand il avait envie de coucher avec moi. Et il me disait que tout était fini avec sa femme, mais seulement à trois heures du matin quand il m'envoyait des textos pour me demander de venir le rejoindre.

– J'ai l'impression que c'est rien qu'un vrai con, Faye.

Elle acquiesça.

– J'ai le chic pour tomber amoureuse de ce genre de mec. Je me demande juste à quoi ça peut bien ressembler de trouver quelqu'un qui t'aime autant que tu l'aimes. Tu sais, cette personne qui sourit en te regardant parce qu'elle est aussi dingue de toi que tu l'es d'elle.

– Pourquoi couches-tu avec ces mecs si tu sais que ce sont des crétins ?

– Parce que j'espère toujours qu'un jour ils finiront par tomber amoureux de moi.

– Je pense qu'on peut tomber amoureux sans se déshabiller.

Elle gloussa nerveusement, l'air dubitative.

– On peut toujours rêver. Mais j'en ai ma claque de ces conneries à propos de l'amour. Je jette l'éponge.

– Ça vaut la peine, pourtant, Faye.

Je la regardai droit dans les yeux. Ils étaient rouges à force de pleurer.

– Les moments de bonheur valent bien un chagrin d'amour, et les morceaux d'un cœur brisé peuvent être recollés. Je veux dire, bien sûr, il restera des fêlures et des cicatrices et les souvenirs restent parfois brûlants, mais cette brûlure, c'est un moyen de te rappeler que tu es vivant. Cette brûlure, c'est ta renaissance.

– Ça t'est déjà arrivé ?

Mes yeux se tournèrent vers la maison d'Elizabeth avant de revenir se poser sur ceux de Faye.

– J'y travaille actuellement.

Elle me remercia et sortit de ma voiture avant de monter dans la sienne.

– Tristan ? dit-elle en fronçant le nez.

– Oui ?

– Ce soir je me suis montrée particulièrement immature et brisée, mais tu as géré la situation comme un champion, un peu comme un père devant mon comportement infantile. Charlie avait de la chance de t'avoir comme père.

Je souris. Elle ne se rendait pas compte de ce que ça représentait pour moi.

– Au fait ! Je m'excuse de t'avoir traité de connard.

– Tu ne m'as pas traité de connard.

– Si, tu peux me croire. Une dernière chose, pour te remercier…

Elle courut jusqu'à la fenêtre de la chambre d'Elizabeth et tambourina sur la vitre. Quand Elizabeth apparut, je ne pus retenir un sourire. Elle était toujours tellement belle. Toujours.

– Hé, Liz.

– Oui ? répondit Elizabeth d'une voix ensommeillée.

– Taille une pipe à ce mec cette nuit de ma part.

Elle sourit, se pencha et embrassa sa meilleure amie sur la joue.

– Bonne nuit, ma puce.

Sur ce, Faye s'éloigna rapidement, semblant beaucoup plus heureuse, elle qui était en larmes il n'y avait pas si longtemps. Parfois, un cœur brisé a seulement besoin d'un sac de merde et d'un peu de feu.

Elizabeth sortit par sa fenêtre, vint vers moi et je la serrai dans mes bras.

– Tu as fait quelque chose de spécial pour ma meilleure amie, ce soir ?

– Je crois que oui.

– Merci.

Elle me serra plus fort et posa la tête sur ma poitrine.

– Bébé ?

– Ouais ?

– C'est quoi cette odeur ?

Je baissai les yeux sur mes chaussettes qui, de blanches, étaient devenues à moitié marron.

– Crois-moi… c'est aussi bien que tu ne le saches pas.

CHAPITRE 27

Elizabeth

– Eh bien, qu'est-ce que tu as à me regarder comme ça ? Tu n'es pas contente de me voir ?

Maman, tout sourires, se tenait sur le porche, une valise à la main.

– Qu'est-ce que tu fais là ?

Je regardai, perplexe, la BMW garée devant chez moi en me demandant *dans quelle histoire* ma mère s'était encore fourrée – ou plus exactement, *avec qui* ?

– Quoi ? Ta mère ne peut pas te rendre visite ? Tu ne réponds pas au téléphone et ma fille et ma petite fille me manquaient. Ce n'est pas un crime, si ? Tu ne vas pas m'embrasser pour me dire bonjour ?

Je me penchai pour l'embrasser.

– Je suis juste surprise de te voir. Excuse-moi de ne pas t'avoir appelée, j'étais débordée.

Elle plissa les yeux.

– Tu as du sang sur le front ?

Je me passai la main sur le front et haussai les épaules.

– C’est du ketchup.
– Du ketchup ? Sur ton front ?
– JE VAIS TE MANGER LA CERVELLE !
Tristan, des spaghettis dans les mains et le visage dégoulinant de ketchup, passa devant l’entrée à la poursuite d’une Emma zombifiée.

Maman inclina la tête sur le côté en suivant Tristan des yeux.

– En effet, je vois que tu es débordée.
– Ce n’est pas ce que tu crois…
Emma me coupa la parole.
– Mamie !
En hurlant, elle courut jusqu’à la porte et se jeta dans les bras de ma mère, qui la serra contre elle et se retrouva couverte de ketchup.

– Ma petite chérie ! Mais dis donc, dans quel état tu t’es mise !

– Avec maman et Thon, on jouait aux zombies et aux vampires !

– Thon ?
Ma mère se tourna vers moi en haussant les sourcils.

– Tu laisses un homme qui s’appelle Thon entrer chez toi ?

– Tu ne vas pas critiquer le genre d’hommes que je laisse entrer chez moi, quand même ? Tu veux que je te rappelle certains des hommes qui sont venus chez toi ?

Elle sourit malicieusement.
– Touché !
– Tristan ?

Il approcha en passant les doigts dans ses cheveux couverts de ketchup.

– Oui ?

Il me sourit avant de se retourner vers ma mère.

– Je te présente ma mère, Hannah. Maman, je te présente mon voisin, Tristan.

Son regard croisa le mien et je vis le coin de ses lèvres s'abaisser une fraction de seconde, presque comme s'il était déçu du terme que j'avais choisi. Mais, très vite, il sourit de nouveau en serrant la main de ma mère.

– Enchanté de faire votre connaissance, Hannah. J'ai beaucoup entendu parler de vous.

Maman hocha la tête.

– C'est drôle, parce que, moi, je n'ai jamais entendu le moindre mot à votre sujet.

Silence.

Silence embarrassé.

– Eh bien, est-ce que je devrais vous rejoindre dans ce silence gêné ou bien est-ce que je ferais mieux d'attendre à côté de la voiture ?

Un homme montait les marches du perron, tenant sa propre valise à la main. Il portait des lunettes et une chemise couleur moutarde rentrée dans un jean sombre.

Apparemment, maman donnait dans le petit ami ringard en ce moment. *Je me demande si c'est un sorcier.*

Silence.

Silence extrêmement embarrassé.

L'homme s'éclaircit la voix et tendit la main à Tristan, probablement parce qu'il avait remarqué que celui-ci ne le dévisageait pas d'un air aussi désorienté que moi.

– Moi, c'est Mike.

– Enchanté, Mike.

– Qu'est-il arrivé à Richard ? murmuré-je en direction de maman.

– Ça n'a pas marché, répliqua-t-elle.

Quelle surprise !

– En fait, avec Mike, nous espérions que nous pourrions passer la nuit ici. Je veux dire, nous pourrions aller à l'hôtel mais… j'ai pensé que ce serait plus sympa d'aller dîner et de passer un moment tous ensemble.

Je fronçai les sourcils.

– Maman, ce soir, des amis donnent une fête pour mon anniversaire. Emma va dormir chez Kathy et Lincoln. Tu aurais dû appeler.

– Tu n'aurais pas répondu.

Le rouge lui monta aux joues et elle se tortilla les doigts, comme si elle était gênée.

– Tu n'aurais pas répondu, Liz.

Et aussitôt, je me fis l'impression d'être la plus mauvaise fille qui soit.

– Bon, on peut quand même dîner ensemble… je peux te faire ton plat préféré si tu veux. Et tu peux garder Emma. Je vais passer un coup de fil à Kathy pour annuler ce qu'on avait prévu.

Son visage s'éclaira et elle fit un grand sourire.

– Ça serait formidable ! Et si vous dîniez avec nous, Thon – heu – Tristan ?

Elle le jaugea de la tête aux pieds d'un air réprobateur.

– Enfin, vous devriez peut-être vous doucher d'abord.

***

– Tu es toujours la reine du poulet à la parmesane, Liz, dit maman alors que nous étions tous assis autour de la table.

– C'est vrai, c'était super-bon, renchérit Mike.

Je lui fis un petit sourire pincé et les remerciai tous les deux. Mike avait l'air sympa, ce qui constituait un net progrès par rapport au dernier mec relou que j'avais vu avec ma mère. Régulièrement, il passait la main par-dessus la table pour prendre la sienne, ce qui, en fait, me faisait de la peine pour lui. Il la regardait avec des yeux si enamourés que j'étais sûre qu'il ne se passerait pas beaucoup de temps avant qu'elle le fasse souffrir.

– Et donc, Mike, que faites-vous dans la vie ? demanda Tristan.

– Oh, je suis dentiste. Je suis en passe de reprendre le cabinet familial et succéder à mon père qui est à un an de la retraite.

Je ne suis pas étonnée. Ma mère avait le chic pour choisir des hommes avec des portefeuilles plus épais que la moyenne.

– C'est cool, répondit Tristan.

Tout le monde continuait à bavarder, mais je n'écoutais plus. Je ne pouvais détacher les yeux de Mike qui caressait la main de ma mère. Comment faisait-elle pour exploiter les hommes comme ça sans jamais se sentir coupable ? Comment pouvait-elle s'en moquer à ce point ?

– Et vous vous êtes rencontrés comment ?

Cela m'était sorti comme ça et tous les yeux se tournèrent vers moi, stupéfaits. Ma poitrine se serra, mais je ne supportais pas l'idée de voir maman exploiter encore un nouveau mec.

– Désolée, simple curiosité. Parce que, aux dernières nouvelles, maman était avec un certain Roger.

– Richard. Il s'appelait Richard. Et, franchement, je n'aime pas le ton que tu emploies, Liz.

Son visage s'empourpra, soit de gêne, soit de colère, et je savais déjà que j'allais me faire réprimander dès que nous serions seules toutes les deux.

Mike serra la main de maman dans la sienne.

– Ça ne fait rien, Hannah.

Maman prit une profonde inspiration comme s'il ne lui en fallait pas plus pour se calmer. Ses épaules se détendirent et le rouge commença à disparaître de ses joues.

– En fait, votre mère et moi nous sommes rencontrés à mon cabinet. Richard était un de mes patients et elle l'a accompagné quand il est venu se faire dévitaliser une dent.

– Tu m'étonnes !

Elle n'avait pas encore quitté le premier qu'elle avait déjà des vues sur un autre.

– Ce n'est pas ce que vous pensez, dit Mike en souriant.

– Vous pouvez me faire confiance, Mike. Je connais ma mère. *C'est* ce que je pense.

Les yeux de ma mère s'emplirent de larmes et Mike continua de serrer sa main. Il la regarda et ce fut un peu comme s'ils avaient une vraie conversation sans avoir besoin de parler. Elle hocha la tête et Mike se tourna vers moi.

– De toute façon, ça n'a plus d'importance. Ce qui compte à présent, c'est que nous sommes heureux. Maintenant tout va bien.

– En fait, tout va tellement bien que… nous allons nous marier.

– Quoi ?

Je devins blême.

– J'ai dit…

– Je sais très bien ce que tu as dit.

Je me tournai vers Emma et lui fis un grand sourire.

– Mon bébé, tu veux bien aller choisir un pyjama pour cette nuit ?

Elle ronchonna un peu avant de sauter de sa chaise et d'aller dans sa chambre.

– Comment ça, vous allez vous marier ?

Je regardai le futur couple, abasourdie.

Il y avait deux choses que maman ne faisait jamais :

Un, tomber amoureuse.

Deux, parler de mariage.

– Nous nous aimons, Liz.

Quoi ?

– C'est un peu pour ça que nous sommes venus, expliqua Mike. Nous voulions vous le dire de vive voix.

Il eut un petit rire nerveux.

– Et maintenant, c'est embarrassant.

Tristan hocha la tête.

– J'ai l'impression que c'est le mot du jour.

Je me contorsionnai pour regarder ma mère.

– Tu as tant de dettes que ça ?

– Elizabeth, ça suffit !

– Tu vas être expulsée de chez toi ? Si tu avais besoin d'argent, tu aurais pu m'en demander.

Ma gorge se noua et je plissai les yeux.

– Tu es malade, Maman ? Il y a quelque chose que tu ne m'as pas dit ?

– Lizzie.

Tristan tendit la main pour prendre la mienne, mais je la retirai vivement.

– Ce que je veux dire (je gloussai en me passant les mains dans les cheveux), c'est que je ne vois aucune raison pour te lancer dans un truc comme ça si tu n'as pas de dettes ou si tu n'es pas à l'article de la mort.

– Peut-être parce que je suis amoureuse !

La voix tremblante, elle se leva de table.

– Et peut-être, je dis bien peut-être, que je voulais que ma fille soit contente pour moi, mais on dirait que c'est trop demander. Ne t'inquiète pas, va à ta fête ce soir et quand tu te lèveras demain matin, j'aurai disparu de ton univers, pour toujours !

Elle sortit de la pièce en trombe pour aller dans la chambre d'amis dont elle claqua la porte derrière elle. Mike me fit un petit sourire pincé avant de s'excuser et d'aller la rejoindre.

Je me levai de table.

– Beurk ! On croit rêver ! Elle est toujours si… *théâtrale* !

Tristan eut un petit rire moqueur.

– Qu'est-ce qu'il y a de drôle ?

– Rien, c'est juste que…

– Juste que quoi ?

Il rit de nouveau.

– C'est juste que tu ressembles tellement à ta mère.

– Je ne ressemble pas du tout à ma mère !

Ma voix était montée dans les aigus, peut-être un poil trop fort, peut-être un poil trop théâtrale.

Il continua à rire.

– Si, la façon dont tes narines s'écartent quand tu es furax ou la façon dont tu te mords la lèvre inférieure quand tu es gênée.

Je le regardai, dégoûtée.

– Je ne veux pas entendre un mot plus. Je vais m'habiller.

Je sortis de la pièce en trombe, puis je m'arrêtai à mi-chemin.

– Et je ne sors PAS en trombe comme elle !

Bon, d'accord, j'ai peut-être claqué la porte de ma chambre.

Immédiatement après, ma porte s'ouvrit et Tristan s'appuya contre le chambranle, calme comme tout.

– Pratiquement identiques.

– Ma mère se sert des hommes pour oublier ses propres problèmes. Elle est pathétique. Mike n'est qu'un homme de plus qui va se faire jeter. Elle est incapable de s'engager dans quoi que ce soit ou avec qui que ce soit, parce qu'elle n'a jamais vraiment surmonté la mort de mon père. Remarque, elle va probablement marcher vers l'autel en laissant croire à ce pauvre type qu'il a réellement trouvé le bonheur éternel, alors que dans la vraie vie, le bonheur éternel ça n'existe pas. La vie n'est pas un conte de fées. C'est une tragédie grecque.

Tristan se passa la main sur la nuque.

– Mais est-ce que ce n'est pas ce que nous avons fait ? Est-ce que nous ne nous sommes pas servis l'un de l'autre parce que Steven et Jamie nous manquaient ?

– Cela n'a rien à voir. Je n'ai rien à voir avec elle. Et c'est carrément grossier de ta part de penser ça.

– Tu as raison. Qu'est-ce que j'en sais d'abord ?

Il fronça les sourcils en se passant la main sur la mâchoire.

– Je ne suis que le voisin.

Oh, Tristan.

– Ce n'est pas ce que j'ai voulu dire tout à l'heure.

J'étais la pire personne qui soit, ça au moins c'était indéniable.

– Non, il n'y a pas de mal. En plus, c'est vrai. Je veux dire, c'était stupide de ma part de penser…

Il se racla la gorge et fourra les mains dans les poches de son jean.

– Écoute, Lizzie. Nous sommes en deuil, tous les deux. Nous nous sommes probablement lancés dans cette histoire – je ne sais pas comment appeler ce qu'il y a entre nous – sur de mauvaises bases. Et je ne t'en veux pas de vouloir que nous ne soyons que voisins, sans plus. Bon sang…

Il se mit à rire nerveusement et me regarda droit dans les yeux.

– Si je ne dois être que ton voisin, eh bien, je ferai avec. Je m'en contenterai. C'est déjà un putain d'honneur d'être ton voisin. Mais vu que je suis tombé amoureux de toi par hasard, je pense que ce serait peut-être mieux si ce soir je gardais les idées claires et que je fasse l'impasse sur l'anniversaire.

– Tristan, non.

Il secoua la tête.

– Ce n'est pas grave. Je te jure. Je vais juste dire bonsoir à Emma avant de rentrer chez moi.

– Tristan.

Sans répondre, il sortit de la pièce. Je le suivis en courant.

– Tristan ! Arrête-toi !

Je sautai sur place, en trépignant comme une gamine.

– Arrête, arrête et arrête !

Il se retourna et je vis dans ses yeux la peine que je venais de lui causer. J'allai vers lui et pris ses mains dans les miennes.

– Je suis nulle. Je suis complètement nulle, tout le temps. Je dis des choses stupides, comme aujourd'hui. Je commets des erreurs grosses comme moi. Je suis ingérable, et quelquefois je déteste ma mère parce qu'au fond je sais que je suis ma mère. Et comme pour tout dans ma vie, j'ai du mal à le supporter.

Je posai ses mains contre ma poitrine.

– Et je suis désolée de t'avoir infligé cette Elizabeth brisée pendant le dîner, alors que tu es la seule chose qui compte pour moi. La seule chose que je ne veux pas gâcher. Et tu es plus, tellement plus, qu'un simple voisin pour moi.

Il posa les lèvres sur mon front.

– Tu en es sûre ?

– Absolument sûre.

– Ça va ?

Il me serra dans ses bras et ça me fit du bien.

– Je vais y aller. Il faut que j'aille m'habiller.

Je poussai un soupir.

– D'accord.

– Et tu devrais venir m'aider.

Et c'est ce qu'il fit.

***

– Pour ta gouverne, quand je craque au sujet de ma mère, tu es censé être d'accord avec moi, quelles que soient les incohérences de mon raisonnement.

En souriant, je fis passer mon t-shirt par-dessus ma tête et je retirai mon jean.

– Désolé, ça m'avait échappé. C'est vrai ! Hou ! Ta mère, quel monstre !

Tristan fit une grimace de dégoût. Un sourire releva le coin de mes lèvres.

– Merci ! Maintenant, tu peux remonter ma fermeture Éclair ?

– Mais bien sûr.

Il posa les mains sur mes hanches avant de remonter la fermeture de ma robe rouge qui moulait mes courbes.

– Et puis, c'est quoi tout ce parfum qu'elle met ? Beaucoup trop de Chanel.

– Exactement !

Je me retournai vers lui et lui tapai sur la poitrine pour rire.

– Attends. Comment connais-tu la marque de son parfum ?

Ses lèvres vinrent se nicher dans mon cou et il m'embrassa délicatement.

– Parce que sa fille met le même.

Je souris. Peut-être bien que, par certains côtés, je ressemblais beaucoup à ma mère.

– Je devrais peut-être aller m'excuser pour mon pétage de plombs, hein ?

Il haussa un sourcil.

– C'est une question piège ?

Je me mis à rire.

– Même pas.

– Alors, oui, je pense que tu devrais, mais tu le feras plus tard, tu vas d'abord t'éclater à ton anniversaire. Ta mère t'aime et tu l'aimes. Je pense que tout va bien se passer pour vous deux.

Je soupirai, posai un baiser sur ses lèvres et hochai la tête.

– D'accord.

CHAPITRE 28

Tristan

– Entre la première. C'est toi la reine de la fête, je crois que tu as droit à ton moment de gloire.

Je me frottai les mains, planté là dans ma chemise bleu foncé et mon jean sombre.

– On peut entrer ensemble.

J'hésitai.

– Les gens vont penser qu'on est en couple.

Elle me tendit la main en me gratifiant de son plus beau sourire.

– Et ce n'est pas le cas ?

Bon sang ! Il suffisait de ces quelques mots pour que je me sente comme un con ébloui.

Bon Dieu, ce que je l'aime !

Mais nous avions beau être sûrs l'un de l'autre, cela ne voulait pas dire pour autant que le reste de Meadows Creek accepterait cette idée. Quand nous entrâmes dans le bar, tout le monde cria « Bon anniversaire, Elizabeth », et je m'effaçai pour lui permettre d'embrasser tous ses amis.

Elle semblait si heureuse de recevoir tant d'amour.

C'était des moments irremplaçables.

Très vite, la musique emplit la salle et on commença à boire. À droite et à gauche, les gens vidaient des shots et les commères de Meadows Creek se mirent à faire des commentaires à voix de plus en plus haute, sans nous quitter des yeux.

Après avoir partagé encore un verre d'un méchant alcool avec elle, je me penchai et lui murmurai à l'oreille.

– Ça va ? Tout le monde nous regarde. Si ça te dérange, je peux m'éloigner de toi.

– J'adore quand tu es près de moi. Ne t'éloigne surtout pas. C'est juste que… c'est un peu dur. Tous ces gens qui nous jugent. Tous ces gens qui nous observent.

Je posai le bout des doigts sur ses reins, et tout son corps se détendit en se lovant contre le mien.

– Très bien. Qu'ils regardent !

Elle me fit un large sourire et me regarda comme si elle ne voyait que moi.

– Tu m'embrasses ?

Je posai mes lèvres sur les siennes en guise de réponse.

***

La soirée suivait son cours. Après un démarrage assez calme, la descente vers l'ébriété prenait de la vitesse. Je savais qu'Elizabeth serait plutôt éméchée, alors je fis en sorte d'arrêter de boire bien avant l'heure de notre départ. J'eus vite fait de dessoûler, or, s'il y a une chose insupportable quand on est sobre, c'est bien d'être confronté à ceux qui ont bu. Régulièrement, Elizabeth se laissait entraîner dans des discussions avec les femmes du club de lecture – qu'elle détestait. Je les entendais essayer de la culpabiliser à notre sujet.

– Je n'arrive pas à croire que tu sois réellement avec lui. Cela me semble vraiment prématuré, disait l'une.

– Il me faudrait des années avant de pouvoir sortir avec quelqu'un si je perdais mon mari, renchérissait l'autre.

– En tout cas, c'est bizarre. Tu ne le connais même pas. Je ne pourrais jamais laisser un autre homme s'approcher de mes enfants, concluait la troisième.

Elizabeth faisait front comme une championne. C'était peut-être parce qu'elle tenait à peine debout et qu'elle avait le vin gai. Malgré tout, de temps en temps, elle me jetait un regard en levant les yeux au ciel pour me sourire ensuite.

– Alors, qu… qu… qu'est-ce qu'il y a entre Liz et toi ?

Tanner se laissa tomber sur le tabouret de bar à côté de moi. Son élocution était ralentie. Il avait bu plus que la plupart des gens, et tout le monde avait pu remarquer qu'il n'avait pas quitté Elizabeth des yeux de toute la soirée.

– Que veux-tu dire ?

– Arrête, tout le monde en ville voit bien qu'il y a quelque chose entre vous. D'ailleurs, ça se comprend. Liz à une des plus belles paires de nichons que j'ai jamais vues.

– Arrête ça.

Je n'avais pas envie de me payer Tanner quand il avait bu. Il avait déjà tendance à me taper sur les nerfs et depuis que j'avais découvert qu'il en pinçait pour Elizabeth, j'avais encore plus de mal à le supporter.

– Je dis juste que…

Il ricana et me tapa sur l'épaule avant de sortir une pièce de vingt-cinq cents de sa poche et de la faire tourner entre ses doigts.

– Quand nous étions à la fac, Steven et moi l'avons jouée à pile ou face. J'ai choisi face, lui pile. J'ai gagné, mais cet enfoiré l'a draguée quand même. Je suppose qu'elle était un trop bon coup pour qu'il passe son tour.

Je jetai un regard vers Elizabeth toujours en pleine conversation avec ces femmes qu'elle détestait. Quand elle tourna les yeux dans ma direction, nous échangeâmes la même expression qui voulait dire « Au secours ! ».

– Ne parle pas de Lizzie comme ça. Je sais bien que tu es bourré, mais ce n'est pas une excuse pour parler d'elle comme ça.

Tanner leva les yeux au ciel en ricanant.

– T'énerve pas. On discute entre mecs, c'est tout.

Je ne répondis pas.

– Alors, tu l'as fait ? Tu as couché avec elle ?

– Va te faire foutre, Tanner !

Je serrai les poings.

Il secoua la tête.

– Espèce de *fils de pute*, tu l'as baisée, hein ? Mais soyons réalistes. Comment tu vois les choses, Tristan ? On ne va pas se mentir. Elle fait une petite escapade avec toi, mais aucune femme ne voudrait rester avec quelqu'un comme toi. Un jour, elle ne sera plus triste. Un jour, elle redeviendra la Liz d'avant. Alors, elle n'aura plus besoin de son connard de voisin pour se changer les idées. Elle trouvera quelqu'un de mieux.

– Laisse-moi deviner… quelqu'un comme toi ?

Il haussa les épaules.

– C'est une possibilité. Je la connais. Nous nous connaissons depuis longtemps. Et puis, elle est trop bien pour toi. Je veux dire, moi j'ai mon propre garage. J'ai les moyens de l'entretenir. Mais toi ? Tu travailles pour ce taré d'Henson.

– Un mot de plus sur monsieur Henson et je te jure que tu vas le regretter.

Il leva les mains en signe de défaite.

– Du calme, champion. Il y a une veine qui gonfle là dans ton cou. Tu ne voudrais pas que Liz voie ton vrai tempérament, si ? Comme je disais, elle est trop bien pour toi.

Je m'efforçai de ne pas réagir, mais ses paroles s'insinuaient dans mon esprit.

Qu'est-ce que je croyais ?

Elle est trop bien pour moi.

Tanner posa violemment les mains sur mes épaules, me fit tourner sur le tabouret pour que je sois en face de la piste de danse et me montra du doigt Elizabeth qui riait avec Faye.

– Qu'est-ce que tu en penses ? Et si nous lui montrions ton vrai caractère ? Je me dis que ce serait une bonne chose qu'elle voie le vrai monstre qui est en toi. Tu ne devrais pas t'approcher de Liz ou d'Emma. Tu n'es qu'une brute, putain.

– J'en ai assez entendu, je me barre.

Je descendis de mon tabouret.

– Putain, en fait tu ferais probablement mieux de te tenir à l'écart de tout le monde. Tu n'avais pas une femme et un fils ? Qu'est-ce qui leur est arrivé ?

Je serrai les poings.

– Ça suffit, Tanner.

– Qu'est-ce qui s'est passé ? Tu leur as fait du mal ? C'est de ta faute s'ils sont morts ? Merde. Je suis sûr que c'est ça. (Il se mit à rire.) Ils sont enterrés dans un fossé, quelque part ? Tu as assassiné ta famille, putain ! Tu n'es qu'un psychopathe et je ne comprends pas comment personne d'autre que moi ne le voit. En particulier Liz. Elle est plus maligne que ça d'habitude.

Je soufflai et me retournai vers lui.

– Ça doit te rendre malade qu'elle soit avec moi.

Il fut décontenancé par mes paroles.

– Quoi ?

– Tu la dévores des yeux comme si elle était tout pour toi, mais elle ne te regarde jamais. Je veux dire, c'est assez marrant, en fait. (Je me mis à rire.) Tu te jettes pratiquement sur elle, tu répares ses voitures, tu viens la chercher pour l'emmener dîner, c'est tout juste si tu ne la supplies pas de te regarder, et elle, elle ne te voit même pas, mon vieux. Et non seulement elle ne te voit pas mais en plus c'est moi qu'elle choisit, moi, le paria de cette ville, la personne même qui t'est insupportable. Cela doit te ronger de l'intérieur.

J'étais mauvais et cinglant, mais il avait mêlé ma famille à cette histoire. Il en avait fait une affaire personnelle.

– Cela te tue de savoir que c'est dans mon lit qu'elle vient, que c'est mon nom qu'elle prononce en gémissant.

– Va te faire foutre ! dit-il en plissant les yeux.

– Tu peux me croire, elle fait ce qu'il faut.

Je lui adressai un sourire féroce.

– Tu sais à qui tu parles ? (Il m'enfonça un doigt dans la poitrine.) Mec, ce que je veux, je l'obtiens. Je l'obtiens toujours. Alors, profite du temps que tu as avec Liz, parce que c'est moi qui l'aurai. Et profite aussi du temps qui te reste à passer dans la boutique de monsieur Henson, parce que ça aussi, je vais le prendre.

Il me tapota dans le dos.

– C'était sympa de parler avec toi, espèce de psychopathe. N'oublie pas de dire bonjour pour moi à ta femme et à ton fils.

Il fit une pause et se mit à rire.

– Ah, j'oubliais. Laisse tomber.

Tout se mit à tourner dans ma tête. Je me retournai sans hésiter et lui flanquai mon poing dans la figure. Il bascula en arrière. Je secouai la tête. *Non.* Je sentis le poing de Tanner m'arriver dans l'œil avant qu'il ne m'envoie au tapis et commence à me bourrer de coups. J'entendais tout le monde crier autour de nous et je crois avoir vu Faye essayer de retenir Tanner, mais je le retournai et le plaquai au sol.

Il avait ce qu'il voulait. Il voulait que je libère la bête, et il avait dit tout ce qu'il fallait pour la réveiller. Il avait mêlé Jamie et Charlie à tout ça. Il était allé trop loin et m'avait entraîné dans les ténèbres. Je lui flanquai mon poing dans la figure. Puis dans l'estomac. Encore et encore. Je ne pouvais plus m'arrêter. Je ne voulais pas m'arrêter. Tout le monde criait, mais je n'entendais plus rien.

Je pétai un câble, putain !

CHAPITRE 29

Elizabeth

– Oh mon Dieu !

Je hurlai en voyant Tristan penché sur Tanner, le frappant au visage, encore et encore. Son regard était dur et aussi froid que celui de Tanner, et il n'arrêtait pas.

J'allai vers lui.

– Tristan !

Tanner était à moitié évanoui, mais Tristan continuait. Il ne pouvait plus s'arrêter.

– *Tristan !*

J'avais haussé le ton et je tentai de saisir son bras au moment où il était en l'air. La vitesse de son geste me fit basculer en arrière, mais quand il me vit, il s'immobilisa. Sa poitrine montait et descendait et je vis la colère dans ses yeux. Je m'approchai lentement et je pris son visage dans mes mains.

– C'est fini. C'est fini.

Reviens vers moi.

J'observai sa respiration qui se calmait quand il s'écarta de Tanner en regardant fixement sa main sanguinolente.

– *Merde*, dit-il dans un souffle en s'éloignant de Tanner en rampant.

Il se releva et lorsque je voulus m'approcher de lui, il me repoussa brusquement. Il avait une lueur sauvage, farouche, dans les yeux, et je vis à quel point il était loin de moi.

Qu'est-ce que Tanner t'a fait ?

Quand je me retournai vers Tanner, je me sentis mal d'avoir pu penser un instant que c'était de sa faute. Tristan l'avait pratiquement mis K.-O., et la culpabilité et la confusion me nouèrent l'estomac. Tristan sortit en trombe sans même un regard pour moi.

– Seigneur ! marmonna Tanner.

Faye se précipita pour l'aider à se relever.

– Ça va, dit-il.

– Qu'est-ce que…

Ma voix tremblait.

– Qu'est-ce que tu lui as dit ?

Faye fronça les sourcils.

– Liz. Sérieux ?

– C'est juste que… il n'a pas pété les plombs juste comme ça. Il ne t'aurait pas attaqué sans raison. Tanner, qu'est-ce que tu lui as dit ?

Il ricana, sarcastique, et cracha du sang.

– Ce n'est pas croyable, putain ! C'est tout juste si je peux ouvrir mon œil, et c'est à *moi* que tu demandes ce que je *lui* ai dit ?

J'avais la gorge serrée et des larmes me brûlaient les paupières.

– Excuse-moi. Je suis désolée. C'est juste que ce n'est pas son genre de craquer comme ça.

– Il t'a quand même poussée du haut d'une colline, Liz, non ?

Faye fronçait les sourcils.

– C'était un accident. J'avais trébuché. Il ne m'aurait jamais fait de mal.

Comment pouvait-elle penser ça ? Tristan avait été là pour elle quand elle avait eu besoin de lui ! Comment pouvait-elle se retourner contre lui aussi vite ? Tout le monde se tenait autour de nous, l'air effrayé. Toutes ces dames du club de lecture murmuraient au sujet de Tristan, le traitant de monstre. Tout le monde me jugeait parce que j'aimais une telle brute.

– Ouais, et ça, c'était un accident aussi, peut-être ?

Tanner désignait son visage tuméfié.

– C'est une brute et il est dangereux, Liz. Ce n'est qu'une question de temps avant qu'il pète un câble avec toi aussi ou, pire encore, avec Emma. Je te le prouverai, Liz. Je découvrirai la vérité sur ce type et je te dévoilerai ses secrets. Alors, peut-être que tu me croiras.

Je soupirai.

– Il faut que j'y aille.

– Que tu y ailles ? Où ça ?

Le retrouver.

Pour savoir ce qui s'est passé.

Pour être sûre qu'il va bien.

– Il faut juste que j'y aille.

CHAPITRE 30

Tristan

6 avril 2014
Deux jours avant l'adieu

– Ça fait des jours que tu n'as rien avalé. Je t'en prie, Tristan, essaie de manger un peu de ce sandwich.

Assise en face de moi, maman me suppliait. Le son de sa voix m'énervait un peu plus chaque jour. Elle fit glisser l'assiette devant moi et m'exhorta une fois encore à manger.

– Je n'ai pas faim.

Je repoussai le sandwich vers elle. Elle hocha la tête.

– Ton père et moi, nous nous inquiétons pour toi, Tris. Tu ne nous parles pas. Tu nous repousses. Tu ne peux pas garder tout en toi comme ça. Il faut que tu nous parles. Que tu me dises ce que tu penses.

– Il vaut mieux que tu ne saches pas ce que je pense.

– Mais si.

– Crois-moi, je t'assure que non.

– Vraiment, mon chéri. Parle-moi.

Elle tendit la main et la posa sur la mienne, comme pour me consoler.

Je ne voulais pas qu'elle me console.

Je voulais qu'elle me laisse tranquille.

– Comme tu voudras. Mais si tu ne peux pas nous parler, essaie au moins de parler à un de tes amis. Ils téléphonent ou ils passent tous les jours, en pure perte.

– Je n'ai plus rien à dire.

Je me levai de la table et m'apprêtai à m'en aller, mais je m'arrêtai en entendant maman pleurer.

– Cela me brise le cœur de te voir comme ça. Je t'en prie, essaie de me dire ce que tu as sur le cœur.

– Ce que j'ai sur le cœur ?

Je me tournai vers elle, les sourcils froncés, l'estomac noué, l'esprit embrumé.

– Ce que j'ai sur le cœur, c'est le fait que tu étais au volant, putain ! Ce que j'ai sur le cœur, c'est que tu t'en es sortie avec un bras cassé. Ce que j'ai sur le cœur, c'est que ma famille est morte et que c'était toi qui conduisais la voiture – c'était toi... TU LES AS TUÉS ! Tu as fait ça ! C'est à cause de toi qu'ils sont morts ! Tu as assassiné ma famille !

Ma gorge se noua.

Je serrai les poings et j'arrêtai de parler.

Maman continua de pleurer, encore et encore, ses gémissements se firent de plus en plus forts. Papa se précipita dans la pièce et la prit dans ses bras pour la calmer. Je la regardais fixement, sentant la distance se creuser entre nous. Je sentais la bête qui grandissait en moi à chaque seconde qui passait. J'observais ses larmes et le fait que je n'éprouve aucune pitié pour elle aurait dû me rendre malade. Le fait que je ne ressente pas le besoin de la consoler aurait dû m'inquiéter.

Mais je la détestais, tout simplement.

À cause d'elle, ils n'étaient plus là.

À cause d'elle, je n'étais plus là.

Je devenais un monstre intérieurement, et les monstres ne consolent pas les autres. Les monstres détruisent tout sur leur passage.

***

J'entrai dans la remise, claquai la porte et la fermai à double tour.

– *Et merde !*

Je criai en regardant fixement la pièce plongée dans l'obscurité, les inscriptions sur les murs, les rayonnages de livres. Les souvenirs m'assaillaient, paralysant mon esprit, serrant mon cœur comme dans un étau. Je n'en pouvais plus.

J'envoyai valdinguer une des étagères de l'autre côté de la pièce, mon cœur battait si vite que j'avais l'impression que j'allais faire une attaque. Je m'appuyai contre le mur le plus proche et fermai les yeux en essayant de reprendre le contrôle de ma respiration et de mon cœur qui, en quelque sorte, m'avait été volé.

On frappa à la porte.

Je ne voulais pas répondre.

Je ne le pouvais pas.

J'aurais pu le tuer. J'aurais pu le tuer. Je suis désolé. Je suis désolé.

Je savais qu'Elizabeth allait essayer de me faire revenir vers elle, de me faire revenir vers la lumière. Elle allait essayer de me sauver de moi-même. Mais on ne pouvait pas me sauver.

Elle continua de frapper doucement sur la porte et mes pieds me menèrent vers le bruit. Je me tordis les mains, debout devant la porte, puis les posai à plat dessus.

Je me disais que ses mains étaient posées de l'autre côté, le bout de ses doigts comme un reflet des miens.

– Tris. À chaque seconde. De chaque minute. De chaque heure. De chaque jour.

Ces quelques mots me serrèrent la poitrine. Je retins ma respiration. Ses paroles me paraissaient plus sincères qu'elles ne l'avaient jamais été. Quand elle reprit la parole, sa voix exprimait toute son angoisse.

– Tristan, je t'en prie, ouvre la porte. S'il te plaît, laisse-moi entrer. Reviens vers moi.

Mes mains retombèrent et je me frottai les doigts les uns contre les autres.

– J'aurais pu le tuer.

– Tu ne l'aurais pas fait.

– Va-t'en, Elizabeth. S'il te plaît, laisse-moi seul.

– Je t'en supplie. Je ne partirai pas tant que je ne t'aurai pas vu. Je ne partirai pas tant que tu ne m'auras pas laissée te tenir dans mes bras.

– *Bon sang !*

J'ouvris la porte en grand.

– Va-t'en, Elizabeth.

Lorsque je plongeai mon regard dans le sien, un sentiment de manque, brutal et soudain, déchira mon âme. Je baissai les yeux, incapable de soutenir le seul regard qui rendait le paradis presque réel pour moi.

– Et ne reviens pas.

Je ne pourrais que te faire souffrir. Tu mérites mieux que moi.

– Tu … tu ne penses pas ce que tu dis.

Sa voix se brisa. J'étais incapable de la regarder.

– Si. Tu ne peux pas me sauver.

Je refermai la porte et tournai la clé dans la serrure encore une fois. Elle tambourina contre la porte en criant mon nom, réclamant des explications, suppliant pour obtenir des réponses à toutes les questions inconnues restées en suspens, mais je n'écoutais plus.

Je regardai fixement mes mains, le sang qui les maculait, incapable de dire si c'était celui de Tanner ou le mien, le sentant sous mes doigts, sous mes ongles, *partout*. C'était comme si les murs saignaient, et je ne voyais pas d'issue.

J'aurais voulu qu'il sache que j'étais désolé. J'aurais voulu qu'il sache que je n'aurais pas dû craquer. J'aurais voulu que tout ça ne soit qu'un mauvais rêve. Je voulais me réveiller et retrouver ma famille. Je voulais me réveiller et n'avoir jamais su à quel point un cœur pouvait réellement se briser.

Mais, par-dessus tout, je voulais qu'Elizabeth sache que je l'aimais. À chaque seconde. De chaque minute. De chaque heure. De chaque jour.

Pardon. Pardon. Pardon.

***

En ouvrant la porte, lorsque je trouvai la force de sortir après de longues heures passées dans la remise, je découvris Elizabeth frissonnant sur le sol, emmitouflée dans son manteau.

– Tu aurais dû rentrer chez toi, dis-je d'une voix grave.

Elle haussa les épaules.

Je me baissai et la soulevai dans mes bras. Elle me prit par le cou et s'accrocha à moi.

– Qu'est-ce qu'il t'a dit ?

– Ce n'est pas important.

Elle me serra plus fort et je la portai chez elle.

– Mais si, c'est important. C'est très important, même.

Je la déposai sur son lit et me retournai pour quitter la chambre. Elle me demanda de rester avec elle, mais je savais que c'était impossible. J'avais l'esprit ailleurs. Avant de quitter la maison, je fis un détour par la salle de bains pour laver le sang que j'avais sur les mains. En faisant couler l'eau chaude, je me frottai les mains avec force pour essayer de faire disparaître tout ce sang. Je ne pouvais pas m'arrêter. Je frottais et je frottais, rajoutant toujours plus de savon, même après que tout le sang avait disparu.

– Tristan.

Elizabeth me sortit de la transe dans laquelle je me trouvais. Elle tourna le robinet et saisit une serviette dans laquelle elle enveloppa mes mains.

– Qu'est-ce qu'il t'a dit ?

Je me penchai vers elle et appuyai mon front sur le sien. Je respirai son odeur, faisant tout mon possible pour ne pas m'écrouler. Elle était la seule chose qui me faisait tenir.

– Il a dit que je les avais tués. Il a dit que c'était de ma faute si Jamie et Charlie étaient morts, et il a dit que je finirais par te faire la même chose.

Ma voix se brisa.

– Il avait raison. Je les ai tués. J'aurais dû être là… j'aurais dû être capable de les sauver.

– Non, dit-elle avec autorité. Tristan. Ce n'est pas vrai. Ce qui est arrivé, quoi qu'il soit arrivé à Jamie et Charlie, était un accident. Ce n'est pas de ta faute.

Je hochai la tête.

– Si. C'était de ma faute. J'ai accusé ma mère, mais elle … elle les aimait. Ce n'était pas elle. C'était moi. Ça a toujours été moi…

Chaque mot était plus difficile à sortir que le précédent. Le seul fait de respirer devenait une torture.

– Je dois y aller.

Je m'écartai d'elle, mais elle bloqua la sortie.

– Elizabeth, pousse-toi.

– Non.

– Lizzie…

– Quand je me suis écroulée, quand j'ai touché le fond, tu m'as soutenue. Quand j'ai craqué, tu es resté. Alors, prends ma main et viens te coucher.

Elle m'entraîna dans sa chambre et, pour la première fois, elle ouvrit le côté droit du lit pour que je me glisse sous les draps. Je la pris dans mes bras et elle posa la tête sur ma poitrine.

– J'ai gâché ta soirée d'anniversaire.

Le sommeil alourdissait mes paupières.

– Ce n'est pas de ta faute.

Elle répéta ces mots encore et encore.

– Ce n'est pas de ta faute. Ce n'est pas de ta faute. Ce n'est pas de ta faute.

Tandis que les battements de mon cœur reprenaient peu à peu un rythme normal, que je caressais sa peau du bout des doigts, que je commençais à sombrer dans le sommeil, une partie de mon être se mit à la croire.

Pendant quelques heures, cette nuit-là, je retrouvai ce que ça faisait de n'être pas seul. Pendant quelques heures, j'arrêtai de m'en vouloir.

CHAPITRE 31

Elizabeth

Vers six heures du matin, je me rendis à la cuisine sur la pointe des pieds en laissant Tristan endormi. La maison était silencieuse, mais l'arôme du café fraîchement passé se répandait dans toutes les pièces.

– Vous êtes du matin, vous aussi ? me demanda Mike en souriant, une tasse de café à la main.

Il avait l'air vraiment sympa, et en le voyant sourire comme ça, je culpabilisai de les avoir si mal traités, maman et lui, la veille au soir.

Il sortit une deuxième tasse et me servit un café.

– Vous prenez du sucre ? Du lait ?

– Ni l'un ni l'autre, merci.

Je pris la tasse dans sa main.

– Ah, au moins une chose que nous avons en commun, alors. Je dis toujours que votre mère boit son lait et son sucre avec une larme de café, mais pour moi, plus il est noir, mieux c'est.

Il s'assit sur un tabouret devant l'îlot central et je m'installai à côté de lui.

– Je vous dois des excuses, Mike. Mon attitude, hier soir, était inqualifiable.

Il haussa les épaules.

– Parfois, la vie est bizarre. Il faut bien composer avec cette bizarrerie en espérant trouver des gens bizarres qui iront dans le même sens que vous.

– Est-ce que ma mère est la personne bizarre que vous cherchiez ?

Il m'adressa un large sourire.

Oui. C'est ça.

Il serra les doigts autour de sa tasse en regardant fixement son café noir.

– Richard n'était pas quelqu'un de bien, Elizabeth. Et il a fait des choses horribles à Hannah. Quand ils sont venus dans mon cabinet, ce jour-là, je l'ai vu lever la main sur elle de façon tout à fait inacceptable. Je lui ai dit de sortir de mon cabinet, et il est parti en la laissant en pleurs. J'ai annulé tous mes rendez-vous ce jour-là et je lui ai permis de rester aussi longtemps qu'il le faudrait. Je peux comprendre que vous pensiez que ce qu'il y a entre elle et moi n'est pas sincère. Mais je suis au courant de toute son histoire avec les hommes, de son passé de souffrance, et je veux que vous sachiez que je l'aime. Je l'aime tant que je veux passer le reste de mes jours à la protéger contre de nouvelles souffrances.

Ma tasse tremblait dans mes mains.

– Il la battait ? Il la battait, et moi qui lui ai dit ces choses affreuses hier soir…

– Vous ne saviez pas.

– Ce n'est pas une excuse. Je n'aurais jamais dû lui parler comme ça. Si j'étais à sa place, je ne me pardonnerais jamais.

– Elle vous a déjà pardonné.

– J'avais presque oublié que vous êtes des lève-tôt, tous les deux.

Maman entra dans la cuisine en bâillant. Elle me regarda, les sourcils levés.

– Qu'est-ce qui se passe ?

Je me levai et me précipitai sur elle pour la prendre dans mes bras.

– Liz, qu'est-ce qui te prend ?

– Félicitations pour tes fiançailles.

Son visage s'illumina.

– Tu viendras à notre mariage ?

– Bien sûr.

Elle me serra plus fort.

– Je suis si heureuse, parce que c'est dans trois semaines. Pour le nouvel an.

– Trois semaines ?

Ma voix était montée dans les aigus. Je marquai une pause, l'estomac noué. Mais ce n'était pas de mon opinion qu'elle avait besoin là, tout de suite. Elle avait besoin de mon soutien.

– Trois semaines ! C'est super !

Ma mère et Mike repartirent quelques heures plus tard, non sans avoir joué à Zombieland avec Emma et gagné leurs propres cicatrices de ketchup. Tristan, Emma, Zeus et moi étions assis sur le canapé depuis un petit moment quand Tristan se souleva sur un coude et me regarda.

– Si on allait faire des achats pour ma maison ?

Il nous restait encore quelques bricoles à finir chez lui – le genre de choses dont il déclarait qu'il n'en avait rien à battre, comme choisir des coussins, des tableaux et toutes ces petites touches de décoration que j'adorais.

– Ouais !!!

Je ne refusais jamais une occasion d'aller faire du shopping !

***

– C'est affreux, Thon !

Emma fronçait le nez d'un air dégoûté devant les coussins violet et jaune moutarde que Tristan avait choisis pour mettre sur son canapé.

– Quoi ? Ils sont super !

– Ils sont couleur caca !

Emma éclata de rire.

Je dus reconnaître qu'elle avait raison.

– C'est un peu comme si tu te disais : « Ooh, et si, maintenant que Lizzie et Emma ont si bien travaillé pour que ma maison soit superbe, je l'enlaidissais complètement ? »

Emma acquiesça.

– Ouais. C'est comme si tu te disais ça.

Elle passa ses cheveux derrière son épaule d'un geste brusque.

– Tu ferais mieux de laisser ça aux experts, comme maman et moi.

Il se mit à rire.

– Vous êtes dures avec moi.

Emma monta sur le caddie et Tristan tourna dans l'allée en la poussant à toute vitesse, et rentra en plein dans quelqu'un.

– Pardon ! dit-il immédiatement sans relever les yeux.

– Oncle Tanner !

En poussant un cri strident, Emma sauta du caddie et courut pour embrasser Tanner

– Salut, ma puce.

Tanner lui donna un petit baiser avant de la reposer par terre.

– Qu'est-ce que tu as à la figure ?

Tanner tourna les yeux vers moi. Je regardai fixement les hématomes dus à ce qui s'était passé la veille. D'un côté, j'aurais vraiment voulu le réconforter, mais de l'autre j'avais envie de le gifler pour ce qu'il avait dit à Tristan au sujet de sa famille.

– Tristan, tu ne veux pas aller voir les reproductions avec Emma pour qu'elle t'aide à en choisir quelques-unes ?

Tristan posa gentiment une main sur mon avant-bras.

– Ça va aller ?

Je fis oui de la tête. Ils s'éloignèrent mais pas avant que Tristan se soit excusé auprès de Tanner. Celui-ci ne desserra pas les lèvres, mais dès que Tristan et Emma eurent disparu, il se mit à déverser un flot de commentaires sur moi.

– Tu n'es pas sérieuse, là, Liz ? Hier soir, il agresse ton ami et maintenant tu fais les magasins avec lui, comme si vous étiez une chouette petite famille. Et, en plus, tu l'envoies faire une course seul avec ta fille ?! Qu'est-ce que Steve aurait…

– C'est vrai que tu lui as dit qu'il était responsable de la mort de sa famille ?

Tanner plissa les yeux.

– Quoi ?

– C'est ce que Tristan m'a dit.

– Liz, tu as vu ma tête ?

Il fit un pas vers moi. Ma gorge se serra en voyant de près son œil au beurre noir. Il releva son t-shirt pour me montrer l'hématome sur son côté gauche.

– Regarde mes côtes. C'est l'homme à qui tu viens de confier ta fille qui a fait *ça*. Il s'est jeté sur moi comme une brute, putain, et toi tu es là à me demander ce que je lui ai dit ? *À lui ?* J'étais bourré. J'ai peut-être dit des trucs stupides, mais lui, il s'est déchaîné sans raison. Je l'ai bien vu dans ses yeux, Liz, il est complètement fou.

– Tu mens.

Il ment. Il ment. Tristan est un type bien. Un type vraiment bien.

– Tu n'aurais jamais dû parler de sa famille. Jamais.

Je tournai les talons pour m'éloigner de Tanner et poussai un petit cri en sentant sa main serrer mon avant-bras. Il m'obligea à me retourner vers lui.

– Écoute, je vois ce que c'est. Tu es furieuse contre moi. D'accord. Vas-y. Tu peux me détester. Mais je suis sûr qu'il y a quelque chose qui cloche chez ce mec et je ne serai pas satisfait tant que je n'aurai pas trouvé ce que c'est. Parce que je tiens beaucoup trop à toi et à Emma pour laisser quelque chose vous arriver à toutes les deux. Ouais, d'accord, j'ai eu tort de lui dire des conneries, mais est-ce que ceci justifiait cela ? Tu verras, un de ces quatre, tu lui diras un truc qui ne va pas lui plaire et il se jettera sur toi.

– Tanner, tu me fais mal.

Il relâcha mon bras et des marques rouges apparurent sur ma peau à l'endroit où ses doigts avaient serré.

– Excuse-moi.

Quand j'arrivais au rayon des œuvres d'art dans le magasin, je trouvai Tristan et Emma en train de se disputer. Ils n'étaient pas d'accord sur ce qu'il fallait acheter et, bien sûr, c'était Emma qui avait raison. Tristan me sourit et fit un pas vers moi.

– Tout va bien ?

Je posai la main sur sa joue et le regardai dans les yeux. Son regard doux et gentil évoquait tout ce qu'il y avait de bon dans ce monde. Alors que Tanner disait voir l'enfer dans les yeux de Tristan, moi je n'y voyais que le paradis.

***

Trois semaines s'étaient écoulées depuis mon anniversaire et, petit à petit, tout redevenait normal. Ce soir-là, nous devions partir en voiture vers la ville où habitait ma mère pour assister à son mariage qui devait être célébré ce week-end-là. Avant de partir, Emma avait réussi à nous convaincre de lui acheter une glace alors qu'il faisait moins cinq.

– Moi je trouve que la glace à la menthe, c'est dégoûtant !

Nous revenions de chez le marchand de glaces. Emma, juchée sur les épaules de Tristan, mangeait une glace à la vanille et, de temps en temps, lui faisait tomber des gouttes de glace dans les cheveux.

Quand une goutte tomba sur sa joue, je me penchai pour la lécher puis lui posai un baiser doucement sur les lèvres.

– Merci d'être venu avec nous.

– Je suis surtout venu pour la glace à la menthe.

Il m'adressa un petit sourire moqueur qui resta sur ses lèvres jusqu'à ce que nous arrivions près de chez nous. Mais quand ses yeux se dirigèrent vers mon porche, son regard amusé disparut et il fit descendre Emma de ses épaules.

Tanner était assis devant la maison, tenant des journaux dans sa main crispée.

– Qu'est-ce que tu fais là ?

Il se leva.

– Il faut que je te parle.

Il tourna les yeux vers Tristan avant de revenir vers moi.

– Tout de suite.

– Je n'ai pas envie de parler avec toi. En plus, nous devons partir dans quelques minutes pour aller voir ma mère.

– Il va avec toi ? demanda-t-il à voix basse.

– Ne commence pas, Tanner.

– Il faut qu'on parle.

– Écoute, Tanner, j'ai compris le message. Cela ne te plaît pas que je sois avec Tristan, mais c'est comme ça. Et nous sommes heureux. Je ne vois vraiment pas pourquoi tu ne peux pas…

Il m'interrompit en haussant la voix.

– Liz ! Ça va, j'ai compris. Mais il faut que je te parle.

Ses yeux étincelaient et il avait la mâchoire serrée.

– S'il te plaît.

Je regardai Tristan qui m'observait pour voir ce que j'allais faire. Il semblait que Tanner avait vraiment quelque chose à me dire. Quelque chose qui le tracassait.

– Bon, d'accord. Allons-y.

Il poussa un soupir de soulagement. Je me tournai vers Tristan.

– Je te retrouve tout de suite, ok ?

Il hocha la tête et m'embrassa sur le front avant de s'éloigner. Tanner nous suivit, Emma et moi, dans la maison et Emma alla jouer dans sa chambre tandis que nous restions debout dans la cuisine, à côté de l'îlot central. J'agrippai des deux mains le bord du plan de travail.

– De quoi veux-tu me parler, Tanner ?

– De Tristan.

– Je n'ai pas envie de parler de lui avec toi.

– Il le faut.

Évitant son regard, je me dirigeai vers le lave-vaisselle et entrepris de le vider, histoire de m'occuper les mains.

– Non, Tanner. J'en ai vraiment assez de toutes ces histoires. Pas toi ?

– Tu sais ce qui est arrivé à sa femme et son fils ? Tu sais comment ils sont morts ?

– Il n'en parle jamais et cela ne fait pas de lui un monstre. Cela le rend humain, au contraire.

– Liz, c'était Steven.

– Qu'est-ce que tu veux dire « c'était Steven » ?

Je rangeai les assiettes pêle-mêle dans les placards.

– L'accident avec la femme de Tristan et son fils. C'était Steven. C'est lui qui conduisait la voiture qui les a fait quitter la route.

La gorge serrée, je me tournai vers lui. Il planta ses yeux dans les miens et je fis non de la tête. Il hocha la sienne.

– J'ai continué à faire des recherches sur ce type et je ne te cache pas que j'espérais trouver assez de choses merdiques pour le faire apparaître comme un monstre. Faye est venue au garage pour me supplier d'arrêter ma chasse aux sorcières, parce qu'elle disait que ça détruirait complètement le peu d'amitié que tu avais encore pour moi, mais il fallait que je sache ce que ce mec avait à cacher.

Je n'ai rien trouvé. Il s'avère que c'est juste un type dont le monde s'est écroulé du jour au lendemain.

– Tanner.

– Mais je suis tombé sur ces articles qui parlent de l'accident.

Il me tendit les journaux et je posai les mains sur ma poitrine. Mon cœur battait de façon erratique, s'arrêtait puis repartait en accélérant de façon désordonnée.

– Quand Steven a perdu le contrôle de sa voiture, elle est allée percuter une Altima blanche. Il y avait trois passagers à bord de l'Altima.

– Arrête…

Je portai la main à ma bouche et mon corps se mit à trembler d'horreur.

– Mary Cole, soixante ans, qui s'en est sortie.

– Tanner, s'il te plaît, tais-toi.

– Jamie Cole, trente ans…

Mes larmes se mirent à couler, et mon estomac se tordit tandis qu'il continuait à parler.

– … et Charlie Cole, huit ans, qui perdirent la vie, tous les deux.

De l'acide me remontait dans la gorge et je me détournai en sanglotant dans mes mains, sans pouvoir me contrôler, incapable de croire ce qu'il me disait. Tristan aurait tout perdu à cause de Steven ? Il aurait eu le cœur brisé à cause de *mon* Steven ?

– Il faut que tu partes maintenant.

Tanner posa une main consolatrice sur mon épaule, mais je la repoussai brusquement.

– Là, tout de suite, je ne sais plus où j'en suis, Tanner. Laisse-moi. Va-t'en.

Il poussa un profond soupir.

– Je ne veux pas te faire de peine Liz, je te le jure. Mais, tu imagines, si vous vous en étiez aperçus plus tard ? Tu imagines, s'il ne l'apprenait pas avant que vous ne soyez trop engagés tous les deux ?

Je me retournai.

– Que veux-tu dire ?

– Je veux dire que vous ne pouvez plus rester ensemble après ça. C'est impossible.

D'un geste hésitant, il se massa la nuque.

– Tu n'as pas l'intention de le lui cacher, quand même ?

J'entrouvris les lèvres, mais aucun son n'en sortit.

– Liz, tu es obligée de le lui dire. Il a le droit de savoir.

Je me passai les mains sur les yeux.

– J'ai besoin d'être seule, Tanner. Je t'en prie, va-t'en.

– Tout ce que je dis, c'est que si tu l'aimes, si tu tiens vraiment à lui, alors tu vas devoir le quitter. Pour qu'il puisse enfin tourner la page.

Et il venait juste de dire qu'il ne voulait pas me faire souffrir.

J'avais du mal à le croire.

CHAPITRE 32

Elizabeth

Je ne savais pas comment parler à Tristan des révélations de Tanner. Dans la voiture, en allant chez ma mère, il voyait bien que quelque chose me perturbait, mais il n'insista pas pour que j'en parle. Le soir, pendant la réception donnée pour leur mariage, je m'efforçai de sourire le plus naturellement possible pour maman et Mike. Je fis de mon mieux pour être heureuse pour eux, mais le cœur n'y était pas.

Emma entraîna Tristan sur la piste de danse. Je ne pus m'empêcher de sourire au moment du slow en la voyant lui marcher sur les pieds. Maman s'approcha dans sa belle robe ivoire et s'assit à côté de moi. Elle eut un sourire triste.

– Tu ne m'as pas dit un seul mot de toute la soirée.

– Je suis venue. C'est déjà ça, non ?

Quelque part, je me sentais trahie par cette soudaine précipitation à aller à l'église. Elle avait toujours eu tendance à se jeter tête baissée dans ses histoires d'amour, mais jamais auparavant elle n'avait été assez folle pour passer devant monsieur le curé avec un homme qu'elle connaissait à peine. Je me tournai vers elle.

– Tu fais quoi, là, maman ? Réponds-moi franchement… Tu avais des problèmes d'argent, une fois de plus ? Tu aurais pu m'en parler.

Son visage s'empourpra. De honte ? De colère ?

– Ça suffit, Liz. Je ne peux pas croire que tu me dises ça, et aujourd'hui en plus.

– C'est juste que… c'est tellement soudain.

– Je sais.

– Et moi, je sais que cet homme a beaucoup d'argent. Il n'y a qu'à voir cette réception.

– L'argent n'a rien à voir là-dedans.

Je haussai les sourcils.

– Puisque je te le dis !

– Alors, c'est quoi ? Dis-moi quelle raison t'a poussée à te jeter dans cette histoire si ce n'est pas l'argent. Qu'est-ce que tu y gagnes ?

– Je te l'ai déjà dit. L'amour. J'y gagne l'amour, murmura-t-elle, l'air béat.

Pour une raison que je ne m'expliquai pas, ces mots me firent mal. Cela me serrait le cœur qu'elle avoue aimer un autre homme que mon père. Les larmes me montèrent aux yeux.

– Comment as-tu pu ? Comment as-tu pu jeter les lettres, comme ça ?

– Quoi ?

– Les lettres de papa. Je les ai trouvées dans la poubelle juste avant qu'Emma et moi ne partions de chez toi. Comment t'as pu faire ça ?

Elle poussa un profond soupir et croisa les mains.

– Je ne les ai pas jetées comme ça, Liz. J'ai relu chacune de ces lettres tous les soirs pendant seize ans. Tous les soirs. Des centaines de lettres. Et un jour, je me suis réveillée et je me suis dit qu'elles étaient comme une bouée à laquelle je me raccrochais, mais qu'en fait c'était une béquille qui me handicapait plus qu'autre chose et m'empêchait de vivre ma propre vie. Ton père était un homme merveilleux. Avec lui, j'ai appris à vivre pleinement. À m'abandonner à la passion. Et puis j'ai oublié. J'ai oublié tout ce qu'il m'avait appris le jour où il est parti. Je me suis perdue. Il a fallu que je me débarrasse de cette béquille qu'étaient ces lettres afin de guérir. Toi, tu es beaucoup plus forte que moi.

– Pourtant, je me sens encore faible. Pratiquement tout le temps.

Elle prit mon visage entre ses mains et appuya son front contre le mien

– C'est justement ça. Au moins tu ressens quelque chose. Moi, j'étais comme anesthésiée, je ne ressentais plus rien. Toi, si. Il faut savoir ce que ça fait d'être faible pour vraiment trouver sa propre force.

– Mike… il te rend vraiment heureuse ?

Son visage s'illumina.

C'était vrai, elle l'aimait.

Je ne pensais pas qu'on avait vraiment le droit d'aimer de nouveau.

– Tristan, dit-elle, il te rend heureuse ?

Je hochai timidement la tête.

– Et ça te fait peur ?

Je hochai la tête une deuxième fois.

Elle sourit.

– Ah. Eh bien, alors ça veut dire que tu fais bien.

– Que je fais quoi bien ?

– De tomber amoureuse.

– C'est trop tôt…

Ma voix tremblait en disant ça.

– C'est trop tôt pour qui ?

– Je ne sais pas. La société ? Au bout de combien de temps est-on censé pouvoir retomber amoureux ?

– Les gens disent des tas de choses et donnent des tas de conseils sans qu'on le leur demande, sur la façon de mener son deuil. Ils te disent de ne pas avoir de relations pendant des années, de laisser passer du temps, mais justement en amour, le temps n'existe pas. La seule chose que l'amour puisse compter, c'est les battements de ton cœur. Si tu l'aimes, ne t'impose pas d'interdits. Autorise-toi de nouveau à éprouver des sentiments.

– Il y a une chose que je dois lui dire. Une chose terrible, et je crois que je vais le perdre.

Elle fronça les sourcils.

– Dans tous les cas, s'il tient à toi autant que tu tiens à lui, il comprendra.

Je fondis en larmes en plongeant dans ces yeux si semblables aux miens.

– Maman. Je pensais t'avoir perdue à jamais.

– Je suis désolée d'être partie, mon bébé.

Je la pris dans mes bras.

– Cela n'a plus d'importance. Tu es revenue.

***

Comme j'avais un peu trop bu, Tristan prit le volant pour rentrer après le mariage. Emma, quant à elle, s'endormit dès le départ. Nous gardions le silence, mais tant de choses furent dites quand ma main, qui avait été seule si longtemps, se posa sur celle de Tristan et que nos doigts s'entremêlèrent.

Je ne pouvais détacher mon regard de nos mains enlacées. Je les soulevai et déposai un léger baiser sur la sienne. Comment parviendrais-je à lui dire pour Steven et l'accident ?

Comment parvenir à dire adieu ?

Il me jeta un coup d'œil et me fit un petit sourire.

– Tu es soûle ?

– Un petit peu.

– Tu es heureuse ?

– Très.

– C'est gentil de m'avoir invité. Je pense que j'ai les pieds tout bleus tellement Emma les a piétinés, mais j'ai adoré.

– Elle est folle de toi.

Ses yeux scrutaient la route plongée dans l'obscurité.

– Et moi, je l'adore.

Oh, mon cœur. Il s'arrêta de battre. Ou bien s'emballa. Peut-être les deux à la fois.

Je posai un deuxième baiser sur sa main et traçai du bout des doigts chaque ligne qui traversait sa paume.

Quand il arrêta la voiture devant chez moi, Tristan souleva Emma de son siège auto et la porta dans sa chambre. Tandis qu'il la déposait sur son lit, je l'observai depuis la porte. Il lui enleva ses chaussures et les posa au pied du lit.

– Je ferais probablement mieux de rentrer chez moi, dit-il en venant vers moi.

– Oui, probablement.

Il sourit.

– Encore merci pour cette soirée. C'était génial.

Il posa un petit baiser sur mon front et passa devant moi pour partir.

– Bonne nuit, Lizzie.

– Ne fais pas ça.

– Ne fais pas quoi ?

– Ne rentre pas chez toi. Reste ici cette nuit.

– Quoi ?

– Reste avec moi.

Il fronça les sourcils.

– Tu es soûle.

– Un peu.

– Mais tu as envie que je reste ?

– Très.

Il posa les mains sur mes reins et m'attira contre lui.

– Si je restais, j'aurais envie de te tenir dans mes bras jusqu'au matin, et je sais que ça te fait peur.

– Beaucoup de choses me font peur. Un tas de choses me terrifient, mais être dans tes bras n'en fait plus partie.

Il passa le doigt sur ma lèvre inférieure et j'entrouvris les lèvres. Il releva délicatement mon menton pour m'embrasser lentement et doucement.

– Je t'adore, murmura-t-il.

– Je t'adore, répliqué-je.

Il posa les doigts sur ma poitrine pour sentir les battements de mon cœur. Je posai les mains sur sa poitrine pour sentir les siens.

– J'aime ça, murmura-t-il.

– J'aime ça aussi, répliqué-je.

Les prunelles de ses yeux se dilatèrent et il respira mon odeur.

Je respirai la sienne, je me laissais légèrement enivrer par son être tout entier. Il avait l'odeur du vent qui passe dans les pins majestueux de la forêt : rafraîchissante, réconfortante, paisible. *Comme chez soi.* Cela faisait si longtemps que je ne m'étais pas sentie chez moi.

Nous absorbions le souffle l'un de l'autre, nous en voulions toujours plus, sans le dire. Il me suivit dans ma chambre ou nos vêtements tombèrent sur le sol quand nos lèvres se joignirent.

– Tout le monde en ville pense que c'est mal. Tout le monde pense que nous avons amorcé une bombe à retardement qui va exploser d'un moment à l'autre. Et je suis persuadée que je ne vais pas manquer de tout gâcher. À ce moment-là, tout le monde dira « je te l'avais bien dit ».

Il soupira en passant les lèvres sur mon ventre nu.

– L'espace d'un instant, faisons comme s'ils avaient raison. Faisons comme si au bout du compte, nous serons malheureux. Mais aussi longtemps que l'air entrera et sortira de mes poumons (sa langue se baladait le long de l'élastique de ma culotte), jusqu'à mon dernier souffle, je me battrai pour toi. Je me battrai pour nous.

CHAPITRE 33

Elizabeth

Tout d'abord, je tombai amoureuse d'une idée. Je tombai amoureuse de l'idée d'un homme qui pourrait un jour me faire rire, sourire et pleurer tout en même temps. Je tombai amoureuse de l'idée qu'il m'aimait pour ma cassure, pour mon cœur qui souffrait. Je tombai amoureuse de l'idée de ses baisers, de ses caresses, de sa chaleur.

Et puis, un matin frisquet, je sortis sous mon porche, une tasse de café fumante à la main. Il était allongé dans la pelouse couverte de neige et regardait les nuages avec Emma à côté de lui. Ils se bagarraient tout le temps à propos des choses les plus bêtes. Ce matin-là, ils n'étaient pas d'accord sur les animaux qu'ils voyaient en regardant les nuages. Tristan voyait une girafe alors qu'Emma jurait que c'était un pingouin, alors au bout d'un moment il a prétendu qu'il voyait un pingouin, lui aussi.

Emma fit un grand sourire et ils se turent tous les deux en bougeant les bras et les jambes pour faire des anges de neige parfaits.

C'est dans ce moment de silence que je sus. Je l'aimais. Je l'aimais tellement. Ça n'avait plus rien d'un rêve ni d'une simple idée.

C'était réel.

C'était vrai.

C'était l'amour.

Il me faisait sourire. Il me rendait heureuse. Il me faisait rire dans un monde déterminé à me faire pleurer.

Les larmes me montèrent aux yeux quand je tentai de comprendre comment – comment était-il possible qu'il me soit donné d'aimer un tel homme et qu'il m'aime aussi ?

C'était une sensation tellement précieuse d'aimer et d'être aimée en retour. De trouver un homme qui non seulement vous aimait mais qui chérissait aussi ce que vous aviez de plus précieux – votre petite fille. J'étais bénie au-delà de toute expression.

Emma et moi, nous aimions Tristan sans réserve, et il nous aimait pareillement. Peut-être aimait-il nos cicatrices plus que tout. Peut-être la forme d'amour la plus sincère naissait-elle des douleurs les plus profondes.

Je savais qu'il fallait que je lui parle de l'accident. Je savais que je devais le mettre au courant, mais ça me fut impossible ce matin-là. Ce matin-là, je voulais qu'il sache une chose et une seule.

Ils se relevèrent tous les deux. Emma se précipita dans la maison pour le petit déjeuner et je restai sous le porche, appuyée contre la rambarde, avec un sourire réservé exclusivement à Tristan. Il avait les mains enfoncées dans les poches de son jean et des brins d'herbe étaient accrochés à sa chemise et dans ses cheveux humides. J'étais certaine que c'était Emma qui l'avait bombardé d'herbe. Quand son pied aborda la première marche, il continua à me sourire et passa devant moi pour entrer dans la maison.

– Je t'aime.

Il se retourna et son sourire s'élargit encore.

Parce qu'il le savait déjà.

CHAPITRE 34

Elizabeth

Un soir, tard, je me plantai devant mon armoire pour regarder les vêtements de Steven. En prenant une profonde inspiration j'entrepris de tous les décrocher des cintres. Je vidai toutes les commodes. Je sortis tout ce qu'il y avait dans les tiroirs.

En expirant lentement, je les mis dans des cartons pour les donner.

Ensuite, j'allai vers mon lit et je tirai les draps.

J'étais prête à laisser Tristan entrer pleinement dans ma vie en sachant que ça voulait dire tourner la page sur Steven. Pour vraiment aller de l'avant, je savais que je devais parler de l'accident à Tristan. Il avait le droit de savoir et il en avait besoin, aussi. Si réellement il pensait ce qu'il avait dit en parlant de se battre pour moi – pour nous – alors il le supporterait, malgré tout.

Du moins, c'était ce que j'espérais. Pourtant, au fond de moi, je savais que nous n'irions pas bien après ça. Notre bombe à retardement faisait de plus en plus de bruit à mesure que le temps passait.

***

– Il faut qu'on parle.

Tristan et moi étions sous le porche chez moi.

– Tu te souviens que Tanner est passé avant le mariage ?

– Est-ce qu'il t'a fait de la peine ?

Il passa la main sur ma joue et s'avança dans l'entrée, tout près de moi. Je reculai.

– Que t'a-t-il dit ?

J'avais les mots sur le bout de la langue, à ce moment-là, mais je sentais que si je parlais, ces petites marques d'affection disparaîtraient pour toujours. J'entrouvris les lèvres pour lui faire comprendre, mais je savais que si je lui disais ce que Tanner avait découvert, je le perdrais. Je n'étais pas encore prête à abandonner le rêve que nous partagions.

– Bébé… pourquoi pleures-tu ?

Je n'avais même pas pris conscience des larmes qui roulaient sur mes joues. D'autres larmes se formèrent dans mes yeux quand il s'approcha de moi.

– Lizzie, qu'est-ce qu'il y a ?

Je fis non de la tête.

– Rien, rien. Est-ce que tu penses… tu veux bien me serrer dans tes bras un instant ?

Il m'enveloppa de ses bras et me serra contre lui. Tout en respirant son odeur, j'étais convaincue que si je lui disais la vérité – et je savais que je devais le faire – je perdrais ce moment. Il ne me prendrait plus dans ses bras. Il ne me toucherait plus. Il ne m'aimerait plus. Du bout des doigts, il se mit à me caresser le dos en petits mouvements circulaires et je le serrai contre moi en essayant de retenir quelque chose que je savais déjà perdu.

– Tu sais que tu peux me faire confiance, pas vrai ? Tu sais que tu peux tout me dire. Je te jure que je serai toujours là pour toi.

En m'écartant de lui, je lui fis un petit sourire pincé.

– J'ai besoin de me reposer, c'est tout.

– On va se coucher, alors.

Il hocha la tête et posa doucement la main sur mes reins pour me guider vers ma chambre.

– Je veux dire toute seule. J'ai besoin d'une nuit de repos toute seule.

La déception évidente dans ses yeux orageux me brisa le cœur, mais il me fit un petit sourire plein de tristesse.

– Oui, bien sûr.

– On parlera demain, je te le promets. Je passerai à la boutique de monsieur Henson.

– D'accord. C'est une idée.

Il se frotta la nuque d'une main hésitante.

– Tout va bien ?

Il semblait inquiet. Je hochai la tête. Il prit ma tête dans ses mains et posa un baiser sur mon front.

– Je t'aime, Lizzie.

– Moi aussi, je t'aime.

Il eut un mouvement de recul.

– Alors, pourquoi est-ce que j'ai l'impression qu'on se dit adieu ?

Parce que je crois que c'est le cas.

CHAPITRE 35

Tristan

6 avril 2014
Un jour avant l'adieu

– Je suis mort.

Je me parlai à moi-même en regardant fixement mon reflet dans le miroir de la salle de bains. La bouteille de whisky vide était posée sur la tablette, à côté du flacon de médicaments orange, et ma vision commençait à se troubler. J'entendais mes parents, à l'extérieur, parler des détails de dernière minute, de l'organisation du service funéraire et de notre transfert de l'église jusqu'au cimetière.

– Je suis mort.

Ma cravate pendait autour de mon cou en attendant que je la noue. Je clignai des yeux et quand je les rouvris, Jamie était devant moi en train de nouer ma cravate.

Des larmes me montèrent aux yeux et je levai la main pour lui caresser la joue.

– Qu'est-ce qui ne va pas, Bébé ? Pourquoi es-tu si effondré ?

Je me mis à sangloter, incapable de contrôler mes cris.

– Je suis mort, Jamie ! Je suis mort. Je veux que tout ça s'arrête. Que ce soit fini. Je ne veux plus être ici.

Elle posa les lèvres contre mon oreille.

– Chhh... Bébé, il faut que tu respires. Tout va bien.

– Rien ne va bien. Rien ne va bien.

On tambourina sur la porte de la salle de bains.

– Tristan ! C'est papa. Ouvre cette porte, Fils.

Je ne pouvais pas le faire. J'étais mort. J'étais mort.

Jamie baissa les yeux vers le lavabo et ramassa le flacon de médicaments et la bouteille de whisky, vides.

– Bébé, qu'as-tu fait ?

Je me laissai glisser le long du mur et m'assis contre la baignoire en sanglotant. Jamie se précipita sur moi.

– Tris, il faut te faire vomir, tout de suite.

– Je ne peux pas... je ne peux pas...

Je pris mon visage dans mes mains, tout était flou autour de moi. Mon esprit me jouait des tours. Je disparaissais. Je me sentais disparaître.

– Chéri, pense à Charlie. Il ne voudrait pas te voir comme ça. Allez.

Elle me poussa vers les toilettes.

– Ne fais pas ça, Tris.

Je commençai à vomir. Tout en moi brûlait et quand le whisky et les cachets remontèrent de mon estomac, ma gorge s'enflamma.

Je retombai contre le mur. J'ouvris les yeux et Jamie n'était plus là – elle n'avait jamais été là, en fait. Je me passai les mains dans les cheveux.

– Pardonnez-moi.

Qu'allai-je faire ? Comment allais-je survivre ?

– Tristan, s'il te plaît, dis-nous que tu vas bien !

Mon père et ma mère criaient derrière la porte. Je réussis à leur mentir.

– Ça va.

J'entendis maman soupirer de soulagement.

– Je sors dans une seconde.

Je pouvais presque sentir la main de mon père sur mon épaule, essayant de me réconforter.

– D'accord, Fils. Prends ton temps, nous sommes là. Nous n'allons nulle part.

***

Elizabeth avait dit qu'elle me rejoindrait chez monsieur Henson le lendemain, mais à la dernière minute, elle changea ses plans. Cinq jours s'écoulèrent sans que nous parlions vraiment. Ses stores étaient fermés depuis le début de la semaine et quand je cognais à sa porte, c'était toujours comme si elle était sur le point de sortir, ou même elle m'ignorait complètement.

Je fis un saut chez Savory & Sweet pour savoir si elle travaillait et je tombai sur Faye qui hurlait à un client que « non, les œufs brouillés n'étaient pas trop liquides ». J'interrompis la dispute.

– Salut, Faye.

Elle se tourna vers moi en posant les mains sur ses hanches. Je voyais bien l'hésitation dans son regard. Nous ne nous étions pas revus depuis la fois où j'avais agressé Tanner dans le bar et je voyais qu'elle ne savait pas trop comment s'adresser à moi. J'avais entendu dire que les ragots allaient bon train en ville, et j'étais certain que des fausses rumeurs à mon sujet lui étaient parvenues aux oreilles.

– Salut.

– Elizabeth travaille aujourd'hui ?

– Elle est en arrêt… depuis quelques jours déjà.

– Ah bon ? D'accord.

– Pourquoi n'es-tu pas simplement passé chez elle pour prendre de ses nouvelles ? Vous vous êtes disputés ou quoi ?

Elle se tendit.

– Elle va bien ?

– Nous ne nous sommes pas disputés. Du moins, pas que je sache. C'est juste…

Je me raclai la gorge.

– C'est juste qu'elle ne m'adresse plus la parole, et je ne sais pas pourquoi. Elle ne t'aurait rien dit, par hasard ? Tu es sa meilleure amie et…

– Je pense que tu ferais mieux de partir, Tristan.

À son air inquiet, je voyais qu'elle ne me croyait pas. Qu'elle ne croyait pas que je n'avais pas fait de mal à Elizabeth.

Je hochai la tête et en ouvrant la porte pour sortir, je marquai un temps d'arrêt.

– Je l'aime, Faye. Je comprends que tu te méfies de moi et même que tu puisses me détester. Pendant longtemps, je me suis conduit comme une brute. Après la mort de Jamie et Charlie, je suis devenu cet animal que je ne reconnaissais pas moi-même. Je suis désolé si je t'ai fait peur le soir de son anniversaire, et je suis désolé d'avoir pété les plombs… mais jamais je ne lui ferais de mal. Elle est…

J'appuyais mon poing sur ma bouche en me mordant l'intérieur de la joue pour tenir mes émotions à distance.

– L'année dernière, je suis mort en même temps que ma femme et mon fils. J'ai quitté la réalité et ce monde. Cela m'allait bien d'être parti, parce que ça faisait mal d'être vivant, ça faisait mal tous les jours, putain ! C'est alors que Lizzie est arrivée, et, bien que je sois un mort-vivant, elle a vu au-delà de tout ça. Même si j'étais la mort, elle a pris le temps de me ressusciter. Elle a transmis un souffle de vie dans mon âme. Elle m'a ramené des ténèbres. Et maintenant, elle ne prend plus mes appels et ne me regarde même plus. Ça me démolit parce que je pense qu'elle souffre et je ne peux pas l'aider à respirer comme elle l'a fait pour moi. Alors oui, tu peux me détester. Je t'en prie, déteste-moi autant que tu veux. Je le mérite, et, pour le bien d'Elizabeth, je peux m'en accommoder. Je suis de retour parmi les vivants. Mais je te demande juste une petite faveur, pourrais-tu aller prendre de ses nouvelles ? Si tu pouvais l'aider à respirer l'espace d'un instant, ça compterait beaucoup pour moi.

Je sortis de la cafétéria en enfonçant les mains dans les poches de mon jean.

– Tristan !

Je me retournai et vis que Faye me regardait fixement. Ses yeux s'étaient adoucis. Elle avait abandonné son attitude agressive.

– Ouais ?

– J'irai la voir, promis. Je vais l'aider.

En arrivant vers la boutique de monsieur Henson, je reconnus la silhouette de Tanner à travers la vitrine. Je pressai le pas. Il était probablement venu lui mettre la pression, une fois de plus, pour qu'il vende son magasin. J'aurais bien aimé qu'il lui fiche la paix avec ça.

– Qu'est-ce qui se passe ?

La sonnette de la porte retentit au-dessus de ma tête. Tanner se retourna et me fit un sourire sournois.

– On parlait affaires, c'est tout.

Je regardai monsieur Henson, il était tout rouge. Il n'était pas du genre à se mettre en colère, mais là, je voyais bien que quelque chose que lui avait dit Tanner l'avait contrarié.

– Tu ferais peut-être mieux de t'en aller, Tanner.

– Fiche-moi la paix, Tristan. Nous avions juste une petite discussion amicale, monsieur Henson et moi.

Tanner saisit un paquet de cartes de tarot et commença à les mélanger dans ses mains.

– Pensez-vous que vous pourriez me tirer les cartes vite fait, monsieur Henson ?

Mon ami ne répondit pas.

– Va-t'en, Tanner.

Il sourit d'un air narquois et se pencha sur monsieur Henson.

– Pensez-vous que les cartes diront que vous allez me céder cet espace ? Est-ce pour cela que vous n'osez pas le faire ? Vous avez peur de regarder la vérité en face ?

Je posai la main sur l'épaule de Tanner et il eut un mouvement de recul. *Parfait.* La façon hautaine dont il parlait à monsieur Henson me faisait bouillir.

– Tu dois partir maintenant.

Monsieur Henson poussa un soupir de soulagement en voyant que je prenais la situation en mains et il s'éclipsa dans l'arrière-boutique.

Tanner retira vivement ma main et brossa sa veste.

– Du calme, Tristan. Je ne faisais que plaisanter avec le vieux.

– Tu ferais mieux de partir.

– C'est vrai, tu as raison. Il y a des gens qui travaillent pour de vrai. Ah, au fait ? Je suis content de voir que Liz et toi vous avez pu surmonter le choc après qu'elle t'a dit pour l'accident. C'est cool. Je veux dire, punaise, tu es meilleur que moi. Je ne pense pas que j'aurais pu supporter la présence d'une personne qui serait mêlée à une histoire pareille.

– De quoi tu parles ?

Il haussa un sourcil.

– Attends, tu ne sais pas ? Merde… Liz a prétendu qu'elle te l'avait dit.

– Qu'elle me l'avait dit ? Qu'elle m'avait dit quoi ?

– Que c'était son mari qui conduisait la voiture qui a percuté celle de ta famille.

Il plissa les yeux.

– Elle ne t'a vraiment rien dit ?

La gorge sèche, je me dis que peut-être il me baratinait. Tanner me détestait parce que j'aimais Elizabeth. C'était un sale con sournois qui prenait un malin plaisir à pousser les autres à bout, et maintenant il était déterminé à s'en prendre à moi.

La dernière chose qu'il dit fut qu'il était désolé, qu'il n'avait pas voulu créer de problèmes. Il dit qu'il était content qu'Elizabeth et moi nous soyons trouvés. Il dit qu'il ne voulait rien de plus que son bonheur, mais je savais que toutes ces bonnes paroles n'étaient qu'un tissu de conneries.

***

Ce soir-là, je m'assis sur mon lit, téléphone à la main, et j'appelai mon père. Je ne dis rien quand il répondit, mais ça me faisait du bien d'entendre sa voix. J'en avais besoin.

– Tristan.

J'entendis presque le soulagement dans le ton de sa voix.

– Salut, Fils. Ta mère m'a dit que tu l'avais appelée il n'y a pas longtemps mais que tu n'avais pas parlé. Elle a aussi eu l'impression de te croiser à Meadows Creek quand elle est allée au marché, mais je pense que c'était juste son esprit qui lui jouait des tours.

Il marqua une pause.

– Tu ne veux pas me parler, hein ?

Il s'arrêta de nouveau.

– Ce n'est pas grave. J'ai toujours été plutôt bavard.

C'était un mensonge – mon père avait toujours été le moins bavard de mes deux parents, il était plutôt celui qui écoutait. Je mis le haut-parleur et m'allongeai sur mon lit en fermant les yeux, pendant que mon père me mettait au courant de tout ce que j'avais manqué.

– Tes grands-parents sont à la maison, et je pense que je peux dire qu'ils me rendent dingue. Ils font tout refaire chez eux et ta mère a pensé que ce serait une bonne idée de les faire venir ici, pendant les travaux. Cela fait déjà trois semaines qu'ils sont là et j'ai vu passer plus de gin que j'aurais cru possible. Oh, et ta mère m'a plus ou moins convaincu de m'inscrire à un cours de gym avec elle parce qu'elle s'inquiète de mon régime de chips et de soda. Alors, j'y suis allé, bien sûr j'étais le seul homme. J'ai fini par faire de la zumba pendant une heure. Heureusement pour moi, mes hanches ne m'ont pas trahi, et il paraît que je suis doué.

Je rigolai.

Il me parla comme ça pendant une bonne partie de la soirée tandis que je déambulais de pièce en pièce, en écoutant ses histoires, en l'écoutant parler de sport et des Packers qui étaient toujours les meilleurs de la NFL[15]. À un moment, je l'ai entendu ouvrir une bière et j'en ai ouvert une moi aussi. C'était presque comme si nous buvions ensemble.

Un peu après minuit, il m'a dit qu'il devait aller se coucher. Il m'a dit qu'il m'aimait et qu'il serait toujours au bout du fil si jamais j'avais juste besoin d'entendre quelqu'un me parler.

Juste au moment où j'allais raccrocher, mes lèvres s'entrouvrirent.

– Merci, Papa.

J'entendis sa voix se briser sous le coup de l'émotion.

– Quand tu veux, Fils. N'hésite pas à appeler, à chaque fois que tu en as besoin, de nuit comme de jour. Et quand tu seras prêt à revenir, nous serons là. Nous serons toujours là pour toi. Nous n'allons nulle part.

Le monde aurait besoin de plus de parents comme les miens.

---

15 La National Football League. Les Packers sont une franchise de la National Football League basée à Green Bay, dans le Wisconsin.

CHAPITRE 36

Elizabeth

– Ma petite vieille, si dans quatre secondes tu n'as pas ouvert cette porte, je l'enfonce et je viens te chercher par la peau des fesses !

Faye hurlait sous mon porche. Quand j'ouvris la porte, elle poussa un cri étouffé.

– Pour l'amour de Dieu, depuis quand tu ne t'es pas douchée ?

J'étais en pyjama, les cheveux en bataille et les yeux gonflés. Je levai un bras et je reniflai mon aisselle.

– J'ai mis du déodorant.

– Oh, chérie !

Elle fronça les sourcils en entrant dans le salon.

– Où est Emma ?

– On est vendredi soir, elle passe la nuit chez ses grands-parents.

Je me laissai tomber sur le canapé.

– Qu'est-ce qui se passe, Liz ? Ton petit ami est passé à la cafétéria pour me dire que tu refusais de lui parler ? Il t'a fait du mal ?

– Quoi ? Non. Il est… il est parfait.

– Alors, pourquoi tu lui bats froid ? À quoi ça rime, ce look de SDF ?

Elle s'assit à côté de moi.

– Parce que je ne peux plus lui parler. Je ne peux pas continuer à sortir avec lui.

Et je lui racontai ce que je savais à propos de l'accident et lui expliquai pourquoi ça ne pouvait pas marcher entre Tristan et moi. L'expression de gravité que prit son regard n'était pas quelque chose que je voyais souvent chez elle, ce qui était bien la preuve que la situation n'était pas à prendre à la légère.

– Ma puce, il faut que tu lui parles. Il est dans tous ses états en se demandant ce qu'il a bien pu faire de mal.

– Je sais bien. Mais, tu vois… je l'aime. Et je me rends compte qu'à cause de cette histoire, je vais le perdre.

– Écoute, je n'y connais pas grand-chose en matière d'amour, et quand on m'a brisé le cœur, j'ai semé la merde, au sens propre du terme. Et après l'avoir fait, j'avais toujours le cœur brisé et j'étais toujours aussi triste. Quelqu'un m'a dit que ça valait quand même le coup, parce qu'au bout du compte, tu as au moins eu la chance de savoir ce que c'était qu'aimer.

Je hochai la tête et m'allongeai en posant la tête sur ses genoux.

– Quand est-ce que la vie arrête de vous faire souffrir ?

– Quand on apprend à dire à la vie d'aller se faire voir et que l'on apprécie les plus petites raisons de sourire.

– Je suis désolée que Matty t'ait brisé le cœur.

Elle haussa les épaules et enleva l'élastique qui retenait mes cheveux avant de les peigner avec les doigts.

– Je m'en remettrai. Mon cœur est juste un peu fêlé. Alors, qu'est-ce qu'on fait ce soir ? On peut se faire un vrai truc de fille et regarder *N'oublie jamais*[16] ou un truc dans le genre, ou... on peut se commander des pizzas, de la bière et regarder *Magic Mike XXL*[17].

Magic Mike l'a emporté.

***

Le lendemain après-midi, j'entrais au Bazaar de l'Épouvante avec Emma et je trouvai Tristan tout sourires, au comptoir.

– Salut les filles ! dit-il, les yeux brillants.

– Salut, Thon !

Emma grimpa dans un des fauteuils.

Il se pencha vers elle et lui balança une pichenette sur le nez.

– Salut, Taine. Un chocolat chaud ?

– Avec des marshmallows !

---

16 *The Notebook*, en anglais. Film de Nick Cassavetes sorti en 2004, tiré d'un best-seller de Nicholas Spark.

17 Film de Gregory Jacobs, sorti en 2015, mettant en scène des strip-teaseurs.

– Avec des marshmallows !

Son allure joyeuse était assez déconcertante. Je ne savais pas trop quoi en penser ni comment le prendre. Cela faisait des jours qu'on ne s'était pas parlé, et pourtant il se conduisait comme si tout allait bien.

– Elizabeth, tu prends quelque chose ?

Il m'avait appelée Elizabeth, pas Lizzie.

– Un verre d'eau, ça ira.

Je m'assis à côté d'Emma.

– Tout va bien ?

Il me servit un verre d'eau et tendit à Emma son chocolat « à moitié chaud », dans lequel il mettait toujours quelques glaçons. Elle bondit de sa chaise et partit à la recherche de Zeus.

– Tout va bien. Tout va très bien.

Je haussai un sourcil.

– Il faut qu'on parle. Je me doute que tu es contrarié parce que je t'évite depuis…

Il eut un petit sourire moqueur.

– Ah bon ? Je n'avais pas remarqué.

– Oui, c'est juste que…

Il se mit à essuyer le comptoir.

– Que c'est ton mari qui a tué ma famille ? Ouais, non, c'est cool.

– Quoi ?

Ma gorge se serra et mes oreilles se mirent à tinter des paroles qu'il venait de prononcer.

– Comment as-tu …

– Ton meilleur pote, Tanner, il est passé hier. Il voulait, tu sais, persuader monsieur Henson de fermer boutique. Alors, on a eu une petite discussion, lui et moi. Il trouvait sympa que je sois capable de passer par-dessus le fait que, tu sais, ton mari ait tué ma famille.

– Tristan.

Il posa le chiffon sur le comptoir et se pencha vers moi.

– Il y a combien de temps que tu le sais ?

– Je … j'allais te le dire.

– Combien de temps ?

– Tris… je ne savais pas…

– Bon Dieu, Elizabeth, cria-t-il en tapant du poing sur le comptoir.

Emma et monsieur Henson nous regardèrent, inquiets. Monsieur Henson entraîna vivement Emma dans l'arrière-boutique.

– Depuis combien de temps ? Tu le savais quand tu m'as dit que tu m'aimais ?

Je restai muette.

– Tu le savais au mariage ?

– Je … je me disais… je me disais que j'allais te perdre. Je ne savais pas comment te le dire.

Il hocha la tête avec un petit sourire pincé.

– Génial. Cela fera deux dollars et vingt cents pour le chocolat.

– Laisse-moi t'expliquer.

– Deux vingt, Elizabeth.

Ses yeux couleur d'orage étaient redevenus froids. J'y retrouvai la froideur que je n'avais plus revue depuis la première fois où nous nous étions rencontrés. Je cherchai dans ma poche, sortis de la monnaie que je posai devant moi. Tristan ramassa l'argent et le lança dans la caisse.

– On en reparlera un peu plus tard, si tu veux bien. Je tenterai de t'expliquer.

Il me tournait le dos et avait les mains crispées sur le bord du comptoir à côté de la machine à café. Il avait la tête baissée, et les jointures de ses doigts blanchissaient tellement il serrait fort.

– Tu voulais autre chose ?

– Non.

– Alors, je t'en supplie, reste en dehors de ma vie, putain !

Tristan lâcha le comptoir, appela Zeus qui se précipita vers lui et ils sortirent de la boutique en faisant tinter la sonnette au-dessus de leurs têtes.

Monsieur Henson et Emma sortirent de l'arrière-boutique.

– Qu'est-ce qui s'est passé ?

Monsieur Henson vint vers moi et posa une main sur mon épaule, mais elle ne suffit pas à arrêter les tremblements de tout mon corps.

– Je crois que je viens de le perdre définitivement.

CHAPITRE 37

Tristan

7 avril 2014
L'adieu

Je me tenais debout au sommet de la colline à l'autre bout du cimetière avec Zeus à mes pieds. Tous les autres étaient réunis autour des cercueils posés côte à côte, tous vêtus de noir, des larmes plein les yeux. Mon père tenait dans ses bras ma mère qui tremblait. Tous nos amis étaient là, terrassés par le chagrin.

La maîtresse de Charlie est venue et a pleuré tout le temps.

Elle se disait sûrement que c'était trop injuste. C'était trop injuste que Charlie n'ait jamais l'occasion d'apprendre les fractions et de savoir ce que c'était l'algèbre. Qu'il n'apprendrait jamais à conduire. Qu'il n'aurait jamais à s'inscrire à l'université ni à tomber amoureux et à oublier cet amour. Qu'il ne danserait jamais le slow avec sa mère le jour de son mariage. Qu'il n'aurait jamais à me présenter son premier-né. Qu'il n'aurait jamais l'occasion de dire adieu...

Je m'essuyai les yeux en reniflant et Zeus vint plus près et posa la tête sur ma chaussure.

Bon sang, j'étouffais.

Ils descendirent Jamie dans la terre en premier et mes jambes vacillèrent.

– Ne pars pas...

Puis ils descendirent Charlie.

– Non...

Mes jambes cédèrent sous moi. Je m'écroulai sur le sol, les mains sur la bouche, et Zeus vint me réconforter en léchant mes larmes, en essayant de me faire croire que ça allait, que j'allais bien, que tout finirait par aller bien, d'une façon ou d'une autre.

Mais je ne le croyais pas.

J'aurais dû descendre de la colline et me tenir auprès de mes parents, mais je ne le fis pas. J'aurais dû dire à Jamie et à Charlie à quel point je les aimais, mais les mots restaient coincés dans ma gorge.

Je me levai et tournai les talons, les doigts serrés sur la laisse de Zeus.

Je tournai le dos à Jamie.

Je tournai le dos à mon fils.

Et j'appris à quel point c'est douloureux de devoir dire adieu.

***

– Alors comme ça, tu fuis, me dit monsieur Henson une semaine plus tard quand je me garai devant chez lui pour lui dire adieu.

Je haussai les épaules.

– Je ne fuis pas. Je poursuis mon chemin. Les choses vont et viennent, vous devriez savoir ça mieux que personne.

Il passa la main sur sa barbe grise.

– Mais, ce n'est pas ce que tu fais. Tu ne poursuis pas ton chemin, tu fuis, une fois de plus.

– Vous ne comprenez pas. Son mari…

– N'est pas elle.

– Monsieur Henson…

– Mon ex adorait la magie. Il passait son temps à essayer de me convaincre de l'aider à réaliser son rêve, qui était d'ouvrir une boutique de tarots dans cette ville. Il croyait au pouvoir de l'énergie, au pouvoir thérapeutique des cristaux. Il croyait que la magie pouvait rendre la vie plus supportable. Je pensais qu'il était fou. Je bossais huit heures par jour et c'est tout juste si je faisais attention à lui. Je trouvais ridicule ce rêve d'avoir sa propre boutique. Déjà que nous étions un couple d'homos – la vie était bien assez difficile comme ça. La dernière chose dont nous avions besoin, c'était d'être un couple d'homos qui croient à la magie. Et puis, un beau jour, il est parti. Je n'avais rien vu venir, mais avec le temps je me suis rendu compte que c'était entièrement de ma faute. Je ne l'avais pas assez pris au sérieux quand il était à moi, alors, quand je l'ai perdu, ça a été un coup dur. Après son départ, je me suis senti terriblement seul. J'ai compris que c'était probablement ce qu'il avait toujours ressenti. Personne ne devrait se sentir seul en étant amoureux. J'ai laissé tomber mon job et j'ai essayé de réaliser son rêve de magie. J'ai étudié les pouvoirs thérapeutiques des cristaux et des plantes. J'ai travaillé dur pour comprendre ses rêves et quand j'y suis arrivé, il était trop tard. Il était passé à autre chose et à quelqu'un d'autre, qui l'aimait à ce moment-là. Ne te détourne pas de Liz à cause d'un événement dont elle n'est pas responsable. Ne fuis pas l'occasion d'être heureux à cause d'un accident. Parce que, au bout du compte, il ne s'agit pas de tarots, ni de cristaux, ni de tisanes magiques. Ce n'est pas là que réside la magie. La magie réside dans les petits moments. Dans les petites attentions, les sourires affectueux, les rires muets. La magie, c'est de vivre l'instant et de s'autoriser à respirer et à être heureux. Mon cher garçon, la magie, c'est d'aimer.

Je me mordillai la lèvre inférieure en l'écoutant. J'avais envie de le croire et je me disais que quelque part je comprenais vraiment ce qu'il voulait dire. Mais en même temps, tout au fond de moi, je me sentais coupable. Jamie méritait mieux. Pour moi, c'était égoïste même d'envisager simplement d'aimer une autre personne après si peu de temps.

– Je ne sais pas comment. Sincèrement, je ne sais pas comment je pourrais aimer Lizzie alors que je n'ai jamais dit adieu à mon passé.

– Tu repars pour dire adieu ?

– Je crois que je repars pour réapprendre à respirer.

Monsieur Henson plissa le front, mais dit qu'il me comprenait.

– Si jamais tu as besoin d'une épaule pour poser ta tête et d'un ami à qui faire appel, je serai là.

Je le serrai dans mes bras.

– C'est bon de le savoir. Et si jamais vous vendez votre boutique à un sombre connard, je reviendrai pour me battre bec et ongles.

Il ricana.

– Ça marche !

J'ouvris la porte d'entrée en écoutant la sonnette au-dessus de ma tête pour la dernière fois.

– Vous prendrez soin d'elles ? Emma et Lizzie ?

– Je ferai attention à ce que leur thé et leur chocolat ne soient jamais trop chauds.

Après que nous nous étions dit adieu, je sortis de la boutique, sautai dans ma voiture et démarrai avec Zeus à mes côtés. Je conduisis pendant des heures, sans trop savoir où j'allais, sans même savoir si j'avais un endroit où aller, mais conduire sans but était ce qui me convenait à ce moment-là.

***

Quand je me garai devant la maison, il était plus de trois heures du matin, et la lampe sous le porche était encore allumée. Quand j'étais ado, je traînais dehors bien après l'heure autorisée et je leur en avais fait voir de toutes les couleurs avec ça. Malgré ça, maman laissait toujours la lampe du porche allumée pour que je sache qu'ils attendaient que je rentre.

– Qu'est-ce que tu en penses, mon bonhomme ? On entre ?

Zeus, roulé en boule sur le siège passager, me regardait en remuant la queue.

– Ok. Allons-y.

Une fois sous le porche, je frappai au moins cinq fois avant d'entendre la clé tourner dans la serrure. Mon père et ma mère se tenaient devant moi, en pyjama, les yeux ronds, comme s'ils voyaient un fantôme. Je me raclai la gorge.

– Écoutez, je sais que je me suis mal conduit avec vous pendant toute cette année. Je sais que j'ai disparu sans dire un mot. Je sais que j'ai perdu les pédales et que j'ai erré dans ma tête pour essayer de retrouver mon chemin. Je sais que je vous ai dit des choses horribles avant de partir, en vous reprochant ce qui était arrivé. Mais je …

Je me passai une main sur la bouche avant de les enfoncer toutes les deux dans les poches de mon jean. Je me mis à donner des coups de pied dans des cailloux imaginaires sur le sol.

– Je me demandais si je pourrais habiter ici quelque temps ? Parce que je suis toujours perdu. Je continue à errer. Mais je ne pense pas que je puisse continuer seul. J'ai juste besoin de… heu… j'ai juste besoin de mon papa et de ma maman pendant quelque temps, si vous êtes d'accord.

Ils sortirent sous le porche et me prirent dans leurs bras.

La maison.

Ils m'accueillirent à la maison.

CHAPITRE 38

Elizabeth

– Comment ça, il est parti ?

Je m'agrippai des deux mains au bord du comptoir dans la boutique de monsieur Henson pendant qu'il me préparait une tasse de thé. C'était vendredi après-midi, je venais de déposer Emma chez ses grands-parents comme toutes les semaines, et comme je n'avais pas vu ni eu de nouvelles de Tristan depuis plusieurs jours, j'étais prête à craquer. Il fallait que je lui parle, ou au moins que je sache comment il allait.

– Il y a deux jours. Je suis désolé, Liz.

Monsieur Henson n'était pas aussi jovial que d'habitude. Je commençai à avoir peur.

– Et il revient quand ?

Silence.

Je posai les mains sur mes hanches et tapai du pied.

– Il est parti où ?

– Je n'en sais rien, Liz.

Je ricanai, au bord des larmes, morte d'inquiétude.

– Il ne répond pas au téléphone.

Ma voix tremblait. Mes épaules montaient et descendaient.

– Il refuse de prendre mes appels.

– Ma petite chérie, vous avez traversé beaucoup d'épreuves, tous les deux. Je sais que ça doit être dur pour toi…

– Non, il ne s'agit pas de moi. Je veux dire, moi je peux gérer qu'il ne réponde pas au téléphone. Je peux admettre qu'il m'ignore. Mais une enfant de cinq ans qui se demande où sont passés Thon et Zeus ? Elle se demande où sont partis ses deux amis. Elle me demande pourquoi Zeus ne vient pas jouer avec elle et pourquoi Tristan ne lui lit plus d'histoires le soir. Alors, oui, je suis triste qu'il ne me parle plus, mais je suis furieuse qu'il ait abandonné Emma comme ça, sans un mot, sans une pensée. Je suis furieuse qu'elle pleure parce qu'ils lui manquent. Et ça me brise le cœur de ne même pas pouvoir lui dire où il est ni s'il va revenir. Il m'avait dit qu'il se battrait pour nous, et quand il faut le faire, il n'y a plus personne.

Ma voix se brisa.

– Elle mérite mieux que ça.

Il avança une main et la posa sur la mienne. Une légère vague de réconfort se répandit en moi.

– Vous méritez tous mieux que ça.

– Bon, je ferais mieux d'y aller. Si jamais vous avez de ses nouvelles…

Je ne finis pas ma phrase. Je ne savais pas si je voulais que monsieur Henson dise à Tristan de revenir ou d'aller se faire voir. Donc, je sortis de la boutique, en pleine confusion.

***

Ce soir-là, j'étais au lit avant dix heures. Je ne dormais pas, je regardais le plafond dans l'obscurité de ma chambre. Je me tournai sur le côté et regardai la place vide à côté de moi. Quand je reçus un coup de fil de Kathy me disant qu'Emma voulait rentrer plus tôt, je mentirais si je disais que ça ne m'a pas fait pas plaisir.

En rentrant, elle est venue se coucher à côté de moi dans mon lit. Je lui lus quelques chapitres du *Petit monde de Charlotte* en prenant ma plus belle voix de zombie, et ses rires me ramenèrent aux choses importantes.

Après l'histoire, nous étions toutes les deux couchées sur le côté l'une en face de l'autre. Je l'embrassai sur le bout du nez et elle fit de même.

– Maman ?

– Oui ?

– Je t'aime.

– Je t'aime aussi, mon bébé.

– Maman ?

– Oui ?

– Thon faisait bien le zombie, mais je préfère quand c'est toi.

Elle bâilla et ferma les yeux. Je passai les doigts dans ses cheveux blonds désordonnés et elle commença à se laisser glisser dans le sommeil.

– Maman… ?

– Oui ?

– Zeus et Thon me manquent.

Je me pelotonnai contre elle et je m'endormis seulement quelques minutes après elle. Je ne le lui dis pas, mais ils me manquaient aussi.

Terriblement.

***

Le lendemain, je sautai du lit en entendant le bruit d'une pelle grattant le trottoir devant chez moi.

– Tristan…

J'enfilai précipitamment mon peignoir et mes chaussons et me ruai dehors. Quand j'ouvris la porte, l'éclair d'espoir qui m'animait s'évanouit en voyant Tanner, debout sur le trottoir, qui dégageait la neige fraîchement tombée.

– Qu'est-ce que tu fais ? dis-je en croisant les bras.

Il tourna la tête vers moi et me lança un regard de haut en bas en haussant les épaules.

– Je passais voir comment vous alliez, Emma et toi ?

Il arrêta de pelleter et appuya le menton sur la poignée de la pelle.

– Et puis, je suis à peu près sûr que tu es fâchée contre moi.

Je soufflai.

Fâchée ?

C'était un euphémisme – j'étais furieuse.

– De quel droit as-tu parlé de l'accident à Tristan ?

J'essayai de l'obliger à me regarder en face. Peut-être que s'il me regardait dans les yeux, il verrait tout le mal qu'il m'avait fait. Peut-être que s'il me regardait dans les yeux, il verrait qu'il avait tout gâché entre Tristan et moi. *Tu ne t'en veux pas du tout ?*

Mais il évitait mon regard. Il baissa les yeux et donna des coups de pied dans la neige avec ses bottes.

– Je croyais que tu le lui avais déjà dit.

– Tanner, tu savais très bien que je ne l'avais pas fait. Je ne sais pas ce qui t'arrive dernièrement. Est-ce parce que je n'ai pas voulu sortir avec toi ? Est-ce parce que ça t'a vexé ? Je n'arrête pas de me demander pourquoi tu as pu faire quelque chose d'aussi cruel et je ne trouve pas. Je n'arrive pas à comprendre pourquoi tu m'as fait ça.

Il se passa la main sur la bouche et marmonna quelque chose.

– Quoi ? Parle plus fort.

Il ne dit rien.

Je descendis les marches et me plantai devant lui.

– Cela fait des années que l'on se connaît, Tanner. Tu étais à mon mariage. Tu es le parrain de ma fille. Tu m'as soutenue aux obsèques de mon mari. Alors, s'il existe une raison qui explique ton comportement étrange, s'il y a une raison qui explique que tu nous aies séparés Tristan et moi, alors tu dois me la dire. Parce que s'il existe une raison tangible, une raison légitime pour laquelle tu penses que je ne devrais pas être avec lui, je pourrai peut-être dépasser ce sentiment que j'éprouve. Je pourrai peut-être trouver un moyen de te regarder sans avoir la nausée.

– Tu ne comprendrais pas.

Il ne relevait toujours pas la tête.

– Qu'est-ce que tu en sais ? Essaie toujours.

– Mais…

– Tanner !

– Bon sang, mais je t'aime, Elizabeth !

Il se décida finalement à me regarder dans les yeux.

Je fus tellement prise de court que je reculai en trébuchant et que mon cœur s'arrêta un instant. Il lâcha sa pelle et leva les mains en signe de défaite.

– Je suis amoureux de toi. Depuis des années. Depuis la première fois où je t'ai vue. J'ai caché mes sentiments pendant tout ce temps parce que mon meilleur pote t'aimait, lui aussi. Et que tu l'aimais. Je n'en ai jamais soufflé mot parce que je savais que si quelqu'un méritait ton amour, c'était Steve. Mais après sa mort…

Il s'approcha de moi et fit passer mes cheveux derrière mes oreilles.

– Je n'avais pas prévu qu'après ton retour en ville, je te désirerais autant. J'ai enfoui mes sentiments aussi profondément que j'ai pu. Mais c'est alors que ce Tristan est arrivé, et je me suis retrouvé sur la touche encore une fois, à regarder quelqu'un d'autre te faire rire, quelqu'un d'autre te rendre heureuse, quelqu'un d'autre t'aimer. Alors, chaque jour qui passait me rendait un peu plus jaloux. Chaque jour, je voulais tes rires, tes sourires, *toi*. Je te voulais, toi, Liz. Alors, j'ai fait ce que j'ai pu pour vous séparer, Tristan et toi. Je sais que c'était dégueulasse de faire ça, et je ne te demande pas de me pardonner, mais…

Il soupira et entrelaça ses doigts avec les miens.

– Je t'aime tellement que je ne suis pas sûr que mon cœur puisse supporter de ne pas t'avoir à moi.

Ses doigts étaient noués avec les miens mais au lieu de la chaleur que ceux de Steven faisaient monter en moi, au lieu de la tendresse que ceux de Tristan m'inspiraient, je ne ressentais que de la froideur. Tenir la main de Tanner me faisait me sentir plus seule que jamais.

– Tu nous as délibérément séparés.

J'étais sidérée. Je lâchai sa main et la passai dans mes cheveux.

– Tu t'es permis d'intervenir dans ma *vie,* dans mes *choix,* parce que tu *m'aimes* ?

– Il n'est pas l'homme qu'il te faut.

Je secouai la tête.

– Ce n'est pas à toi d'en décider.

– Il te ferait souffrir. C'est un monstre, je le sais. Et regarde ce qui est arrivé, au premier problème il a filé. Moi, je ne te laisserais pas, Liz. Je me battrais pour toi.

– Pourtant tu ferais peut-être mieux.

Il haussa un sourcil.

– Je ferais peut-être mieux de quoi ? De me battre pour toi ? Je le ferai, je te jure que je le ferai.

Je me redressai en croisant les bras.

– Non, tu ferais peut-être mieux de me laisser.

– Lizzie…

– *Arrête !* dis-je d'une voix sifflante. Ne m'appelle pas comme ça. Tu es fou de croire que je voudrais avoir quoi que ce soit à faire avec toi. Quand on aime quelqu'un, on ne fait pas tout ce qu'on peut pour lui faire du mal. Quand on aime vraiment quelqu'un, on veut son bonheur avant tout. Ce n'est pas Tristan le monstre, Tanner. C'est de toi que les gens devraient se méfier. Tu es malade. Tu délires. Maintenant, laisse-moi tranquille. Ne remets plus les pieds chez moi. Si tu me croises en ville, tourne la tête de l'autre côté. Parce que je ne veux vraiment plus rien avoir à faire avec toi.

– Tu ne penses pas ce que tu dis.

Il tremblait de tous ses membres et son visage était devenu blême. Je remontai les marches, accompagnée par ses cris.

– Tu ne le penses pas, Liz ! Tu es en colère, mais ça va s'arranger. Ça ira, tu m'entends ?

Dès que j'eus mis un pied dans la maison, je claquai la porte et m'adossai contre. Mon cœur battait à se rompre en entendant Tanner qui continuait à hurler dehors que ça allait s'arranger, que tout irait bien pour nous.

Mais ce n'était pas vrai.

La seule condition pour que j'aille bien aurait été de ne plus jamais le revoir de ma vie.

CHAPITRE 39

Tristan

Après mon départ de Meadows Creek, les semaines défilèrent, puis les mois. Je passais le plus clair de mon temps dans le jardin derrière la maison de mes parents, à couper du bois que je sculptais. Je fabriquais des objets de mes mains parce que j'avais l'impression que c'était la seule chose qui me restait de moi-même.

Quand mai arriva, je pensais toujours à Elizabeth. Emma me manquait toujours. Je n'avais toujours pas trouvé comment dire adieu à Jamie. J'attendais toujours le retour de Charlie. Je n'aurais jamais cru qu'il était possible de voir deux fois mon univers s'écrouler en une période aussi courte.

Ma mère m'appela de la maison.

– Tristan. Tu viens dîner ?

– Non merci, ça va.

Elle fronça les sourcils.

– D'accord.

Les mains sur ma hache, je baissai la tête.

– En fait si, je crois que je vais manger.

Elle montra tant d'enthousiasme que je fus tenté de sourire. Même si je n'avais pas faim du tout, la joie que je voyais sur son visage me donnait envie de dévorer. Maman avait eu des moments tellement difficiles depuis l'accident. Je n'arrivais même pas à imaginer la culpabilité qu'elle ressentait, le nombre de conflits intérieurs qu'elle avait à résoudre quotidiennement en pensant que c'était elle qui était au volant ce jour-là. De surcroît, je ne lui avais pas rendu les choses faciles.

Le moins que je pouvais faire, c'était de m'asseoir à table avec mon père et elle pour dîner.

– Tu envisages de revendre la maison de Meadows Creek ? demanda mon père.

– Je n'en sais rien. Sans doute. Je m'occuperai de tout ça la semaine prochaine.

– Si tu as besoin d'aide, dis-le moi. Je ne m'y connais pas trop en immobilier, mais je suis plus à l'aise sur Google que la plupart des gens de mon âge.

Je me mis à rire.

– J'y penserai.

En levant les yeux, je vis que ma mère me regardait, l'air aussi préoccupée que tout à l'heure dans le jardin. Je m'agitai sur mon siège, mal à l'aise.

– C'était super-bon.

Elle garda son air triste.

– Merci.

Je me frottai la nuque.

– Qu'est-ce qui ne va pas ?

– C’est juste que tu es… Il s’est passé quelque chose ? Tu as l’air si triste.

– Je vais bien.

– Non, tu ne vas pas bien.

Mon père se racla la gorge et lui lança un regard sévère.

– Arrête, Mary. Laisse-lui du temps.

– Je sais, je sais. Mais je suis sa mère et le pire pour une mère, c’est de voir son enfant souffrir sans rien pouvoir faire.

Je passai la main par-dessus la table et la posai sur la sienne.

– Tu as raison, je ne vais pas bien. Mais ça va s’arranger.

– Promis ?

– Promis.

***

Je n’étais pas allé au cimetière depuis mon retour. Je restais des heures dans ma voiture à me demander ce que j’allais bien pouvoir faire de ma vie. Comment tourner la page ? En me retrouvant soudain garé devant le cimetière, je sentis mon estomac se nouer. Il me fallut faire un effort considérable pour sortir de la voiture et avancer un pied devant l’autre.

Je n’étais pas revenu depuis l’enterrement. Debout devant la pierre tombale de Jamie et Charlie, je sentis mes yeux se remplir de larmes quand je déposai les fleurs que j’avais apportées.

– Salut, vous deux. Désolé de ne pas vous avoir rendu visite plus tôt. La vérité, c'est que je faisais tout ce que je pouvais pour fuir, parce que je ne savais pas comment vivre sans vous. Je vous ai abandonnés pour vous trouver des remplaçants. Sans savoir si ces personnes existaient vraiment, mais j'étais incapable d'imaginer n'avoir plus de famille. C'était inimaginable de vivre dans un monde dont vous ne faisiez plus partie. Je ne sais pas comment vivre sans vous. Je ne sais pas comment continuer à être au monde… alors dites-moi ce que je dois faire. *Je vous en prie.* Je suis complètement paumé. Je ne pense pas pouvoir continuer sans vous.

Mon cœur battait à se rompre et je me laissai glisser sur le sol, m'autorisant enfin à ressentir la perte de Jamie et de Charlie. Ils représentaient tout pour moi. Charlie était mon cœur et Jamie mon âme, et je les avais laissés tomber en me détournant d'eux. En n'honorant pas leur mémoire comme ils le méritaient. *J'avais essayé de les remplacer.*

– S'il vous plaît, réveillez-moi. Réveillez-moi. Réveillez-moi et dites-moi que je suis plus fort que je le crois. Réveillez-moi et dites-moi que mon cœur a fini de se briser.

Je restai avec eux jusqu'au coucher du soleil. Les bras autour de mes genoux, je restai immobile, les yeux rivés sur les mots gravés sur la pierre. L'absence, l'absence des êtres qui vous connaissaient mieux que vous ne vous connaissiez vous-même, vous laisse vide à l'intérieur. J'avais essayé de combler ce vide mais, en fait, il valait peut-être mieux le garder comme ça dans mon cœur.

Il ne passait pas un jour sans que je sente la douleur, sans que les souvenirs n'affluent. Pas un jour sans que je pense à eux. Je me dis que ça correspondait à l'aspect bénéfique d'avoir eu le cœur brisé.

– Si je pouvais te confier un secret, Jamie, je te dirais que je l'aime encore. Je te dirais qu'Elizabeth est une bonne personne qui apporte du bien dans ce monde. Je te dirai que c'est grâce à elle si j'ai recommencé à respirer. Alors, qu'est-ce que je dois faire ? Comment est-ce que je peux redémarrer sans elle, puisque je sais que je ne peux pas l'avoir. Si seulement…

Je m'éclaircis la voix, je ne savais pas exactement ce que je regrettais. Les réponses aux questions qui n'avaient pas été posées, je suppose. En me levant pour partir, j'embrassai deux fois le bout de mes doigts que je posai ensuite sur la pierre tombale grise.

Juste avant de me retourner, je vis une petite plume blanche descendre en flottant pour venir se poser sur mon bras. Un vague de consolation se répandit sur moi et je hochai la tête. Je comprenais que c'était un baiser que m'envoyaient mes êtres chers.

– Ça va aller. Je vais m'en sortir.

Je savais que je finirais par aller mieux, un jour, parce qu'il apparaissait clairement que je n'étais pas seul.

***

– Qu'est-ce que tu regardes ? me demanda ma mère une après-midi où j'étais assis à la table de salle à manger que mon père lui avait fabriquée pour Noël quelques années auparavant.

Je tenais à la main la photo qu'Emma avait prise d'Elizabeth et moi avec les plumes blanches, plusieurs mois plus tôt. Je l'avais regardée tous les jours depuis que j'étais parti.

– Rien.

– Fais voir, dit-elle en s'asseyant à côté de moi.

Quand je lui passai la photo, elle poussa un petit cri étouffé.

– C'est elle !

– C'est qui ?

– Kevin ! Kevin, viens voir !

Mon père se rua dans la pièce.

– Qu'est-ce qu'il y a ?

Elle lui tendit la photo et il plissa les yeux pendant qu'elle s'expliquait.

– Le jour de l'accident ! C'est cette jeune femme ! J'étais effondrée dans la salle d'attente pendant que Charlie et Jamie étaient tous les deux partis au bloc. Je sanglotais sans pouvoir me contrôler et cette jeune femme est venue vers moi et m'a prise dans ses bras. Elle est restée avec moi tout le temps, à me soutenir et à me dire des paroles réconfortantes.

– C'est bien elle ? Tu es sûre ?

– Il n'y a pas le moindre doute. C'est elle. Quand Jamie et Charlie sont sortis du bloc, je ne savais pas quoi faire, vers qui aller en premier… alors elle est restée avec Jamie pendant que j'étais avec Charlie.

Soudain, elle me regarda d'un air surpris.

– Qu'est-ce que tu fais sur cette photo avec elle ?

Je repris la photo des mains de mon père et regardai Elizabeth qui souriait, en essayant de comprendre ce qui se passait.

Elle est restée aux côtés de Jamie.

– Je n'en sais rien.

CHAPITRE 40

Elizabeth

Adieu

– Non.

J'étais debout dans la salle d'attente, un médecin se tenait devant moi.

– Je suis désolé. Il n'a pas supporté l'intervention. Nous avons tout tenté pour arrêter l'hémorragie, mais nous n'avons pas pu...

Ses lèvres continuaient à bouger, mais je ne l'entendais plus. Mon univers venait de s'écrouler sous mes pieds et mes jambes ne me portaient plus, je dus m'asseoir sur le siège le plus proche.

– Non.

Je pris mon visage dans mes mains.

Tout avait été si vite ! Comment pouvait-il avoir disparu ? Comment pouvait-il me laisser là, toute seule ?

Steven, non…

Avant l'opération, je lui tenais la main. Je lui avais dit que je l'aimais. Je l'avais embrassé une dernière fois.

Comment peux-tu être mort ?

Le médecin s'éloigna en me répétant à quel point il était désolé, mais je m'en fichais. Kathy et Lincoln sont arrivés quelque temps après et leurs cœurs volèrent en éclats avec le mien. Nous n'arrivions pas à nous décider à quitter l'hôpital, jusqu'à ce que Lincoln dise qu'il fallait partir, qu'il fallait penser à organiser les choses.

– Je vous retrouve à la maison. Bon sang ! Emma est chez Faye. Vous croyez que vous pourriez aller la chercher ?

– Qu'est-ce que tu vas faire ? demanda Kathy.

– Je vais rester encore un peu.

Elle fronça les sourcils.

– Ma chérie...

– Non, ça va. Je vais bien. Je vous rejoins très vite. Seulement, pourriez-vous... ne pas lui dire tout de suite ?

Kathy et Lincoln acquiescèrent.

Je restai pendant des heures dans cette salle d'attente. Je ne sais pas ce que j'attendais. On aurait dit que toutes les personnes qui étaient là étaient comme moi : attendant une réponse, une prière, une lueur d'espoir.

Dans un coin, une femme d'un certain âge pleurait toutes les larmes de son corps. Personne ne l'accompagnait et je me sentis attirée vers elle. Son corps meurtri était couvert d'hématomes, comme si elle venait d'échapper de justesse à un accident épouvantable. Et pourtant, la douleur que je vis dans ses yeux bleu-gris, couleur d'orage, fut ce qui retint le plus mon attention. Je n'avais rien à faire dans son propre univers, mais j'y pénétrai. Je la pris dans mes bras et elle ne me repoussa pas. Je la pris dans mes bras et nous pleurâmes ensemble.

Quelque temps après, une infirmière vint informer la femme que son petit-fils et sa belle-fille étaient sortis du bloc, mais tous deux dans un état critique.

– Vous pouvez aller les voir. Vous pouvez vous asseoir dans leur chambre, mais ils sont inconscients. Il faut que vous le sachiez. Vous pouvez toujours leur tenir la main.

– Comment est-ce que je ...

Sa voix se brisa et ses larmes ruisselèrent.

– Comment est-ce que je peux choisir lequel je vais voir en premier ? Comment est-ce que je ... ?

– Je vais m'asseoir auprès de l'un d'eux en vous attendant. Je lui tiendrai la main.

Elle me dit d'aller auprès de sa belle-fille. Quand je suis entrée dans la chambre, un frisson me parcourut de la tête aux pieds. La pauvre femme était blême. Elle n'était plus qu'un fantôme vivant. Je tirai une chaise à côté de son lit et pris sa main dans la mienne.

– Bonjour. Cette situation est étrange et je ne sais pas trop quoi dire. Mais, bon, je m'appelle Elizabeth. J'ai vu votre belle-mère et elle est très inquiète pour vous. Alors, il faut vous battre. Elle m'a dit que votre mari allait arriver. Il a interrompu son voyage. Il est très inquiet lui aussi.

Vous voyez, il faut vous battre. Je sais que c'est dur, mais tenez bon.

Des larmes roulaient sur mes joues tandis que je regardais cette inconnue qui semblait si familière à mon cœur. Je me suis dit que j'aurais été effondrée si je n'avais pas pu au moins tenir la main de Steven avant qu'il meure. Je me penchai sur elle et lui murmurai à l'oreille, en espérant que mes paroles parviendraient jusqu'à son âme :

– Votre mari va avoir besoin que vous soyez forte. Nous devons faire tout pour que votre mari aille bien. Nous devons faire tout pour qu'il puisse vous prendre dans ses bras. Qu'il puisse vous dire qu'il vous aime. Vous ne pouvez pas lâcher prise maintenant. Continuez à vous battre.

Je sentis ses doigts presser les miens et je baissai les yeux sur nos mains jointes.

– Madame ?

Je me retournai. À la porte, une infirmière me regardait, étonnée.

– Vous êtes de la famille ?

Je ne détachai pas les yeux de nos mains.

– Non. Je ne fais que...

– Je vais devoir vous demander de sortir.

Je hochai la tête.

Et je lâchai sa main.

***

– Il continue à me laisser des petits mots sur des Post-it.

Je soupirai, assise sur la balançoire avec Faye tandis qu'Emma grimpait à la toile d'araignée et glissait sur le toboggan.

– De temps en temps, je trouve un Post-it sur ma fenêtre et je ne sais pas quoi penser de ces messages. Il dit qu'il m'aime toujours et qu'il veut de moi, mais ensuite… plus rien. Je ne sais vraiment pas quoi penser.

– Il te fait marcher, et ça, ce n'est pas cool. Je ne comprends pas du tout pourquoi il fait ça. Tu crois que c'est pour t'embêter ? Genre, pour te punir de ne pas lui avoir parlé de l'accident ?

Je secouai la tête.

– Non. Il ne ferait pas ça.

– Ça fait des mois, Liz. Il ne t'a pas appelée une seule fois. Il n'a pas donné de nouvelles à part un petit bout de papier de temps en temps. Ce n'est pas normal.

– Les choses n'ont jamais été normales entre Tristan et moi.

Elle baissa la balançoire et leva les yeux vers moi.

– Il est peut-être temps que ça change, alors. Tu as droit à une vie normale.

Je ne dis rien mais je savais qu'elle n'avait peut-être pas tort.

J'aurais seulement voulu que ces Post-it ne me laissent pas tant espérer qu'il me reviendrait peut-être un jour.

***

J'ai juste besoin d'un peu de temps pour savoir où j'en suis. Je reviendrai bientôt. Je t'aime. TC

***

Attends-moi. TC

***

Les gens avaient tort à notre sujet. Je t'en prie, attends-moi. TC

***

– Tu as du violet sur la bouche, Sam.

Je venais de prendre mon service à la cafétéria. Sam se passa rapidement la main sur les lèvres en rougissant. Quelques semaines plus tôt, Matty avait commencé à l'envoyer dans la cuisine, pour le service du déjeuner, pour qu'il apprenne à cuisiner les plats au menu. Sam avait l'air super-heureux de faire enfin quelque chose qui lui plaisait, et il s'avérait qu'il était très doué.

– Merci, dit-il en soulevant une pile d'assiettes pour les emporter à la plonge.

Juste quand il passait dans la porte, Faye en sortait et ils exécutèrent un petit pas de deux maladroit.

En me voyant, Faye poussa des cris. Je souris.

– Sympa, ce rouge à lèvres violet !

Elle sourit.

– Merci ! Je viens juste de l'acheter.

– J'ai l'impression d'avoir déjà vu cette couleur quelque part.

Elle secoua la tête.

– Nan. Je l'ai acheté hier soir.

– Non, je voulais dire que je l'ai vu, genre il y a cinq minutes, sur les lèvres de Sam.

Son visage s'empourpra et elle se précipita vers moi en se tordant les doigts.

– Oh, merde ! Ce taré de Sam met le même rouge à lèvres que moi ? Il faut que j'en change tout de suite.

Je haussai un sourcil.

– Arrête tes conneries. Allez, vas-y, dis-le moi.

– Te dire quoi ?

– Le surnom que tu as donné à son tu -sais-quoi.

Elle leva les yeux au ciel.

– Oh bon sang, Liz. On a presque trente ans. Tu ne crois pas qu'on pourrait arrêter de se conduire comme des gamines pour une fois ?

Au ton grave de sa voix, alors qu'elle se dirigeait vers le comptoir pour y prendre une brioche pour un client, je me demandai si elle était vraiment en train de grandir, jusqu'à ce qu'elle crie à travers la salle.

– Sam Grandetaille !

J'éclatai de rire.

– Et quand je pense que, pendant tout ce temps, tu as tout fait pour me convaincre que Sam était taré.

– Oh, mais c'est vrai. Il est complètement taré. Tu ne sais pas ce qu'il a fait hier soir ?

Elle tira un siège vers une table vide et s'assit. Je continuais à me demander comment elle arrivait à garder son boulot ici.

– Non. Qu'est-ce qu'il a fait ?

Je m'assis en face d'elle. Au point où on en était, autant faire comme elle.

– Eh bien, pour commencer, il n'arrête pas de me demander comment je vais, ce qui est plutôt bizarre. C'est comme s'il voulait me connaître.

– Comme tu dis, c'est complètement loufoque.

– Tu vois ! Et ce n'est pas tout. Hier soir, il est venu chez moi et quand je lui ai demandé dans quelle pièce il voulait me sauter, il était là « *Non, je veux t'inviter dans un endroit classe* », et après qu'on a dîné et bu quelques coups, il m'a raccompagnée jusque chez moi, m'a embrassée sur la joue et m'a dit qu'il adorerait qu'on sorte encore ensemble un de ces soirs ! Il n'a même pas essayé de rencontrer ma chatte.

– QUEL TARÉ !

– TU VOIS !

Elle marqua une pause et jeta un coup d'œil dans la cuisine où Sam se mettait aux fourneaux. Un minuscule sourire dansa sur ses lèvres, puis elle se tourna vers moi.

– Il n'est peut-être pas si taré, après tout.

– Non, en effet. Je suis contente qu'il puisse travailler en cuisine. Je me souviens qu'il m'a dit que c'était ça qu'il voulait faire.

– Ouais, en plus il est super-doué pour ça.

– Ça m'étonne que Matty le laisse cuisiner.

Elle haussa les épaules.

– Il n'a pas vraiment eu le choix. Je l'ai menacé d'envoyer la vidéo où on le voit danser nu sur les Spice Girls à tous les gens qui travaillent ici s'il ne lui donnait pas sa chance.

Je me levai et me préparai à retourner travailler.

– Tu es horrible, Faye. Mais tu es une amie géniale.

– C'est mon côté Scorpion. Je t'adore tant que tu ne fais rien qui me mette en colère. Sinon, je te fais l'enfer.

Je me mis à rire.

– Oh, merde ! s'exclama-t-elle soudain en bondissant de son siège.

Elle posa les deux mains sur mes épaules et m'obligea à pivoter pour tourner le dos à la vitrine.

– Bon, tu ne paniques pas, ok ?

– À propos de quoi ?

– Bon, tu te souviens quand ton mari est mort et que tu as disparu pendant un an, et que tu es revenue, mais que tu étais complètement dépressive et que tu as commencé à sauter un connard qui s'est avéré ne pas être un connard mais juste un mec qui était malheureux parce que sa femme et son fils étaient morts ? Et après, quand lui et toi vous avez entamé une espèce de relation bizarre où vous faisiez semblant d'être tous les deux quelqu'un d'autre, mais un jour vous vous êtes dit « *je voudrais que tu sois toi et que je sois moi* » et alors vous êtes tombés amoureux. Et c'est là que tu as découvert que, genre, ton mari était impliqué dans la mort de sa femme et de son fils, et ça, ça a foutu la merde et le mec a quitté la ville, mais, on ne sait pas pourquoi, il a pensé que c'était une bonne idée de continuer à te laisser des petits mots sur des Post-it qui te perturbent et te font de la peine et tu te dis « *Oh bon sang, c'est comme si j'allais avoir mes règles, mais quatre semaines par mois, et je ne peux même pas m'empiffrer de glaces parce que, chaque fois que je pleure dans mon bol de Ben and Jerry, ça fait tout fondre !* » Tu te souviens de tout ça ?

Je clignai des yeux.

– Oui, je crois. Ça me dit quelque chose. Merci pour ce petit voyage dans le temps.

– C'était un plaisir. Bon, ne flippe pas, mais, justement… voilà ce mec dont tu es tombée amoureuse ? Eh bien, il est en face, dans la boutique de magie.

Je me retournai d'un bond et je vis Tristan avec monsieur Henson dans le magasin. Les battements de mon cœur montèrent en flèche et tout mon corps se mit à trembler.

Tristan.

– Ça y est, tu flippes !

Je secouai la tête.

– Pas du tout.

– Je te dis que tu flippes.

Je fis oui de la tête.

– Tu as raison. Mais qu'est-ce qu'il fait là ?

Ma voix tremblait.

– Je pense que le meilleur moyen de le savoir, c'est d'aller le lui demander. Tu as droit à une explication pour tous ces fichus Post-it.

Elle avait raison. Il fallait que je sache. J'avais besoin de faire mon deuil. D'aller de l'avant et d'abandonner tout espoir qu'il me revienne un jour – parce que, inutile de me leurrer, j'attendais toujours.

– Matty, Liz prend sa pause déjeuner, cria Faye.

– Elle vient à peine d'arriver ! Et c'est l'heure du petit déjeuner !

– Très bien. Alors, elle prend sa pause petit déjeuner.

– Pas question. Elle la prendra après son service.

Faye commença à chantonner « Spice Up Your Life » des Spice Girls et Matty devint rouge comme une tomate.

– Prends tout le temps qu'il te faudra, Liz !

CHAPITRE 41

Tristan

Je me garai devant la boutique de monsieur Henson et me ruai à l'intérieur. Il m'avait appelé la veille en plein désarroi, pour me dire que le magasin allait fermer parce qu'il avait des problèmes avec l'enfoiré numéro un de la ville. Je compris que Tanner y était pour quelque chose et que monsieur Henson craquait probablement. Il fallait que je vienne voir ce qui se passait et comment je pouvais l'aider – après tout il avait été une des premières personnes à être là pour moi quand j'étais au fond du trou.

En poussant la porte du Bazaar de l'Épouvante, j'ouvris de grands yeux en voyant monsieur Henson déménager la boutique. C'était comme si toute la magie du lieu avait disparu. Toutes les étagères étaient vides. Tous les objets mystérieux rangés dans des cartons.

Je m'approchai de lui.

– Qu'est-ce qui se passe, bon sang ?

– Tanner a obtenu ce qu'il voulait. Je ferme boutique.

– Quoi ? Je croyais que vous m'aviez fait venir pour tenter d'arranger les choses.

Je me passai la main dans les cheveux.

– Vous ne pouvez pas fermer. Il a fait ça à la réunion du Conseil municipal ? Il n'a pas le droit !

– Ça n'a plus d'importance, Tristan. J'ai déjà vendu.

– À qui ? Je vais la racheter. À n'importe quel prix. À qui avez-vous vendu ?

– Au connard numéro un de la ville.

– Ce n'est pas possible que Tanner ait cette boutique ! Vous ne pouvez pas le laisser gagner.

– Je ne parlais pas de Tanner.

– Alors, de qui parliez-vous ?

Il se tourna vers moi et me prit la main pour y poser un trousseau de clés.

– De toi.

– Quoi ?

– Elle est à toi, du sol au plafond.

– De quoi est-ce que vous parlez ?

Il s'assit sur un des cartons.

– Voilà, moi j'ai réalisé mon rêve. J'ai vu la magie que ce lieu peut faire naître. Maintenant, il est temps que je le transmette à quelqu'un qui a bien besoin d'un peu de magie dans sa vie. Quelqu'un qui a besoin de rêver un peu.

– Je ne vais pas reprendre votre boutique.

– Oh, mais tu vois, c'est la beauté de la chose. Tu vas la reprendre. Elle est déjà à toi. J'ai fait tous les papiers. La seule chose qui te reste à faire c'est de mettre leur barre à quelques T et les points sur quelques I.

– Mais qu'est-ce que j'en ferais ?

– Tu as un rêve, Tristan. Les meubles que vous créez, ton père et toi, attireraient bien plus de clientèle que mes vieux cristaux ne l'ont jamais fait. Ne laisse jamais personne te voler tes rêves, mon garçon.

Il se leva de son carton, alla vers le comptoir et ramassa son chapeau. Il se le mit sur la tête et se dirigea vers la porte. Il l'ouvrit en faisant résonner la sonnette au-dessus.

– Et vous ? Qu'allez-vous faire ?

– Moi ? Eh bien, je vais me trouver un nouveau rêve, parce qu'on n'est jamais trop vieux pour rêver et pour découvrir un peu de magie. J'ai entendu dire que la ville aurait bien besoin de quelques réparations, et j'ai un peu d'argent de côté. On discutera des détails plus tard, mais pour le moment je te salue.

Il me fit un clin d'œil et sortit de la boutique.

Je me précipitai à sa suite et regardai dans la direction qu'il avait prise, il avait disparu. Je commençai à me demander si j'avais été l'objet d'une hallucination étrange, mais il me suffit de baisser les yeux vers les clés que je tenais à la main pour savoir que c'était bien réel.

– Qu'est-ce que tu fais là ?

Je me retournai. Elizabeth se tenait derrière moi, les bras croisés.

– Lizzie…

C'était presque renversant de la voir si près de moi.

– Salut.

– Salut ?

Elle entra comme une furie dans la boutique en soufflant. Je lui emboîtai le pas.

– Salut ?! Tu disparais pendant des mois, sans me donner la moindre chance de m'expliquer, et tout à coup, tu te pointes comme une fleur en ville, et tout ce que tu trouves à dire, c'est « salut » ? Tu n'es vraiment qu'un… qu'un… un CON !

Je plissai les yeux en avançant vers elle.

– Lizzie…

Elle fit un pas en arrière.

– Non. Ne t'approche pas de moi.

– Pourquoi ?

– Parce que chaque fois que tu es près de moi, je n'arrive plus à avoir les idées claires, et je dois avoir les idées claires pour dire ce que j'ai à te dire.

Elle s'interrompit soudain et jeta un regard circulaire dans la boutique.

– Oh, mon Dieu ! Mais il n'y a plus rien ici ! Comment ça se fait ? Pourquoi tous ces cartons ?

En me mordillant le pouce, je me mis à la regarder en détail. Ses cheveux avaient poussé, éclairci aussi. Elle n'était pas maquillée et ses yeux avaient toujours le même pouvoir de me faire tomber amoureux d'elle.

– Tu es restée à ses côtés.

– Quoi ?

Elle était adossée au comptoir. Je m'approchai et la coinçai là, en posant les mains de chaque côté d'elle.

– Tu es restée aux côtés de Jamie.

Son souffle s'accéléra et elle fixa mes lèvres aussi intensément que je fixais les siennes.

– Je ne sais pas de quoi tu parles, Tristan.

– Le jour de l'accident, ma mère était seule dans la salle d'attente, parce que mon père et moi étions toujours dans l'avion de retour de Detroit. Tu l'as vue et tu l'as prise dans tes bras.

Elle plissa les yeux.

– C'était ta mère ?

Je hochai la tête.

– Et elle m'a dit que lorsque Jamie et Charlie sont sortis du bloc, tu es restée avec Jamie. Tu lui as tenu la main.

Quand j'effleurai ses lèvres des miennes, je sentis son souffle s'en échapper en saccades.

– Que s'est-il passé quand tu es entrée dans cette chambre où se trouvait Jamie ?

Elle battit des paupières plusieurs fois avant de relever légèrement la tête pour me regarder dans les yeux.

– Je me suis assise à côté de son lit, je lui ai tenu la main et lui ai dit qu'elle n'était pas seule.

Je me passai le bout des doigts sur le front en buvant ses paroles.

– Elle ne souffrait pas, Tristan. Quand elle est morte, les médecins m'ont dit qu'elle n'avait pas souffert.

– Merci. Ça me fait du bien de le savoir.

Ma main descendit se poser sur ses reins et je l'attirai contre moi.

– Tristan, arrête !

– Dis-moi de ne pas t'embrasser. Dis-moi de ne pas le faire.

Elle ne dit rien, mais son corps tremblait entre mes bras. Je posai mes lèvres sur les siennes et je l'embrassai avec fougue, m'excusant pour tout ce que j'avais fait, pour toutes les erreurs que j'avais commises. Quand nos bouches s'écartèrent, elle continua à trembler contre moi.

– Je t'aime.

– Non, tu ne m'aimes pas.

– Si.

Elle s'écarta brusquement.

– Tu m'as quittée !

Elle traversa la pièce, se passa les doigts sur les lèvres et se planta en face de moi d'un air de défi.

– Tu m'as quittée sans me donner une chance de m'expliquer.

– J'étais dépassé par tout ce qui m'arrivait. Bon Dieu, Lizzie ! Tout a été si vite depuis ces derniers mois.

– Tu crois que je ne le sais pas ? Je vivais les mêmes cauchemars que toi, mais je voulais t'expliquer ce qui s'était passé. Je voulais que ça marche entre nous.

– Je veux toujours que ça marche.

Elle ricana d'un air sarcastique.

– C'est pour ça que tu as continué à me laisser des petits mots sur des Post-it ? C'était ta façon de montrer que tu voulais que ça marche ? Eh bien tu vois, ça n'a fait que me perturber davantage. Ça n'a fait que me faire encore plus de mal.

– Mais de quoi est-ce que tu parles ?

– Les petits mots sur des Post-it. Ceux que tu as laissés chaque semaine sur la fenêtre de ma chambre au cours des cinq derniers mois, avec tes initiales. Le même genre de petits mots que nous nous écrivions avant.

Je plissai les yeux.

– Je ne t'ai pas laissé de messages, Lizzie.

– Arrête ce petit jeu.

– Non, je te jure. C'est la première fois que je reviens en ville.

Elle me regarda comme si je tombais de la lune. Je fis un pas vers elle et elle recula.

– Arrête. J'en ai assez, Tristan. Je ne veux plus jouer à ce petit jeu. Peut-être que si tu étais arrivé il y a deux mois, je t'aurais pardonné. Ou peut-être même il y a un mois, mais aujourd'hui, non. Arrête de me laisser des petits mots et arrête de jouer avec mon cœur et avec le cœur de ma fille.

Elle tourna les talons et sortit du magasin en me laissant complètement abasourdi. Lorsque je sortis à mon tour, elle était déjà rentrée dans la cafétéria en face.

Je fis demi-tour, l'estomac noué. Soudain, la sonnette au-dessus de la porte retentit, je fis volte-face, espérant me retrouver nez à nez avec

Elizabeth. Mais c'était Tanner qui se tenait dans l'embrasure de la porte.

– Qu'est-ce que tu es revenu faire ici ?

Il y avait de l'impatience dans sa voix.

– Pas maintenant, Tanner. Je ne suis vraiment pas d'humeur.

– Non, non et non ! Ce n'est pas possible que tu sois là. Je n'y crois pas que tu sois revenu !

Il se mit à faire les cent pas en se frottant la nuque des deux mains.

– Tu vas tout gâcher. Elle était sur le point de me revenir. Elle commençait à se rapprocher de moi.

– Quoi ?

L'expression de son visage me serra l'estomac.

– Qu'est-ce que tu as fait ?

Il s'esclaffa.

– Quand même, ça frise le ridicule. Je veux dire, tu te barres sans prévenir, tu la laisses tomber pendant des mois, et à la seconde même où tu reviens, elle te tombe dans les bras. Elle t'embrasse comme si tu étais son putain de prince charmant. Ouais, toutes mes félicitations, putain !

Il leva les yeux au ciel et tourna les talons pour sortir.

– Cela ne devait pas se passer comme ça, se murmura-t-il à lui-même en sortant.

Je le suivis jusqu'à son garage, de l'autre côté de la rue.

– Est-ce que c'est toi qui as laissé des petits mots à Elizabeth chez elle ?

– Quoi, désolé, mais tu n'es pas le seul à avoir le droit de faire ça, si ?

– Tu as signé de mes initiales.

– Arrête, Sherlock. Tu ne crois quand même pas qu'il n'y ait que toi à avoir T et C pour initiales.

Il alla vers une des voitures, ouvrit le capot et se mit à bricoler dessous.

– Mais tu savais qu'elle penserait que ça venait de moi. Et d'abord, comment savais-tu que nous nous laissions des petits mots comme ça ?

– Ça va. Ce n'est pas comme si j'avais une petite caméra qui vous espionne tous les deux.

Il leva les yeux vers moi avec un sourire inquiétant. Je me jetai sur lui en agrippant sa chemise et le plaquai contre la voiture.

– T'es un grand malade ! Qu'est-ce qui ne tourne pas rond chez toi, putain ?

– Qu'est-ce qui ne tourne pas rond chez moi ? Chez *moi ?!* C'est moi qui ai gagné à pile ou face ! Et il me l'a prise ! J'avais dit face, il avait dit pile, et la pièce a dit face ! Mais il a cru qu'il pouvait la prendre quand même et l'obliger à l'aimer. Il a gâché nos vies. Elle était à moi. Et il s'est moqué de moi avec ça, pendant des années. Il m'a demandé d'être son garçon d'honneur. Il m'a supplié d'être le parrain de leur enfant. Des années et des années à me jeter son bonheur à la figure alors qu'Elizabeth aurait dû être à moi. Alors, j'ai réglé le problème.

– Quoi ?

Je relâchai ma prise sur son t-shirt. Il avait les yeux écarquillés, le regard fou, et il souriait sans arrêt.

– Tu as réglé quoi ?

– Il avait dit que sa voiture faisait des trucs bizarres. Il m'a demandé de jeter un coup d'œil sous le capot parce qu'Emma et lui devaient s'absenter pour la journée. J'ai compris que le fait qu'il me la laisse ce jour-là était un signe – il voulait que je le fasse.

– Que tu fasses quoi ?

– Que je sectionne le câble de freins. Il me rendait Elizabeth. Parce que je l'avais gagnée à pile ou face. Et tout a marché à merveille, à part que quand il a pris l'autoroute avec la voiture, Emma n'était pas sur le siège arrière. Elle était restée à la maison, parce qu'elle était malade.

Cela dépassait l'entendement. Je ne pouvais pas croire ce qu'il me disait.

– Tu as essayé de les tuer ? Tu as trafiqué sa voiture ?

– J'AVAIS GAGNÉ À PILE OU FACE !

Il criait comme s'il croyait vraiment que ce qu'il disait avait un sens.

– Tu es fou.

Il ricana.

– C'est moi qui suis fou ? Et toi, là, amoureux d'une femme dont le mari a tué toute ta famille !

– Ce n'est pas lui qui les a tués. C'est toi. C'est toi qui as tué ma famille.

Il agita son index de droite à gauche.

– Non, c'est Steven qui était au volant de la voiture. C'est lui qui conduisait. Moi, je n'étais qu'un simple mécanicien sous le capot.

Je le cognai contre la voiture encore et encore.

– Ce n'est pas un jeu, Tanner. On parle de la vie des gens, là !

– La vie est un jeu, Tristan. Et je te conseille de reculer. Parce que je l'ai gagnée. Le moment est venu pour moi de venir chercher mon prix, et il est hors de question que quelqu'un se mette sur mon chemin.

Je m'écartai de lui.

– Tu es malade. Si jamais tu t'approches d'Elizabeth, c'est moi qui te tuerai.

Tanner éclata de rire.

– Arrête, mon vieux. Toi, me tuer ? Pour ce qui est de tuer, je suis tranquille, je te bats à trois contre un. Quatre, si on compte ce qui va se passer ce soir.

– Quoi ?

– Arrête. Tu n'as pas cru que je pourrais prendre Elizabeth avec une petite fille qui lui rappellerait tout le temps son mari disparu, si ?

– Si tu touches à un cheveu d'Emma…

Je m'arrêtai juste avant de lui flanquer mon poing dans la figure.

– Quoi ? Qu'est-ce que tu vas faire ? Me tuer ?

Je ne me souvins même pas de l'avoir frappé. En revanche je me souvins de l'avoir vu s'écrouler sur le sol.

***

J'entrai en criant dans la cafétéria.

– Lizzie ! Il faut que je te parle.

– Tristan, je travaille, là. Et je suis sûre que nous nous sommes dit tout ce que nous avions à nous dire.

Je lui agrippai l'avant-bras et tirai doucement.

– Lizzie, sérieux.

Faye vint vers nous d'un pas autoritaire.

– Lâche-la. Immédiatement !

– Faye, tu ne comprends pas. Lizzie, c'était Tanner. C'est lui qui a tout fait. C'était lui derrière les petits mots, derrière l'accident, c'était lui tout le temps.

– Qu'est-ce que tu racontes ?

Elizabeth me regardait sans comprendre.

– Je t'expliquerai plus tard, pour l'instant il faut que je sache où est Emma. Elle est en danger, Lizzie.

– Quoi ?

Faye poussa un petit cri.

– Qu'est-ce que tu as fait à Tanner ?

Elle regardait de l'autre côté de la rue. Deux policiers parlaient avec Tanner qui me montrait du doigt. *Merde*.

– Il est fou. Il a dit qu'il allait s'en prendre à Emma.

Elizabeth tremblait de tous ses membres, au bord de la crise de nerfs.

– Pourquoi il dirait une chose pareille ? Je sais que Tanner est parfois bizarre, mais il ne ferait jamais…

Elle fut interrompue quand les flics entrèrent dans la cafétéria.

– Tristan Cole, je vous arrête pour agression sur la personne de Tanner Chase.

– Quoi ?

Elizabeth soupira en se passant les mains dans les cheveux, l'air complètement perdu.

– Mais qu'est-ce qui se passe ?

Le flic continuait à parler tout en me passant les menottes.

– Il se passe que cet individu a été vu sur les caméras de sécurité du garage de monsieur Chase, en train de l'agresser.

Il se tourna vers moi.

– Vous avez le droit de garder le silence. Tout ce que vous direz pourra être retenu contre vous au tribunal. Vous avez le droit d'être assisté d'un avocat et si vous ne pouvez vous payer les services d'un avocat, il vous en sera commis un d'office.

Ils me traînèrent à l'extérieur et Elizabeth nous suivit en courant.

– Attendez, il y a un malentendu. Tristan, dis-leur. Je t'en supplie, dis-leur que c'est une erreur.

– Lizzie. Occupe-toi d'abord d'Emma, d'accord ? Assure-toi qu'elle va bien.

***

– Alors, je te confie la boutique pendant trois heures et quand je reviens je te retrouve derrière les barreaux ! rigola monsieur Henson.

– Que faites-vous là ? je demandai, ahuri.

Il haussa un sourcil en regardant le flic déverrouiller la porte de ma cellule.

– Je crois bien que je paie ta caution.

– Comment avez-vous su que j'étais ici ?

– Oh ? Je l'ai vu dans les cartes !

Je plissai les yeux et il se mit à rire.

– Tristan, cette ville est un haut lieu de commérages. J'ai entendu des gens qui en parlaient. Et en plus…

Il fit une pause tandis que nous tournions l'angle du couloir.

– … ce petit doigt me l'a dit.

Elizabeth était assise sur un banc dans l'entrée. Elle se leva et se rua sur moi.

– Tristan ! Dis-moi ce qui se passe !

– Est-ce qu'Emma est en sécurité ?

– Oui, elle est chez ses grands-parents.

– Tu leur as dit ce qui se passait ?

– Pas encore. Je leur ai juste demandé de la garder. Franchement, Tristan, je ne sais pas moi-même ce qui se passe.

– C'est Tanner qui a tout fait, Lizzie. Tout. C'est lui qui t'a laissé des messages pendant ces cinq derniers mois, pas moi. C'est lui qui a provoqué l'accident en trafiquant la voiture de Steven. Il m'a dit que c'était lui, Lizzie. Tu dois me croire. Il croit que c'est une sorte de jeu malsain, et je suis certain qu'il ne s'arrêtera pas avant d'avoir obtenu son trophée.

– C'est quoi, le trophée ?

– Toi.

Elle déglutit avec difficulté.

– Qu’est-ce qu’on va faire ? Comment prouver que c’est lui qui est derrière tout ça ?

– Je ne sais pas. Je ne sais pas quelle est l’étape suivante, mais il faut qu’on parle à Sam et qu’on fasse venir des flics chez toi.

– Quoi ? Pourquoi ?

– Tanner a dit quelque chose à propos de caméras. Je pense qu’il a pu en planquer plusieurs dans ta maison.

Ses mains se mirent à trembler, et je la pris dans mes bras.

– Tout va bien. On va trouver quelque chose. Tout va s’arranger.

CHAPITRE 42

Elizabeth

Sam et son père, accompagnés d'une équipe de policiers, vinrent chez moi pour fouiller la maison à la recherche de caméras.

Ils en trouvèrent huit, en comptant celle qui était installée à l'intérieur de ma Jeep.

Je crois que je vais vomir.

C'étaient les fameuses caméras miniaturisées dont Sam m'avait parlé quand il était venu changer les serrures chez moi.

– Je n'y crois pas. Bon Dieu, Elizabeth, je suis vraiment désolé, dit-il en se passant la main sur le front. Tanner était la seule personne à qui nous avions vendu ces nouvelles caméras.

– Vous lui en avez vendu combien ?

Il déglutit avec difficulté.

– Huit.

– Mais comment il a fait ? Comment a-t-il pu les installer dans la maison ? Ça veut dire qu'il nous observe depuis tout ce temps-là ?

– Il est difficile de dire depuis combien de temps il fait ça, mais nous trouverons. On va comparer avec ses empreintes pour voir si ça donne quelque chose. On va trouver, Madame.

Une fois que tout le monde fut parti, Tristan me prit dans ses bras.

– On devrait aller chercher Emma. Tu devrais être avec elle.

Je hochai la tête.

– Oui, tu as raison.

D'un doigt, Tristan me releva le menton pour m'obliger à le regarder dans les yeux.

– Tout va s'arranger, Lizzie, je te le promets.

Pendant tout le trajet jusque chez Kathy et Lincoln, je priai pour qu'il ait raison.

***

– Liz ? Qu'est-ce que tu fais là ? demanda Lincoln en ouvrant la porte.

Tristan m'attendait dans la voiture.

– Je sais qu'on avait dit qu'Emma resterait chez vous pour la nuit, mais je me sentirais mieux si elle était à la maison avec moi ce soir.

Lincoln eut l'air étonné et Kathy arriva pour me dire bonjour.

– Liz, que se passe-t-il ?

Je souris.

– Je viens juste chercher Emma. Je vous expliquerai plus tard, promis.

– Mais Tanner vient de passer la chercher. Il a dit que tu avais un problème avec ta voiture et que tu lui avais demandé de la déposer chez toi.

Oh mon Dieu !

Je me retournai vers Tristan. Mon inquiétude devait se voir dans mes yeux, parce qu'il se mordit le poing en me voyant venir vers lui.

– Tanner l'a enlevée.

– Appelle Police Secours !

Je sautai dans la voiture et il démarra en trombe. Je parlai avec les flics et ils me dirent de les attendre chez moi.

Je ne pouvais pas contrôler mes tremblements. Mon esprit se paralysait et les larmes me brouillaient la vue. J'avais la tête qui tournait, un peu plus à chaque seconde qui passait. J'allais m'évanouir. J'allais perdre connaissance. J'allais…

– Lizzie ! dit Tristan d'un ton sévère en me saisissant la main. Lizzie, regarde-moi ! Tout de suite !

Je tournai la tête vers lui, incapable de maîtriser mes sanglots.

– Respire à fond, ok ? Il faut que tu respires.

Je pris une profonde inspiration.

Mais je ne suis pas sûre qu'elle ait été suivie d'une expiration.

***

– Avez-vous une idée d'où il aurait pu l'emmener ? me demanda un officier de police.

– Non, aucune.

Son partenaire, debout à côté de lui, prenait des notes. Toute cette procédure me semblait terriblement lente et je ne comprenais pas pourquoi ils prenaient tout leur temps alors qu'ils auraient dû être en train de ratisser la ville.

– Excusez-moi, mais quand allez-vous vraiment lancer les recherches ?

Tristan s'était occupé de prévenir tout le monde. Il s'assura qu'ils aient tous la totalité des informations et très rapidement Faye, Sam, Kathy et Lincoln se retrouvèrent dans mon salon. Maman était déjà en chemin avec Mike et ils ne tarderaient pas à être là.

– Je comprends votre inquiétude, Madame, mais il y a une procédure à suivre quand un enfant a disparu. Il nous faut des photos d'elle, les plus récentes que vous ayez, et une description détaillée – couleur des yeux, des cheveux. Voyez-vous une raison qui aurait pu la pousser à faire une fugue ?

– Vous vous fichez de moi ?

Je n'en croyais pas mes oreilles.

– On vient juste de découvrir que ma maison était truffée de caméras cachées, et vous avez le culot de me demander si par hasard ma fille n'aurait pas fait une fugue plutôt que d'avoir été kidnappée ? C'est Tanner Chase qui l'a, alors qu'est-ce que vous attendez pour faire votre travail et la retrouver ?

Je hurlai. Ce n'était pas dans mon intention de m'en prendre aux policiers, mais je n'avais personne d'autre à blâmer. Je me sentais si impuissante.

C'est à cause de moi. Tout est de ma faute. Mon bébé pourrait être blessé, ou pire encore…

– Lizzie, tout va bien. On va la retrouver. Ça va aller, me murmura Tristan à l'oreille.

Mais on ne la retrouva pas ce soir-là. Les recherches continuèrent et chaque centimètre de la ville fut fouillé, chaque centimètre de la forêt, mais sans résultats. Rien du tout. Maman et Mike étaient arrivés, mais ils ne trouvaient rien d'autre à dire que « Ils vont la retrouver ».

J'aurais aimé que ces paroles m'apportent plus de réconfort, mais ce n'était pas le cas. Tout le monde avait l'air aussi angoissé que moi.

Je leur dis de rentrer chez eux, mais ils refusèrent et tout le monde s'endormit dans le salon. Quand je me décidai enfin à me rendre dans ma chambre, Tristan était là pour me soutenir.

– Je suis tellement désolé, Lizzie.

– Ce n'est qu'un bébé… Pourquoi voudrait-il lui faire du mal ? Elle est toute ma vie.

Il me tint contre lui encore un petit moment et, soudain, on entendit un coup léger frappé sur la fenêtre de ma chambre. En tournant la tête, nous vîmes un petit mot sur un Post-it collé sur la vitre.

Tant de livres dans cette remise. Je me demande lequel Emma aimerait lire ? TC

– Oh, mon Dieu !

– J'appelle les flics, dit Tristan en attrapant son téléphone.

Je regardai par la fenêtre et je vis Bubba posé sur le sol.

– Non, Tristan. On ne peut pas. Ça veut dire, rien que nous.

J'ouvris la fenêtre et je l'enjambai. Tristan me suivit et ramassa l'animal en peluche sur lequel était collé un autre Post-it.

Les bibliothèques et les remises font un curieux mélange. Les remises sont plutôt faites pour les voitures si vous voulez mon avis. TC

– Il est dans ton abri de jardin.

Tristan tendit le bras devant moi pour m'empêcher de passer devant.

– Reste derrière moi, dit-il, tandis que nous marchions vers le jardin à l'arrière de sa maison.

– Ah ! Un vrai héros, Tristan !

Tanner se mit à rire en nous regardant. Son corps ne formait qu'une ombre jusqu'à ce qu'il avance dans la lumière qui provenait de la remise.

– C'est bien de protéger Elizabeth.

– Tanner, qu'est-ce qui se passe ?

Je ne comprenais rien et j'avais peur.

– Tu entends ce bruit ? murmura Tristan.

Je m'arrêtai pour écouter, c'était le bruit d'un moteur de voiture en marche qui provenait de la remise.

– Emma est à l'intérieur, c'est ça, Tanner ?

– Tu as toujours été très futée. C'est pour ça que je t'ai aimée. Distante comme pas possible, mais futée.

– Il faut la laisser sortir, Tanner. Les gaz d'échappement de la voiture vont lui faire du mal. Ils pourraient la tuer.

Il s'appuya contre le banc de sciage de Tristan.

– Pourquoi est-ce que tu l'as choisi ? Je ne comprends pas.

– Je n'ai pas choisi Tristan, Tanner. C'est arrivé, c'est tout.

Tristan fit un mouvement pour se rapprocher, mais Tanner l'arrêta.

– Non, non, non. Un pas de plus, Casanova, et je tire.

Il porta la main à sa poche arrière et en tira un pistolet. *Oh, mon Dieu.*

– Qu'est-ce que tu attends de nous ?

Je tournai les yeux vers la remise où le moteur tournait toujours.

Mon bébé…

– Tanner, je t'en supplie, laisse-la sortir.

– Je ne voulais que toi, dit-il en agitant le pistolet dans tous les sens. Depuis le premier jour. Et Steven t'a prise. Je t'avais vue le premier, mais il s'en fichait. J'avais gagné à pile ou face et il t'a quand même enlevée à moi. Et puis il est mort, et je t'ai laissé le temps de faire ton deuil. D'apprendre à te passer de lui. J'étais ici à t'attendre, et tout à coup, ce mec a surgi de nulle part et il t'a volée à moi !

Tanner s'essuya les yeux du revers de la main.

– Pourquoi tu ne m'as pas choisi, moi, Liz ? Pourquoi n'es-tu pas revenue pour moi ? Pourquoi est-ce que tu ne m'as même jamais vu ?

– Tanner, dis-je en avançant prudemment vers lui. Je te vois, maintenant.

Il secoua la tête.

– Non. Tu as peur, c'est tout. Je ne suis pas idiot, Liz. Je ne suis pas idiot.

Je continuais à avancer en le regardant droit dans les yeux. Il avait l'air paniqué. Je dus faire un effort considérable pour ne pas laisser transparaître ma peur. Pour avoir l'air à peu près calme.

– Je n'ai pas peur de toi, Tanner Michael Chase. Pas du tout.

Je vins tout à côté de lui et posai une main sur sa joue. Il ouvrit de grands yeux et sa respiration se fit plus bruyante.

– Je suis là, je te vois.

Il ferma les yeux en frottant sa joue sur ma main.

– Bon sang, Liz. Tu es tout ce que je voulais.

J'effleurai sa bouche de la mienne et je sentis son souffle chaud sur moi.

– Je suis à toi. Je suis à toi. Nous pouvons nous enfuir ensemble.

Ma main retomba sur sa poitrine.

– On peut repartir à zéro.

– Rien que nous deux ?

J'appuyai mon front contre le sien.

– Rien que nous deux.

Sa main libre se posa sur mes reins et je frémis à son contact. Du bout des doigts, il releva ma jupe et caressa ma peau nue.

– Bon Dieu. J'ai envie de ça depuis toujours.

Il soupira dans mon cou, m'embrassant doucement, me faisant frissonner des pieds à la tête. Sa langue glissa hors de sa bouche et atterrit sur ma peau, et il se mit à me lécher lentement.

Soudain, on entendit les portes de la remise s'ouvrir derrière nous, et Tanner ouvrit brusquement les yeux.

– Espèce de salope !

Il me fit tomber brutalement sur le sol et leva son pistolet juste avant de tirer en direction de Tristan qui eut à peine le temps de disparaître dans la remise. Tanner voulut poursuivre Tristan, mais j'agrippai sa jambe et le fis tomber par terre avec moi.

Le pistolet lui échappa des mains et tomba entre nous. Nous bondîmes tous les deux en même temps pour le ramasser et engageâmes une lutte pour le pistolet que nous serrions dans nos mains. Tanner me repoussa d'un coup de coude qui finit dans mon œil.

– Lâche ça, Liz !

Mais je ne me laissai pas faire. Je ne pouvais pas lâcher. Il fallait que Tristan puisse faire sortir Emma en toute sécurité. Il fallait qu'il sauve ma petite fille.

– Je vais tirer, Liz, je te jure. Je t'aime plus que tout, putain, mais je le ferai. Lâche-le. S'il te plaît !

– Tanner, ne fais pas ça !

Je sentais que j'étais en train de lâcher prise.

– Je t'en supplie.

Il fallait que ce cauchemar prenne fin.

– Je t'aimais, murmura-t-il, les larmes roulant sur ses joues. Je t'aimais.

J'entendis un premier coup de feu. Nous étions en plein corps-à-corps. Puis un second coup de feu partit. Ensuite, j'éprouvai une sensation de brûlure dans le ventre qui fit remonter un goût de vomi dans ma gorge. Les yeux écarquillés je regardai, affolée, tout ce sang. Est-ce que je saignais ? Est-ce que j'allais mourir ?

– Lizzie !

Tristan sortit précipitamment de la remise en criant, portant Emma dans ses bras. Je me tournai vers lui, mon corps refusait de réagir, j'étais couverte de sang qui ne m'appartenait pas. Tanner était allongé sous moi, totalement immobile, et du sang se répandait sous lui. *Oh mon Dieu.*

– Je l'ai tué. Je l'ai tué. Je l'ai tué.

Je criais sans pouvoir contrôler mes tremblements.

À ce moment-là, tous les gens qui étaient à l'intérieur de chez moi se retrouvèrent dans le jardin. Il me sembla entendre des hurlements, des cris. Quelqu'un dit qu'il fallait appeler Police Secours. Une main se posa sur mon épaule et une voix me supplia de me mettre debout. Quelqu'un dit qu'Emma ne respirait pas. Une autre voix dit à Tristan de continuer le massage cardiaque. Tout tournait autour de moi. Tout le monde bougeait au ralenti. Les lumières rouges, blanches et bleues qui clignotaient devant chez moi consumaient mon âme. Des professionnels prirent le relais auprès d'Emma. Maman pleurait. Faye sanglotait. Quelqu'un cria mon nom.

Il y avait tellement de sang.

Je l'avais tué.

– Lizzie !

La voix de Tristan me ramena brusquement à la réalité.

– Lizzie, ma puce.

Il se pencha vers moi et prit mon visage entre ses mains. Mes larmes coulaient sur ses mains et il me fit un petit sourire angoissé.

– Bébé, tu es en état de choc. Tu as reçu une balle ? Tu es blessée ?

– Non, je l'ai tué.

Je voulus tourner la tête pour regarder Tanner, mais Tristan m'en empêcha.

– Non, Bébé. Non. Ce n'est pas toi. Il faut que tu reviennes à toi, ok ? Lizzie, il faut que tu poses ce pistolet.

Je baissai les yeux sur mes mains couvertes de sang, elles serraient toujours le pistolet.

– Oh, mon Dieu.

Je lâchai aussitôt le pistolet. Prestement, Tristan me souleva dans ses bras et m'emmena loin du corps inanimé de Tanner. Je laissai ma tête retomber sur son épaule en regardant les flics et les secouristes arriver en courant.

– Où est Emma ?

Je tournai la tête dans tous les sens, ne la voyant nulle part.

– Où est Emma ?

– On l'a emmenée à l'hôpital.

– Je dois y aller.

Je me dégageai de l'étreinte de Tristan. Mes jambes flageolaient et je faillis tomber.

– Je veux m'assurer qu'elle va bien.

Tristan me prit par les épaules et me secoua.

– Lizzie. J'aimerais que tu te concentres une seconde. Tu as les yeux dans le vague, ton cœur bat à cent à l'heure, et ta respiration est chaotique. Je veux que tu te laisses examiner par cet infirmier.

Ses lèvres continuèrent à bouger et je plissai les yeux dans un effort pour entendre ce qu'il disait, mais je ne perçus que des bruits confus.

Mon corps devint tout mou et mes yeux se croisèrent.

Tout autour de moi devint noir.

***

– EMMA !

J'ouvris les yeux et me redressai dans mon lit. Aussitôt, une douleur fulgurante me transperça, alors je me rallongeai. En parcourant la pièce du regard, j'aperçus toutes les machines, les placards et les fournitures médicales.

– Contente de te voir de retour, ma chérie.

Ma mère était assise à côté de mon lit. Je plissai le front, la confusion régnait encore dans ma tête. Maman se pencha et passa ses doigts dans mes cheveux.

– Ça va, Liz. Tout va bien.

– Qu'est-ce qui s'est passé ? Où est Emma ?

– Tristan est avec elle.

– Elle va bien ?

J'essayai de m'asseoir, mais la douleur me transperça de nouveau le côté.

– Bon sang !

– Calme-toi. Une balle t'a touchée. Emma va bien, on attend juste qu'elle se réveille. Elle a un tube qui l'aide un peu à respirer, mais elle va bien.

– Tristan est auprès d'elle ?

Maman acquiesça.

Mon esprit essayait de rattraper ce qu'il avait manqué tandis que je regardais fixement mon corps. Tout mon côté gauche était emballé dans des pansements et j'étais couverte de sang, dont une partie au moins ne venait pas de moi…

– Tanner… qu'est-il arrivé à Tanner ?

Maman se rembrunit et secoua la tête.

– Il n'a pas survécu.

Je tournai la tête et regardai par la fenêtre. Je ne savais pas si ce que je ressentais était du soulagement ou de la confusion.

– Tu veux bien aller prendre des nouvelles d'Emma ?

Elle m'embrassa sur le front et me dit qu'elle revenait tout de suite. J'espérais qu'elle n'irait pas trop vite. La solitude me convenait.

CHAPITRE 43

Tristan

Assis à côté du lit d'Emma, je contemplais une petite fille qui avait traversé une épreuve à laquelle aucun enfant de cinq ans ne devrait jamais être confronté. Ses petits poumons peinaient quand elle inspirait et expirait, sa poitrine se soulevait et retombait. Les tubes miniatures qui passaient par son nez pour l'aider à respirer faisaient remonter en moi des souvenirs affreux. Les bips des moniteurs tout autour me rappelaient le jour où j'avais tenu la main de Charlie pour la dernière fois.

– Ce n'est pas Charlie.

Je me le répétais en faisant tout pour ne pas comparer les deux événements. Les médecins avaient dit qu'Emma allait s'en sortir, même si cela pourrait prendre un peu de temps avant qu'elle n'ouvre les yeux, mais je ne pouvais m'empêcher de m'inquiéter et de me souvenir des blessures passées gravées dans mon âme. Je pris sa petite main dans la mienne et me glissai tout au bord de son lit.

– Salut, championne. Tout va bien se passer. Je veux que tu saches que tu vas t'en sortir, parce que je connais ta mère et je sais que tu es aussi forte qu'elle. Alors, tu vas te battre, ok ? Tu vas te battre et puis tu vas ouvrir les yeux. Il faut que tu reviennes avec nous, championne. J'ai besoin que tu ouvres les yeux.

Je posai un petit baiser sur sa main.

Les machines autour de nous se mirent à biper de plus en plus vite. La poitrine serrée, je regardai tout autour.

– Quelqu'un ! À l'aide !

Deux infirmières se précipitèrent dans la chambre pour voir ce qui se passait. Je me levai et reculai. *Ce n'est pas possible, ça ne va pas recommencer. Ce n'est pas possible...*

Je détournai les yeux et, en dissimulant ma bouche derrière ma main, je me mis à prier. Je n'étais pas du genre à prier, loin s'en faut, mais je devais essayer, juste pour le cas où Dieu écouterait, ce jour-là.

– Thon ? murmura une petite voix.

Je pivotai sur moi-même et retournai précipitamment aux côtés d'Emma. Ses yeux bleus étaient grands ouverts et elle avait l'air perdue, dans le vague. Je pris sa main dans la mienne et me tournai vers les infirmières. Elles sourirent.

– Elle va bien, dit l'une.

– Elle va bien ?

Elles hochèrent la tête.

Elle va bien.

– Bon sang, Emma. Tu m'as fait peur.

Je l'embrassai sur le front. Elle plissa les yeux et inclina légèrement la tête sur le côté.

– Tu es revenu ?

Je serrai sa main plus fort.

– Ouais, je suis revenu.

Elle ouvrit la bouche pour parler, mais elle avait des difficultés à respirer et se mit à tousser.

– Prends ton temps. Respire à fond.

Elle fit ce que je lui disais et laissa retomber sa tête sur son oreiller, les paupières lourdes.

– Je croyais que Zeus et toi vous étiez partis pour toujours, comme mon papa.

Ces paroles, prononcées dans un demi-sommeil, me brisèrent le cœur.

– Je suis là, ma puce.

– Thon, murmura-t-elle en fermant les yeux.

– Oui ?

– S'il te plaît, ne repars pas.

Je me passai la main sur les yeux et repoussai mes larmes.

– Ne t'inquiète pas. Je ne vais nulle part.

– Zeus non plus ?

– Zeus non plus.

– Promis ?

Elle bâilla et se rendormit sans me laisser le temps de répondre.

Mais je répondis quand même, en murmurant doucement dans ses rêves.

– Promis.

– Tristan ?

Je me retournai, Hannah me regardait fixement. Je me levai.

– Elle vient juste de se réveiller. Elle a l'air épuisée, mais elle va bien.

Un grand soulagement se lut dans ses yeux et elle porta les mains à son cœur.

– Dieu soit loué. Liz est dans la chambre à côté. Elle est réveillée et elle m'a demandé de venir prendre de ses nouvelles.

– Elle est réveillée ?

Je me dirigeai vers la porte pour aller voir Elizabeth, mais je m'arrêtai pour regarder Emma.

– Je vais rester avec elle. Elle ne sera pas toute seule.

***

– Tu es réveillée ?

Elizabeth regardait par la fenêtre. Elle se tourna vers moi et un petit sourire apparut sur ses lèvres.

– Emma va bien ?

Je m'approchai de son lit et m'assis à côté d'elle.

– Ouais. Elle va bien. Ta mère est avec elle. Et toi, comment tu vas ?

Je lui pris la main et son regard tomba sur nos doigts emmêlés.

– Je crois bien qu'on m'a tiré dessus.

– Tu m'as fait la peur de ma vie, Lizzie.

Elle retira sa main. Un petit soupir s'échappa de ses lèvres et elle ferma les yeux.

– Je suis dépassée par tout ça. Je voudrais juste rentrer chez moi avec ma petite fille.

Je me passai la main sur la nuque et l'observai en détail. Les bandages qui enveloppaient son côté. Les taches de sang. Son front plissé. J'aurais aimé faire en sorte qu'elle se sente mieux, qu'elle se sente moins seule, mais je ne savais pas comment faire.

– Peux-tu te renseigner pour savoir quand nous pourrons sortir ?

Je hochai la tête.

– Bien sûr.

Je me levai et marquai un temps d'arrêt à la porte.

– Je t'aime, Lizzie.

Elle haussa les épaules avant de détourner la tête.

– Tu ne peux pas m'aimer seulement parce que j'ai été blessée, Tristan. C'était avant qu'il fallait m'aimer.

***

Emma put sortir de l'hôpital plus tôt qu'Elizabeth et elle rentra à la maison avec Hannah. Je ne quittai pas le chevet d'Elizabeth jusqu'à ce qu'elle puisse rentrer chez elle. Au moment de sortir, elle ne refusa pas mon offre de la raccompagner mais elle ne me dit pas un mot pendant tout le trajet.

– Attends, laisse-moi t'aider.

Je bondis de mon siège et me précipitai pour l'aider à descendre de la voiture.

– Ça va, dit-elle en refusant mon aide. Ça va.

Je la suivis dans la maison et elle me dit que je pouvais partir, mais je ne le fis pas. Hannah et Emma dormaient toutes les deux dans le petit lit d'Emma.

– Tristan, vraiment, tu peux y aller. Je vais bien. Ça va.

Je me demandai combien de fois elle pourrait dire ça avant de s'apercevoir que c'était un mensonge.

– Je vais juste prendre une douche et me coucher.

Elle se dirigea vers la salle de bains et prit une profonde inspiration en s'accrochant au montant de la porte. Ses jambes semblèrent céder sous elle et je me précipitai pour la soutenir. Elle me repoussa.

– Je n'ai pas besoin de toi, Tristan. Je m'en sors très bien sans toi.

Le ton de sa voix était froid, mais au fond j'entendais plus de peur qu'autre chose.

– Je n'ai besoin de personne. Je n'ai besoin que de moi-même et de ma petite fille. On va bien. Je vais bien.

Elle parlait à voix basse et s'accrocha à mon t-shirt pour se retenir de tomber.

– Je … je …

Elle se mit à pleurer et je la serrai contre moi. Elle mouilla mon t-shirt de ses larmes.

– Tu m'as quittée.

– Je suis désolé, Bébé.

Je soupirai. Je ne savais pas quoi dire parce que je les avais laissées, Emma et elle. J'avais fui quand les choses étaient devenues réelles. Je ne savais pas comment gérer le fait que je l'aimais, parce que l'aimer signifiait qu'un jour je pourrais la perdre, et il n'y avait rien de pire au monde que de perdre les êtres chers.

– J'ai eu peur. J'étais en colère. Et je n'ai pas su gérer. Mais il faut que tu m'écoutes maintenant : je ne vais nulle part. Je suis là et je suis là pour de bon.

Elle s'écarta, s'essuya le nez de la main et eut un petit rire pour essayer d'arrêter ses larmes.

– Excuse-moi. Je veux juste prendre une douche.

– Je serai là quand tu auras fini.

Ses beaux yeux bruns se posèrent sur les miens et un minuscule sourire lui passa sur les lèvres.

– D'accord.

Elle ferma la porte de la salle de bains. J'entendis couler l'eau de la douche et je m'appuyai contre la porte en attendant qu'elle ait fini.

– Je vais bien, je vais bien.

Elle le répétait inlassablement. Sa voix commença à trembler et je l'entendis recommencer à pleurer. Je posai la main sur le bouton de la porte et je l'ouvris. Elle était assise dans la baignoire, les mains sur le visage, et elle pleurait tandis que le sang séché s'écoulait de ses cheveux. Sans réfléchir je montai dans la baignoire avec elle et la pris dans mes bras.

– Tanner est mort ?

– Oui.

– Emma va bien ?

– Oui.

– Je vais bien ?

– Oui, Lizzie, tu vas bien.

Je restai avec elle toute la nuit. Je ne me couchai pas à côté d'elle dans son lit, mais je restai assis à son bureau pour lui accorder la distance dont elle avait besoin, tout en lui faisant savoir qu'elle ne serait plus jamais seule.

CHAPITRE 44

Elizabeth

Je fus réveillée par le bruit de la tondeuse dans le jardin, derrière la maison. Le soleil était à peine levé et je ne voyais pas pourquoi quelqu'un passait la tondeuse à une heure pareille. J'allai sous le porche et je vis Tristan qui coupait l'herbe à l'endroit où l'accident avec Tanner s'était produit. Je portai la main à mon cœur en descendant les marches, foulant de mes pieds nus l'herbe humide de rosée.

– Qu'est-ce que tu fais ?

Il se tourna vers moi et arrêta la tondeuse.

– Je ne voulais pas que tu aies ça sous les yeux en venant dans le jardin. Je voulais t'éviter d'avoir à repenser à ce qui est arrivé.

Il mit la main dans la poche de son jean et en sortit une pièce de monnaie.

– Tanner a laissé tomber sa pièce… je veux dire, tu as déjà vu ça ? C'est une pièce à double face. Elle tombe toujours sur face.

– Il n'a jamais gagné à pile ou face, alors ?

J'étais sidérée.

– Je me demande comment je n'ai pas compris plus tôt. Je n'y crois pas, il n'aurait pas hésité à vous faire du mal à Emma et à toi… J'aurais dû me rendre compte que quelque chose clochait. J'aurais dû savoir…

Il est tout pour moi. J'ai voulu tellement tout rationaliser. J'ai voulu trop analyser le fait qu'il nous ait quittées. J'ai voulu analyser le fait qu'il soit revenu. J'ai voulu douter du fait qu'il puisse un jour être à moi, mais mon cœur disait à ma raison de se taire. Mon cœur me disait de tout simplement m'autoriser à ressentir, de vivre le moment présent, car tout ce qu'on avait c'était ici et maintenant, et qu'en un clin d'œil tout pouvait vous être repris. Je devais m'autoriser à chérir l'homme qui était devant moi.

– Je t'aime, murmuré-je.

Ses yeux couleur d'orage sourirent d'une façon infiniment triste et il mit les mains dans ses poches.

– Je ne le mérite pas.

J'allai jusqu'à lui et croisai les doigts derrière sa nuque en attirant ses lèvres sur les miennes. Il posa la main sur mes reins, et je sursautai sous l'effet de la douleur qui me parcourut.

– Ça va ?

Je poussai un petit rire.

– J'ai éprouvé des douleurs plus graves.

Mes lèvres étaient posées sur les siennes et je sentais son souffle entrer et sortir de sa bouche. J'inspirais son souffle et il expirait le mien. Le soleil se levait derrière nous, inondant la pelouse d'une lumière que nous désirions intensément l'un et l'autre.

– Je t'aime, murmuré-je encore une fois.

Il appuya son front sur le mien.

– Lizzie… je dois te donner la preuve que je ne vais pas m'enfuir. Je dois te prouver que je suis assez bien pour toi et Emma.

– Tais-toi, Tristan.

– Quoi ?

– Je t'ai dit de te taire. Tu as sauvé la vie de ma fille. Tu as sauvé la mienne. Tu es assez bien pour nous. Tu es tout pour nous.

– Je ne cesserai jamais de vous aimer toutes les deux, Lizzie. Je te promets que pour le reste de ma vie je te prouverai à quel point je vous aime.

Je frottai ma joue sur sa barbe fournie et suivis du bout du doigt le contour de sa lèvre inférieure.

– Tristan ?

– Oui ?

– Tu m'embrasses ?

– Oui.

Et c'est ce qu'il fit.

***

– Alors, tous les deux, vous êtes… genre… ensemble, maintenant ?

Faye et moi étions assises sur la balançoire dans le parc. Emma courait partout avec une autre gamine, passant du toboggan aux balançoires. Un mois s'était écoulé depuis l'accident avec Tanner et, depuis, Tristan était retourné dans la boutique de monsieur Henson et la transformait pour réaliser son rêve.

– Je ne sais pas. Je veux dire, tout va bien, mais je ne sais pas comment l'interpréter. Je ne suis pas sûre de devoir l'interpréter, non plus. C'est juste sympa qu'il soit là.

Faye fronça les sourcils.

– Nan.

Elle sauta de la balançoire en me faisant retomber brutalement sur le sol.

– Aïe !

Je me massai l'arrière-train.

– Tu aurais pu me prévenir avant de sauter.

Elle ricana.

– Ça aurait été moins drôle. Allez, viens.

– Où ça ?

– Au magasin de Tristan. Tout ce baratin « Je ne sais pas où nous en sommes mais ça me va comme ça » que tu me sors est super-agaçant et nous allons exiger qu'il nous donne des réponses. Emma, tu viens ?

Emma se précipita vers nous.

– On rentre à la maison, Maman ?

– Nan. On va voir Con, dit Faye.

– Tu veux dire Thon ?

Faye rigola.

– Ouais, c'est ce que je veux dire.

Elles se mirent à descendre la rue et je les suivis en courant.

– On ferait mieux de reporter à un autre jour. Il est sous pression avec cette boutique, il travaille avec son père pour que tout soit prêt pour l'ouverture la semaine prochaine. Je ne crois pas que ce soit le moment d'aller l'embêter.

Sans m'écouter, elles continuèrent à avancer d'un pas rapide. Lorsque nous arrivâmes à la boutique, toutes les lumières étaient éteintes.

– Tu vois ? Il n'est même pas là.

Faye leva les yeux au ciel.

– Je parie qu'il roupille dans un coin.

Elle tourna la poignée de la porte, qui n'était pas fermée à clé, et entra.

– Faye !

Emma entra derrière elle et je les suivis en refermant la porte derrière moi.

– On ne devrait pas être là.

– Enfin, moi peut-être pas…

Elle appuya sur l'interrupteur, illuminant des milliers de plumes blanches éparpillées dans toute la pièce.

– Mais, toi, il est évident que si.

Elle vint vers moi et m'embrassa sur le front.

– Tu mérites d'être heureuse, Liz.

Elle tourna les talons et sortit de la boutique, nous laissant, Emma et moi, plantées là, fascinées.

– Tu as vu toutes ces plumes, Maman ? dit Emma, tout excitée.

Je fis le tour de la pièce, passant les doigts sur les œuvres en bois de Tristan, recouvertes de plumes blanches.

– Oui, mon bébé, je vois.

– Je suis amoureux de toi.

Je me retournai vivement en entendant cette voix profonde. Tristan était debout à la porte, vêtu d'un costume noir et les cheveux lissés en arrière. Mon cœur s'arrêta de battre, mais sur le moment, cela ne semblait pas très grave.

– Je suis amoureuse de toi.

– Vous n'aviez encore jamais vu mes œuvres, toutes les deux, hein ?

Il fit le tour de la pièce en regardant les sculptures de bois que son père et lui avaient créées.

– Non. C'est formidable. Tu es formidable. Cette boutique va super bien marcher.

– Je ne sais pas.

Il s'assit sur une commode. Sur les boutons des tiroirs, des mots étaient gravés, et sur les tiroirs eux-mêmes on pouvait lire des citations extraites de romans pour enfants. C'était superbe.

– Mon père a changé d'avis à propos de l'idée d'ouvrir la boutique avec moi.

– Quoi ? Mais pourquoi ? Je pensais que c'était un rêve que vous partagiez tous les deux ?

Il haussa les épaules.

– Il a dit qu'il venait tout juste de retrouver son fils et qu'il ne voulait pas risquer de le perdre à nouveau en travaillant ensemble. Je veux dire, je peux le comprendre, mais je ne crois pas pouvoir faire ça tout seul. Il faut que je me trouve un nouvel associé.

– Comment tu vas t'y prendre pour en trouver un ?

Je m'assis à côté de lui pendant qu'Emma courait partout dans la pièce en ramassant des plumes blanches.

– Je ne sais pas. Il faut que je trouve la bonne personne. Quelqu'un d'intelligent. Qui s'y connaît un peu en décoration d'intérieur, parce que moi je sais seulement vendre des objets en bois, mais je pense que ça marcherait mieux si on avait aussi des objets pour la maison, tu vois ?

Le rouge me montait aux joues pendant qu'il parlait.

– Tu ne connaîtrais pas quelqu'un dans l'architecture d'intérieur, par hasard ? J'ai besoin d'embaucher quelqu'un rapidement.

Je fis un large sourire.

– Ça se pourrait bien.

Il passa lentement son doigt sur ma lèvre inférieure avant de sauter de la commode et de venir devant moi et se placer entre mes jambes.

– J'ai fait beaucoup d'erreurs dans ma vie et j'en ferai probablement encore. Je bousille des choses. J'ai failli tout bousiller entre nous. Je sais que tu ne me pardonneras jamais complètement pour ce que j'ai fait, pour être parti comme ça, et je ne te le demande pas. Mais je n'abandonnerai jamais. Je ne cesserai jamais de tout faire pour réparer. Pour nous réparer. Je t'aime, Lizzie, et si tu me laisses une chance, je passerai le reste de mes jours à te prouver que je suis entièrement à toi. Le bon, le moins bon et les parties affreuses.

– Tristan.

Je me mis à pleurer et il me prit dans ses bras.

– Tu m'as tellement manqué.

Je m'écroulai sur sa poitrine.

Il ouvrit le tiroir sur ma gauche, une petite boîte noire était posée à l'intérieur. Il la prit et l'ouvrit pour me faire découvrir une magnifique bague en bois sculpté avec un gros diamant au centre.

– Veux-tu m'épouser ?

– Je ...

Je tournai les yeux vers Emma.

– J'ai des bagages. Je fais partie d'une offre groupée, Tristan. Je ne te demande pas d'entrer dans la vie d'Emma, mais me prendre moi implique de la prendre elle aussi.

Il ouvrit le tiroir qui se trouvait à ma droite et qui contenait une boîte noire plus petite. Mon cœur fondit à ce moment-là. Il ouvrit la petite boîte et je vis un deuxième anneau, plus petit mais pratiquement identique au premier.

– Je l'aime, Lizzie. Je l'adore. Je porterai tous tes bagages pendant le reste de ma vie et ce sera un honneur. Parce que je t'aime. J'aime ton cœur, j'aime ton âme, Je t'aime Elizabeth et je ne cesserai jamais de t'aimer ni d'aimer cette belle petite fille.

Il alla vers Emma, la souleva de terre et l'assit sur la commode à côté de moi.

– Emma et Elizabeth, voulez-vous m'épouser, toutes les deux ?

Il tenait les deux écrins dans ses mains.

J'étais sans voix, incapable de dire un seul mot. Ma douce petite me donna un coup de coude dans les côtes et m'adressa un grand sourire béat – le même qui devait s'afficher sur mon visage.

– Dis oui, Maman !

Et je fis ce qu'elle me demandait.

– Oui, Tristan. Oui, oui et oui.

Il sourit.

– Et toi Emma ? Tu veux bien m'épouser ?

Elle leva les bras au ciel et cria le oui le plus fort que j'aie jamais entendu. Il nous passa l'anneau au doigt à toutes les deux et quelques instants plus tard la boutique se remplit de tous nos amis et de notre famille. Emma se précipita sur Zeus qui courait vers elle, pour dire à ce chien fidèle qu'ils étaient maintenant de la même famille.

Tout le monde applaudit et nous souhaita le meilleur des avenirs ensemble, et j'eus le sentiment que mon rêve était devenu ma réalité.

Tristan m'attira contre lui et nos lèvres se joignirent dans un baiser qui semblait être le premier depuis une éternité. Il laissa ses lèvres sur les miennes et je lui rendis son baiser, lui promettant silencieusement de l'aimer pour toujours. Nos fronts appuyés l'un contre l'autre, je soupirai en regardant, médusée, la bague à mon doigt.

– Est-ce que je dois comprendre que tu veux m'embaucher ?

Il me serra plus fort et m'embrassa longuement, me communiquant amour, espoir et bonheur.

– Oui.

ÉPILOGUE

Tristan

Cinq ans plus tard

Je les regardais dormir, tous les trois, sous la table de la salle à manger en bois qu'Emma m'avait aidé à fabriquer. Ils avaient transformé la table en un fort, comme tous les samedis soir quand nous regardions des DVD et que nous campions dans notre propre maison. Emma prétendait qu'elle était trop grande pour jouer à faire semblant, maintenant, mais quand son petit frère Colin lui demandait de jouer, elle ne pouvait pas refuser.

Colin était un beau bébé qui ressemblait beaucoup à sa mère. Il riait comme elle, pleurait comme elle et aimait comme elle, aussi. Chaque fois qu'il m'embrassait sur le front, je me disais que j'étais le plus heureux des hommes.

Je rampai sous la table à côté de ma merveilleuse épouse et posai les lèvres sur son ventre qui s'arrondissait. Dans quelques semaines, nous mettrions au monde un nouveau miracle. Nous allions ajouter une beauté supplémentaire à notre famille.

Je restai un long moment à contempler Lizzie, Emma et Colin. Comment la vie avait-elle pu m'accorder une seconde chance ? Comment étais-je devenu si heureux ? Je me rappelai le moment où j'étais mort. Je me revoyais, assis dans cette chambre d'hôpital quand le médecin m'avait annoncé la mort de Charlie. J'étais parti ce jour-là, moi aussi. La vie avait interrompu son cours et j'avais cessé de respirer.

Puis Elizabeth était arrivée et m'avait ressuscité. Elle avait insufflé un souffle de vie dans mes poumons, illuminant mes ténèbres d'une lumière si intense que j'avais commencé à croire en un présent heureux. Oubliées les douleurs du passé, oubliées les peurs de l'avenir. C'est à ce moment-là que j'ai cessé de rejouer le passé et que je n'ai pas choisi d'appréhender l'avenir. Au lieu de ça, je nous ai choisis comme nous étions. J'ai choisi le présent.

Certains jours furent encore difficiles et d'autres, on ne peut plus aisés. Nous nous aimions d'un amour qui ne pouvait que générer encore plus d'amour. Pendant les jours légers, nous nous tenions serrés l'un contre l'autre. Pendant les jours sombres, nous nous tenions serrés l'un contre l'autre.

Je m'allongeai près d'Elizabeth, la pris dans mes bras et elle se blottit contre moi. Elle ouvrit ses grands yeux bruns et un sourire tendre lui monta aux lèvres.

– Tu es bien ?

Je lui embrassai le lobe de l'oreille en hochant la tête.

– Je suis bien.

Ses yeux se fermèrent, et je sentis son souffle sur mes lèvres. J'absorbai chacune de ses respirations, comme pour la boire, me rendant compte qu'elle était mienne. Pour toujours, quoi que l'avenir nous réserve. Tous les jours, elle me manquait. Tous les jours, je l'aimais davantage.

Alors que mes yeux se fermaient et avec sa main posée sur ma poitrine, je comprenais que la vie n'était jamais totalement brisée. Tout au plus meurtrie certains jours, et les bleus passaient avec le temps. Le temps avait la capacité de me réparer complètement.

Mes enfants étaient mes meilleurs amis. Tous. Charlie, Emma, Colin et le petit ange qui n'avait pas encore de nom et qui reposait dans le ventre de ma femme, si belle. Ils étaient tous si intelligents, si drôles et aimés si profondément. Bien que je sache que ça n'avait pas de sens, il m'arrivait, en regardant Emma, de voir Charlie me sourire et me dire que Jamie et lui allaient bien.

Et puis il y avait Elizabeth.

Cette femme, si belle, qui m'avait aimé quand je ne le méritais pas. Son contact m'avait guéri, son amour m'avait sauvé. Ce qu'elle représentait pour moi allait au-delà des mots.

Je la vénérais.

Je la chérissais pour tout ce qu'elle était et pour tout ce qu'elle n'était pas. Je la chérissais dans l'ombre comme à la lumière. Je la chérissais en fanfare, je la chérissais en chuchotant. Je la chérissais quand nous nous battions, je la chérissais quand nous étions en paix.

Ce qu'elle représentait pour moi était évident, et expliquait pourquoi je voulais qu'elle soit toujours près de moi.

Elle était tout simplement l'air que je respirais.

En m'endormant sous cette table en bois, avec mes enfants blottis entre leur mère et moi, je posai les lèvres sur celles de ma femme et je l'embrassai tendrement.

– Je t'aime.

Elle sourit dans ses rêves.

Parce qu'elle le savait déjà.

Fin

Composition et mise en pages
Nord Compo à Villeneuve-d'Ascq